青梅一心要發家 3 完

風文創 1067

連禪 著

目錄

第五十五章

此時，在那艘茶舫的二樓裡，王玉堂正在竭盡所能討好上座之人。

「表弟，這船上的風景你可滿意？」

一位身穿月白項銀細花紋底錦服，墨髮用鑲金玉冠束著的俊朗男子，正一邊飲酒一邊欣賞著堂中歌舞。聽到下方王玉堂的詢問，他淺揚笑意。

「尚可。」

王玉堂心下暗喜，連忙舉起手中酒杯。「表弟，表兄敬你一杯。」

端木磊舉杯與他隔空相碰。其他幾位華服公子見了，亦紛紛舉起酒杯敬酒。

見此，王玉堂伸手悄悄碰了碰身邊的妹妹，小聲說道：「麗芝，妳也敬表弟一杯。」

本就不是自願作陪的王麗芝，心不甘情不願拿起桌上酒杯。

「表哥，麗芝也敬你。」

端木磊端起酒杯，目光幽幽望著王麗芝。「表妹真是越發標緻了。」

王麗芝不喜歡他看向自己的眼神，卻又不敢對當事人發作，就把氣撒到對面那位一直靜默無語的女子身上。

「四妹妹，妳身為表哥即將過門的側妃，怎麼一點眼色都沒有？沒看到表哥杯裡無酒了嗎？還不上去伺候倒酒。」

端木磊只把目光落在那女子身上一瞬，便冷漠收回。

那被叫四妹妹的女子聞言，一言不發地端著酒壺起身走到端木磊的身旁，替他斟酒。

感覺一拳打在棉花上的王麗芝，氣悶起身。「我去甲板上透透氣。」說著便起身出了船艙。

端木磊見王麗芝離開，眸光一暗。稍許，他放下手中杯子道：「這歌舞看久了也是無趣，不若我們到甲板上觀景賦詩一番。」

其他人自是附和。「如此甚好啊！」

於是，眾人揮退舞姬，簇擁著端木磊來到甲板上賞景。

王麗芝帶著貼身丫鬟小蝶來到甲板上，才剛呼吸一口空氣，就見船艙裡浩浩蕩蕩出來一群人。

她臉色一黑，轉身就要下一樓，卻被端木磊及時叫住。

「麗芝表妹這是去哪兒？」

王麗芝只好扯出一抹微笑。「我只是想換一個位置觀湖。」

端木磊踱步到她跟前，而後雙手負後望向湖面。「不同的角度果然有不同的風景，表妹確實眼光獨好。」

眾人聞言，又是一陣附和。

在距離茶舫不遠的一艘畫舫上，南溪面戴輕紗，立在船頭。

「輕舟短棹羅湖好，綠水逶迤，芳草長堤，隱隱笙歌處處隨。無風水面琉璃滑，不覺船移，微動漣漪，驚起沙禽掠岸飛。」

景鈺緩緩從船艙裡走出，與她並肩而立。「我竟不知妳還會作詩？」

南溪有些心虛地摸了摸鼻梁。「有感而發而已。」

景鈺笑睨了她一眼，眺望著遠處，道：「這蓬羅湖的景色與桃花村外的那條江流相比，也不過爾爾。」

南溪抬眸斜他一眼。「湖和江各有各風景，為何要相比？」

景鈺轉頭看她。「離開桃花村這麼久，可有想念他們？」

一陣微風輕輕拂來，好奇地掀起面紗一角，想要悄悄偷窺紗下的俏麗容顏。

南溪抬手壓下被風掀起的面紗，目光悠遠。

「當然想念。我想念師父，想念劉伯，想念阿秀姨，想念秦叔，想念季叔叔，想念古姨，想念牙嬸，想念陳阿婆，想念我的小院，想念桃花村的一草一木。」

景鈺目視前方。「離開桃花村這麼久，我好像還沒給師父捎過隻字片語。」

南溪偏頭看他。「這就是你的不是了，像我，每月都有給師父飛鴿傳書，雖說捎不了幾個字，但至少報了平安。」

景鈺抖了抖衣袖。「我是想著，妳若給師父寫信，定會捎帶上我，也定會代我給他報平安，我便懶得再重複。」

敢情還是她的鍋？「下次我定不會再捎帶你，自己給他老人家寫信報平安去。」

景鈺笑著回首。「我——」

「澤之？當真是你！」一道驚訝的男聲突然自左側傳來，打斷了景鈺想要說的話。

景鈺臉色倏地一沈。

南溪聞聲，扭頭看去，才發現那艘茶舫竟不知在何時已經駛到了他們近前。

端木磊一臉喜色地讓茶舫靠近景鈺他們的小畫舫。

母妃讓他多與蒼景鈺走動，說拉攏他就等於拉攏了鎮南王府，於他將來有百利而無一害。故他一直都在找機會給蒼景鈺遞帖子，只可惜，這小子一次都沒有露過面。沒想到今日遊個湖，卻能遇上。

如此絕佳的結交機會，他又豈會放過。

看著緩緩靠攏的茶舫，南溪悄悄用手肘碰了碰景鈺。「那個戴鑲金玉冠的人誰啊？」感覺他看向景鈺的目光，就像是大野狼看見了小紅帽一樣。

景鈺抿著唇，低低道：「三皇子端木磊。」

南溪眨眨眼。他就是王淑妃的兒子端木磊？

「那我要不要迴避一下？」她湊近景鈺，小聲地問道。畢竟她身分敏感。

景鈺點頭。「嗯，妳先進船艙。」

南溪轉身便進了船艙，以至於沒有注意到茶舫上有兩道目光落在她身上。

王麗芝剛看見景鈺的時候欣喜若狂，可當她意識到，他是在與別的女子泛舟遊湖，心中驟然便燃起了熊熊怒火和妒火。

他居然同別的女人乘船遊湖，舉止親密，有說有笑！這個臭不要臉的女人究竟是誰？竟然敢跟她王麗芝搶男人！

站在不遠處的一位粉衣女子則看著她的憤怒表情，一臉深思。

兩艘體型不一的船剛一靠攏，端木磊便出現在茶舫一樓。「澤之……」

景鈺站在船頭，微微俯身行禮。「景鈺見過三皇子殿下。」

端木磊忙隔空虛扶。「澤之快快免禮。」

「謝三皇子殿下。」

端木磊很平易近人地道：「相請不如偶遇，澤之不若上茶舫與本皇子一起品茗觀景，遊湖作詩如何？」

景鈺微微垂首。「臣多謝殿下美意，只是臣尚有友人要陪，便不打擾殿下了。」

端木磊剛才自是看到了南溪，笑容曖昧地問道：「澤之口中的友人，可是剛才那位姑娘？」

景鈺神情自若地點頭。「正是。」

「哈哈哈……」端木磊忽地大笑，就聽他道：「澤之可攜你那位友人一起上茶舫嘛。」

景鈺低斂的眸子裡閃過一抹冷意。「她性子膽怯軟弱，不曾見過世面，若上了茶舫恐會掃了殿下與眾人的雅興。」

避在船艙裡的南溪無語。當著我的面說我壞話可以嗎？

景鈺的油鹽不進，讓端木磊有些惱怒，正欲用身分逼他就範，卻聽身後「撲通」一聲。

跟著，茶舫二樓就響起了數道驚慌失措的聲音。

「小姐！」

「不好，有人落水了！」

「快下去救人！」

隨後，就見兩個舵手跳進湖裡。

端木磊臉色一黑，扭頭看向那人落水的方向，待看清在水裡掙扎的人是誰後，他大驚失色地喊道：「表妹！」

落水的人竟是王麗芝。

好在兩個舵手很快就把人救到船上，小蝶拿著一件披風趕過來，待王麗芝被舵手救上船時，趕緊拿披風裹住她濕透的身子。

「小姐，沒事吧？」

王麗芝是又驚又恐又冷，只哆嗦著嘴唇不說話。

端木磊見了，厲聲吩咐小蝶。「快帶小姐下去換身衣服！」

「是。」小蝶連忙扶起王麗芝，往船艙裡走。

而王麗芝在離開甲板上的時候，卻頻頻回頭看向對面畫舫的甲板上。

她落水了，他竟連一個眼神都不給她！

王麗芝落水，端木磊也沒心情繼續與景鈺周旋，乾脆直接返回船艙裡。

景鈺淡漠轉身，吩咐充當船夫的衛峰把畫舫掉頭後，也進了船艙。

船艙裡，正在吃糕點的南溪見到他進來，只瞥了一眼，便把心思放在糕點上。

「掉進水裡的那個女子，我遠遠瞧著，好像有點眼熟。」就是一時想不起來。

景鈺走到她的對面坐下，事不關己地道：「許是在大街上碰到過。」

南溪想了想，覺得他可能說得對。舔了舔手指上的糕點屑，她看向對面。「咱們回去吧。」

景鈺有些悶悶地端起茶杯。「我已經讓衛峰往回划了。」

南溪點點頭，端起茶水飲了一口茶。

這時，外面又傳來「撲通」一聲。

又有誰落水了？南溪好奇地從舫窗看出去，就見一位粉衣女子在湖裡不停掙扎，然而與先前不同的是，茶舫上的人都在冷眼旁觀，竟沒有一個人下水去救人。

南溪眉頭一皺。這分明是謀殺。

景鈺看見她的神情變化，放下茶杯問：「怎麼了？」

她回頭，一臉嚴肅地看著他。「景鈺，那茶舫裡的人，你可得罪得起？」

景鈺眉毛一挑。「妳應該問，我，他們可得罪得起？」

南溪聽了，粲然一笑。「那我就放心了。」說完，她從舫窗縱身一躍，跳入湖中。

茶舫上，端木磊冷漠地看了在湖裡掙扎的女子一眼，轉過頭，溫柔詢問身旁的王麗芝。「表妹可消氣了？」

王麗芝眼神冰冷地看著湖面——竟敢推她下湖，那她就讓她也嚐嚐這湖水的滋味。

小蝶看了湖裡一眼，有些膽怯地扯了扯自家小姐的衣袖。「小姐，再不救四小姐上來，就要出人命了。」

王麗芝狠狠瞪了她一眼。「閉嘴！」

小蝶嚇得趕緊退到一邊。

回頭，見人已經慢慢沈入湖底，王麗芝正要開口讓舵手下去撈人，卻見不遠處的畫舫裡，有人跳入湖中，並快速往這邊游來。

那人的面紗已經被湖水浸濕貼在臉上，她乾脆一把扯開，露出自己真顏。

當王麗芝看清她的容顏後，銀牙狠咬，一雙眼裡充滿了怨毒。

原來是她！

王麗君在水裡掙扎了許久也不見有人伸出援手，她的心漸漸變得比這湖水更冷。罷了，這世間已經沒有什麼可留戀的了。就讓她去見阿娘吧！

她放棄掙扎，任自己慢慢沈入冰涼的湖底。

就在她意識即將模糊的時候，看到一抹月白色正快速向她游來。

是白無常來接她了嗎？她伸出雙手，隨後卻被一股力量拉住，往上拖拽。

南溪拉住王麗君的手就迅速往上游，待游出湖面，換了一口氣，又馱著人往不遠處的畫舫而去，並沒有理會茶舫那邊伸出的援手。

剛才那麼久都不救人，這會兒卻來裝好心，誰知道他們肚子裡還憋著什麼壞水！

景鈺站在船頭，看著南溪游過來，連忙伸手去幫忙。

待把人救上船後，南溪顧不得自己全身濕透，連忙把雙手按在已經沒了意識的王麗君胸前，隨後又低下頭給她做人工呼吸，如此反覆。

景鈺在一旁看著，臉色漸黑。他當然知道南溪只是在救人，可他……看著心裡就是不舒服。

「咳咳……」經過一番搶救，王麗君終於有了意識。

雙手已經按到痠軟的南溪這才鬆一口氣，小心把人扶起來，輕拍著她背，使她更順利地咳出喉嚨裡嗆到的水。

南溪一邊拍一邊溫聲問：「感覺怎麼樣？好點沒有？還有沒有哪裡不舒服？」

「謝謝，我沒事了……」王麗君緩緩抬起頭，卻在看清南溪的面容，一臉愣怔地道：「恩公……」

南溪拉起她的手，又給她把了一次脈，確定她是真的無礙後，才笑著道：「舉手之勞，不用感懷在心。」

「我……」

王麗君正要開口，景鈺卻一把將南溪拉進了船艙。

「快進去換身衣服。」

就聽南溪疑惑出聲。「欸？這船上有多餘的衣服嗎？那叫……」

「只有一套。」

「哈啾！」王麗君抱著雙臂，蜷縮在甲板上。忽然，頭頂罩來一件蓑衣。

「披上，可暫時禦寒。」景鈺淡漠開口。

「多謝。」王麗君連忙把蓑衣穿在身上。

這是船夫的蓑衣，她穿著有些大了，卻渾然不在意。

那邊，端木磊在看到王麗君被救到景鈺船上後，隨即便吩咐茶舫靠過去。

「澤之，多謝你救了我未來的側妃，改日定當設宴道謝。」

景鈺拱手，一臉冷漠地道：「救殿下側妃的人並非是臣，殿下不用跟臣道謝。」

這蒼景鈺，太不識好歹！

這時，王麗芝突然出聲。「既如此，便請小王爺讓您那位救人的朋友出來，她捨己救下我四妹妹，我要向她當面致謝。」

景鈺目光冷冷瞭了她一眼，涼薄開口。「她不需要妳的道謝。」

「你！」王麗芝的臉瞬間氣得脹紅。

見心愛的表妹吃癟，端木磊倏地沈下了臉色。他不好跟景鈺當面撕破臉，便移目看向蜷縮在畫舫甲板上的王麗君，神情厭惡地開口。「來人，去扶王四姑娘回茶舫。」

「是。」一個梳著雙螺髻的粗壯丫鬟跳下畫舫，去扶王麗君。

王麗君顫顫巍巍地站起來，不捨地看了船艙一眼後，便低著頭隨著那丫鬟離開了畫舫。

待王麗君回了茶舫，景鈺還不等端木磊開口，就拱手道：「臣告辭。」說完便轉身進了船艙。

「哼！」端木磊臉色沈沈地拂袖離開甲板。

早已換好衣裳的南溪看到景鈺進來，有些擔心地開口。「你今日如此下三皇子的面子，若是日後他們母子與你為難……」

「無妨，他們暫時還不敢為難予我。」景鈺從衣袖裡掏出一個瓷瓶遞給南溪。「取兩粒服下，可禦寒。」

南溪聽話地從瓷瓶裡倒出兩粒小藥丸，就著茶水一口服下。

「我剛才好像有聽到端木磊說，落水的女子是他未來的側妃？」

景鈺替她把茶水添滿。「嗯。」

她眉頭緊蹙。「既然是他的未來側妃，剛才為何冷眼旁觀，遲遲不出手相救？還有茶舫上那些人，全都站在那裡冷漠看著，等到我把人拉出水面，才有兩個舵手假惺惺地在甲板上伸手……我懷疑他們就是故意把人推落湖裡的。那個端木磊就是罪魁禍首！哈啾！哈啾！」

看著她開始不停打噴嚏，景鈺放下茶杯，高聲對艙外道：「衛峰，再划快點！」

茶舫裡——

啪！王麗君剛換好衣裳出來，就挨了王麗芝一巴掌。

「賤人，妳也配上小王爺的船！」

王麗君被打得腦子一陣嗡鳴，待她緩過神來，看著王麗芝氣得扭曲了的臉，突然就笑了出來。

「賤人，妳竟然還敢笑?!」

王麗芝見了，更是怒不可遏，揚起巴掌又要甩過去。這次卻被王麗君眼疾手快地截住。

她目光嘲諷，看著王麗芝。「原來三姊姊喜歡的人是小王爺啊！也不知若是讓三皇子曉得了，他還會不會對三姊姊妳言聽計從呢？」

「妳給我住口！」心事被看穿的王麗芝，又舉起另一隻手搧向王麗君。

可惜，她這隻手也被王麗君一把截住。

王麗君雖然看著瘦弱，力氣卻是不小。她雙手緊緊攥住王麗芝的手腕，目光堅定看著她。

「三姊姊，剛才那一巴掌將是我最後一次挨妳的打，以後，我不會再任你們隨意欺辱。還有，不管妳信不信，妳落湖與我無關。」

王麗芝氣極反笑。「王麗君，是誰給妳的膽子，敢這麼跟我說話？信不信我回去就讓祖父禁妳的足！」

王麗君甩開她的雙手。「請便。」

王麗芝冷笑一聲。「不過是一個爹廢娘死的賤種，咱們且走著瞧！」說完便趾高氣揚地甩袖離去。

第五十六章

景鈺用最快的速度把南溪送回南府後，又迅速讓南府的兩個婆子去煮薑湯燒熱水。
見他如此關心自己，南溪心中甚是感動。只不過——
「就是一個小噴嚏而已，我有內功護體，還吃了你給的禦寒藥，沒事的……哈啾！」
景鈺冷著臉坐到她旁邊。「把手伸出來。」
南溪搓了搓有點發癢的鼻尖，聽話地把手伸了出去。
景鈺疊起一折袖子給她把脈，稍許，他眉頭輕擰。「妳的脈象……」
她眨眨眼。「我的脈象怎麼了？」
景鈺的眉頭漸漸擰緊。「有些氣血不穩。」
嗯，怎麼會氣血不穩？她的身體明明很健康。南溪正要開口，忽覺腹部一絞，隨後便有一股暖流從下腹流出。
她臉色一白，忙出聲喚道：「青鳶！」
青鳶很快來到堂屋。「姑娘？」
「你自己先坐會兒。」南溪對景鈺說了這麼一句後，就夾著雙腿起身，並對青鳶招手道：「快過來扶我回房。」
待青鳶走近後，南溪借著她的身形遮遮掩掩地離開了堂屋，留下一臉懵逼的景鈺獨坐在那裡。

她怎麼了？

望了門口半晌的景鈺回過頭，卻無意看到旁邊的椅子上有一抹嫣紅，瞬間，他耳根爆紅。

待南溪洗好熱浴，喝了薑湯，換好衣服再出來，他已經離開了南府。

看著空無一人的堂屋，南溪扭頭問守在門口的東子。「小王爺什麼時候走的？」

「走了大概有一刻鐘左右，小王爺走之前還讓奴才轉告姑娘，說王府有事，他需先回去一趟。」

「我知道了。」

南溪低頭看著手裡拿的荷包。還想把這個早就縫好的荷包拿給他呢！

之後的日子，南溪開始著手縫製布偶的樣品，把十二生肖都縫製出來後，又縫了幾個卡通人物。

這期間，景鈺沒有來找過她。

就在她懊惱於忘記問景鈺該如何聯絡那位做生意的朋友時，路邊的一個小乞丐給藥鋪送了一封信。

南溪拆開信，看了內容後，就讓青鳶和東子把她縫製好的布偶裝上馬車，送去聚賢樓，交給那裡的掌櫃。

晌午，青鳶和東子回到藥鋪，青鳶高興地拿出一張銀票和幾張字據。

「姑娘，這是聚賢樓的掌櫃讓奴婢帶回來給您的。」

南溪拿過字據仔細看了看，確定甲乙雙方的條款都跟景鈺說的差不多後，便拿出自己的印泥在上面蓋章。

把章蓋完，她收起了兩張字據，另外兩張又交給青鳶。

「妳和東子再跑一趟，把這兩張字據送去聚賢樓，交給掌櫃的。」

青鳶小心收好字據。「是。」

看著她上了馬車，南溪轉身對正在鑽研醫書的林靜之和在藥臺秤藥的齊掌櫃道：「林大夫齊掌櫃，我之後要離開朝陽城幾日，這藥鋪裡的事便交給你們兩位了。」

兩人聞言，皆是放下了手裡的東西，鄭重回道：「姑娘放心，靜之（老朽）定會好好守著鋪子。」

她微笑著點點頭。「我去後面看看三個孩子。」

待到傍晚時，大丫二丫牽著弟弟辭別南溪。南溪拿出一本自己默寫的課本交給兩姊妹。

「姊姊要離開一陣子，這段時間妳們好好在家裡讀書練字，等姊姊回來檢驗成果。」

姊妹倆乖巧點頭。「是。」

南溪彎著眉眼，揉了揉她們的頭髮。「帶弟弟回去吧，明日不用來藥鋪了。」

三姊弟走了幾步，大丫回頭問道：「姊姊什麼時候回來？」

南溪沈吟。「大概半個月之後吧。」

大丫點點頭。「這半個月，我和二丫會好好讀書，等姊姊回來。」

夜晚，南溪正在清點去山莊需要帶哪些東西，青鳶踩著小碎步來到她跟前。

「姑娘，這次妳把奴婢也帶上吧，奴婢不想留下來守家了。」

南溪一邊清點東西一邊道：「行，帶妳去山莊，到地裡翻土幹活去。」

青鳶聽了，欣喜道：「奴婢不怕幹農活，奴婢這就去收拾東西！」說完就喜孜孜地去收拾自己的包袱。

看著她歡快離開的背影，南溪搖搖頭，繼續清點物品。

次日，天剛微微亮，南溪便帶著眾人出發去城外的山莊。此行除了帶上青鳶外，還有王屠夫和四個護院。

到了山莊的腳下，南溪獨自一人下車，走上田埂，視察著每一塊田地裡的草藥，順便再「揠苗助長」一波。

直到山莊的煙囪飄出嫋嫋青煙，她才提著鞋子打著赤腳回到山莊。

用過午飯，她坐在堂上，聽著牛順夫婦說著山莊裡的事。

「……眼瞅著地裡的草藥就要長成，附近有些人也開始打起了歪主意，奴才有好幾次在傍晚下山巡視的時候，都看到有人拿著鋤頭，鬼鬼祟祟地在山下轉悠。奴才呵斥了幾次，仍是沒有威懾效果。」

南溪思忖片刻後，道：「這事我會想辦法解決，你們先下去忙吧。」

等牛順夫婦離開，她便找到王屠夫，把牛順反應的情況跟他說了一遍，然後問道：「王伯可有什麼好的法子？」

王屠夫沈吟半晌。「屬下待會兒回城裡買幾條田犬回來。」

南溪眼睛一亮。「如此，便煩勞王伯跑一趟了。」

王屠夫點點頭，轉身就去安排。南溪就帶著青鳶和四個護院去了山下地裡除草，一直忙到黃昏。

等到天色將黑的時候，王屠夫帶回來五條半大的田犬。

「已經成年的田犬不好再馴化，屬下選了幾條半大的田犬回來。」

「還是王伯想得周到。」南溪點點頭，看著幾隻毛茸茸的小傢伙，想要靠近又有些不敢。

她從小就喜歡狗，卻又怕狗，只因為曾經被狗咬過。

王屠夫瞧見她落在田犬身上的目光，說道：「待屬下把牠們馴養幾日，姑娘便可與之親近了。」

南溪詫異地抬頭。「王伯還會馴犬？」

王屠夫微笑頷首。「略懂一些皮毛，還請姑娘給屬下一樣隨身攜帶的物件。」

她想了想，從衣袖裡掏出一張手帕來。

隨後，王屠夫就帶著手帕和幾條田犬去了莊院門口那片空地。

接下來的兩日，南溪都在地裡除草。

青鳶捲起褲管挽起袖子，把草堆抱出去扔掉後，低頭看著腳下的蔥鬱草藥，驚訝開口。

「昨日這些草藥的高度才到我的小腿肚這裡，今日竟然就長到我的膝蓋處了，這生長也太快了吧？」

南溪眸光閃了閃，開始一本正經地忽悠青鳶。

「咳……我撒種子之前，特意研究過哪些地適合種哪些草藥，所以，種子在適合自己生長的土壤裡就會長得特別快。」

青鳶恍然，原來是這樣，姑娘真是什麼都懂呢！

「按姑娘這麼說的話，豈不是要不了多久，這些草藥就可以收割了？」

南溪頷首。「理論上是這樣沒錯。」

她的計劃就是在這半個月裡收割草藥，如此下月的義診便不用擔心藥鋪裡的藥材不夠用了。

青鳶也想到了這點，高興道：「如此，齊掌櫃和林大夫便不用再因為藥材短缺的事而發愁了。」

上次的疫病幾乎用光了倉庫裡的藥材，然而這個時節又正是藥材商供應藥材最難的時候，許多藥材不能及時補給。眼看著藥鋪裡的藥材越來越少，林大夫和齊掌櫃近日都犯愁。這些草藥若是當真能在不久後收割，恰好可以解藥鋪裡的燃眉之急。

南溪笑著點頭。「是的。」

青鳶雙手交握，笑著開口。「屆時，咱們把這些草藥都運回藥鋪，給林大夫和齊掌櫃一個大大的驚喜。」說完，就繼續彎腰拔草。

很快，主僕二人拔完了這塊藥地，轉戰去另外一塊。

十畝藥田裡，南溪只種了一小部分比較珍貴的草藥，大部分都是一些普通卻又時常用到的藥材。

而南溪現在除草的這塊藥田，就是種珍貴草藥的那一小部分地。所以，青鳶拔草的時候特別小心，就怕一個不小心誤把草藥當野草給拔了，因為這塊地裡的草藥跟野草長得實在是太像了。

就在主僕倆埋頭苦幹的時候，藥田裡忽然竄出來一個東西，嚇得青鳶一屁股地跌坐在地裡。

「啊！」

「怎麼了？」前面的南溪聞聲，回過頭來關心。

青鳶指著還在晃動的草藥，結巴道：「有……有東西在跑！」

南溪順著那晃動的草藥過去，發現地下有一個拳頭大小的洞，洞口還掉了一小撮細軟的灰毛。

她頓時知道這裡面是什麼東西了，笑著轉身問青鳶。「妳身上可帶了火摺子？」

青鳶點頭，從腰間取出火摺子遞上。「姑娘，剛才是什麼東西？」

「不怕，是田鼠。」南溪就地拔了一把草，然後在青鳶看不見的位置迅速把草變乾枯，再用火摺子引燃塞進洞裡。

「今日，咱們捉幾隻田鼠回山莊打牙祭。」她現在可不像剛穿來的那會兒，連田鼠都不敢吃。

片刻後，一隻被煙燻得受不了的田鼠鑽了出來，南溪眼疾手快地伸手捉住。

緊隨而出的第二隻田鼠瞧見同伴被捉住後，迅速縮回了腦袋，沒過一會兒，在藥田的不遠處又是一片草藥晃動。

南溪把手裡的田鼠敲暈扔給青鳶後，就迅速往那片晃動追去，然後抬起手瞄準，再按下弩箭的開關按鈕。

命中！

田鼠一般都棲居於土壤潮濕、草被茂密之地，想來這麼多塊藥田，不可能只會這一塊有田鼠。

南溪在藥田裡捉了幾隻田鼠後，便揚聲高呼在其他藥田拔草的幾個護院，讓他們在拔草的時候順便注意一下有沒有田鼠洞，有的話就捉幾隻田鼠回去加菜。

於是乎，這方圓地裡的田鼠都遭了殃。

待到太陽落山，只見眾人或手上或鋤頭把上皆掛著一串的田鼠。

當晚，南溪就幫著牛順媳婦做了兩桌田鼠盛宴，煎炸烹飪各種口味都有，大夥兒吃得美滋滋。就連剛買回來不久的那幾條田犬，都把田鼠骨頭啃得渣都不剩。

自從田犬買回來後，王屠夫便每晚都牽著牠們去藥田的田埂上溜一圈，然後再栓在新搭的草棚裡守夜。

前幾日都還好，夜裡很安靜。唯獨今晚夜半，眾人皆在睡夢中的時候，山下忽然傳來此起彼伏的犬吠，幾條田犬就像是在比誰的聲音傳得更遠一樣，一陣高過一陣。

山莊內的幾間住房幾乎同時亮起了燈火。

南溪披好外衫出來，就見牛順和幾個護院拿著鐵鍬木棍，點燃火把，迅速出了莊子。

與牛順媳婦站在一起的青鳶見到她出來，忙舉著蠟燭走近。「姑娘！」

南溪掃視一圈。「可有看到王伯？」

牛順媳婦抱著被吵醒了的牛蛋過來，恭敬回道：「回姑娘，王管事已經先一步去了山下。」

南溪點點頭，看了一眼趴她肩膀上點著小腦袋的牛蛋，溫聲道：「牛順嫂子先帶孩子回屋休息吧，這裡有我。」

牛順媳婦向她福了福身，就抱著打瞌睡的牛蛋回了屋。

南溪來到前院堂屋等消息。

青鳶把蠟燭放在燭臺上，拿起茶壺對南溪道：「姑娘，奴婢去給您燒一壺茶水？」

南溪囑咐。「多燒幾壺，待會兒大家回來也要喝。」

「是。」她就去了廚房。

過了沒多久，下山的人全部回到莊上，同時還押回來三個滿身補丁，把臉塗得漆黑的人。

南溪看著跪在堂中的三個黑人。

「你們可都是附近的村民？」

三人埋著頭不吭聲。王屠夫眼神一厲，就要上前，卻被南溪抬手阻止。
「趙山，先帶這三人下去把臉洗乾淨。」
「是。」趙山笑嘿嘿地招呼著幾個弟兄幫忙，把三人拖下去「伺候」洗臉。
幾人出去沒多久，就聽到外面傳來幾道殺豬般的嚎聲。
南溪垂眼，淡定看著手指。「讓他們小聲點，別吵著牛蛋睡覺。」
「欸！」牛順馬上出去傳話。
不一會兒，外面果然安靜了下來。又過了一會兒，趙山幾人帶著那三人回到堂屋。這次，三人一進屋就跪在地上，爭先恐後地開始招供。
「小人叫裘五，是隔壁山頭裘家村的人。」
「小人叫裘來，也是隔壁山頭裘家村的人。」
「我叫馬鈞，是這附近的村民。」
裘五和裘來長得有點相似，都是單眼皮小眼睛，看著只有十五、六歲的樣子。
南溪最後把目光落在那個叫馬鈞的人身上。這人長著一張國字臉，左邊眉尾上有一顆綠豆大的黑痣，年紀看起來跟另外兩個差不多大。
「裘家村的這兩人可是你帶來的？」
馬鈞低下頭，喏喏道：「是。」
她又問：「你們可是合夥偷草藥出去賣錢？」
三人低著頭。「是。」

沒什麼好審的了，南溪站起身。「把他們帶下去關在柴房，待明日天一亮就送去官府。」

三人聽到要被送去官府，心中頓時一慌，連忙磕頭求饒。

「東家，我們錯了，我們以後再也不敢了，求求您別送我們去官府！」

黎國律法，凡竊者，罰二十大板，再視情節嚴重，關押一年到十年不等。所以三人這下是真的怕了。

南溪背著雙手看向求情的三人。「我若放過你們這一次，難保你們下次還會再犯，還不如就送去官府，讓你們慢慢悔過。」

這時，馬鈞突然跪爬著上前，雙眼通紅地望著南溪。

「東家，我家裡尚有六十歲老奶在等著我回去照顧，求求您別送我去官府，您讓人打我罵我，我都受著，千萬別送我去見官！」

南溪聽了，好笑地道：「家有六十歲老奶？是不是還有嗷嗷待哺的稚子呢？」

一旁的裘五這時抬起頭。「東家，他家裡真有一位癱瘓在床的六十歲老奶，您若不信，可以派人去村裡打聽一番。今夜，他夥同我倆去藥田裡偷草藥，也是想弄點錢給他老奶買點好吃的。馬鈞的爹娘死得早，他一直都是和他老奶相依為命，您若真把他送去官府，那他老奶就真沒人照顧了。」

南溪眉頭一皺，盯著馬鈞看了半晌，最後還是讓趙山把人先帶下去。

她讓所有人退下，只留下王屠夫。

「王伯，你明日到山下的村子裡打聽看看，看馬鈞是否真有一位癱瘓在床的老奶。」頓了頓，她又道：「順便也去隔壁山頭的裘家村打探一下裘五跟裘來。」

王屠夫抱拳。「姑娘放心，屬下明日一早便去打聽。」

第五十七章

隔日一大早，王屠夫就出山莊去打聽。待到太陽當空時，他領著一位鬍鬚花白的老者回到了山莊。

「姑娘，這位是裘家村的族長及村長，裘是。」

裘是拱手行禮。「裘是見過東家。」

看著穿一身已經泛白衣裳的裘是，南溪忙抬手。「村長不必多禮。」

裘是一臉慚愧道：「老朽今日跟著王管事來見東家，一是來向東家請罪，二也是想懇求東家能網開一面，饒過裘五裘來這一次。回去後，老朽定會好好地教訓他們。」

南溪眉毛一挑。她還沒說要放人呢！她把目光看向立在一旁的王屠夫。

王屠夫垂首回道：「馬鈞家裡確實有一位癱瘓在床的老奶奶，除此以外家中再無人。裘五裘來是兩兄弟，家裡還有三個弟妹，母親多年前已經亡故，父親酗酒不管事，幾兄妹平日全靠村裡人接濟。」

南溪手指輕輕叩在椅把手上，蹙眉思忖。

裘是悄悄觀察著她的神情，見此懇求道：「還請東家給兩小子一次改過自新的機會……」

半晌之後，她開口。「我答應村長，不把他們送去官府，但是……」

裘是聞言，忙道：「東家請說！」

南溪自座位上起身。「不送他們去官府也可以，但是他們必須要留下來幫我看守藥田一年，一年後，我自會放他們回裘家村。」

裘是有些為難。「可若裘五裘來不回家，他們的三個弟妹怕是無人照看……」

南溪背著雙手。「那就讓他們兄弟倆輪流回去照顧。」

裘是頓時恍悟，東家這是在幫扶裘五裘來兩兄弟呀！「東家說的是，就這麼辦。」

她頷首，讓王屠夫帶裘是去見兩兄弟。

裘是來到柴房，看著嚇得一夜沒合眼的兩兄弟，又是恨其不爭，又是心疼。兩兄弟看到裘是就像是看到救星一樣激動，忙從地上爬起來。

「村長爺爺，你是來救我們的嗎？」

「村長爺爺，弟弟妹妹有沒有找我們？」

裘是沈下臉斥責。「還知道問你們的弟弟妹妹?!好的不學去學偷竊？你們就是這樣做給弟弟妹妹看的？真是把我裘家村的臉都給丟盡了……」

兩兄弟垂著腦袋，任裘是在那裡劈頭蓋臉教訓了一大頓，才細如蚊蚋地開口。「村長爺爺，我們知道錯了……」

裘是也罵累了，歇了一口氣道：「這次，我豁了這張老臉來保你們倆，若是你們以後還不知道悔改，那我就只能把你們從族譜裡除名了，免得以後你們犯更大的錯，連累裘家村。」

兩兄弟嚇得連忙跪下。「不敢了！村長爺爺，我們再也不敢了！」

裘是看著兄弟倆，嘆了一口氣。「東家已經答應不送你們去官府，但要你們替她守一年的藥田。至於小三小四還有小五，你們每日輪流回去照顧。」

兩兄弟大喜。「真的？」

裘是點點頭。「你們倆好好替東家幹活，以後……」至於以後如何，就看這兩孩子的造化吧！

一直抱腿靠坐在牆角的馬鈞，聽到裘五兩兄弟不會被送去官府，忙起身過來問道：「裘爺爺，我呢？東家可說了如何處置我？」

馬鈞的母親是裘家村的人，他平日也時常去裘家村找裘五兩兄弟玩，所以裘是也認得他。

「你？東家倒是沒說，不過我觀這位東家心地善良，許是也不會單獨為難你。」

如裘是所料，南溪也沒打算把馬鈞送去官府，沒過一會兒，王屠夫就把三人帶去了堂屋。

南溪看著裘五二人。「你們村長應該都對你們說了，若不想被送去官府，就得替我看守一年的藥田。所以，你們的選擇是？」

兄弟倆齊聲道：「我們願意替東家看守一年的藥田。」

「很好。」南溪又看向最左邊的馬鈞。「你呢？」

馬鈞忙道：「我也願意！」說完，他遲疑了一瞬，又道：「只是我可不可以每日都回家一趟？」

南溪頷首。「你家近，可以。」

馬鈞長舒一口氣，向她鞠躬。「謝東家！」

解決完這三人的事情，南溪便去了後山那塊藥地。地裡的草藥都收割後，她又種下新的一批草藥，就到旁邊的那塊菜地裡處理瓜果蔬菜。

廚房裡，牛順媳婦正在淘米做飯，南溪一手提著個南瓜，一手提著個冬瓜進來。

「牛順嫂，今中午多炒一份南瓜絲，再煮一份冬瓜湯。」

牛順媳婦回頭，看著比牛蛋還長的冬瓜，吃驚地張大了嘴巴。「這……這冬瓜，姑娘可是在後山摘的？」

南溪把兩個瓜抱上案臺。「對呀。」

牛順媳婦拿著水瓢走過來。「可我昨日才到後山看了，那根冬瓜藤上結的冬瓜只這麼大一點點，還不能摘。」說著，她還伸出兩隻手比了比形狀。

南溪轉了一圈眼珠子，彎起眉道：「許是妳沒有看到這個大的，它藏在冬瓜藤旁邊的草叢裡。」

「可能是吧。」牛順媳婦有些遲疑地點點頭。

南溪彎著眼。「牛蛋呢？我摘了些野果子回來給他。」

牛順媳婦把淘好的米下到鍋裡，笑著回道：「他剛在廚房裡搗亂，被青鳶哄去前院玩了。」

去了前院，南溪笑咪咪看著牛蛋捧著個果子在那裡忘情啃食。
「牛蛋，果子好吃嗎？」
牛蛋包著一嘴的果肉，含糊不清地回道：「好次！」
南溪牽起他衣服的一角，把其餘的果子都放進他懷裡。「慢慢吃，這些都給你。」
「蟹蟹古涼！」牛蛋學著大人的樣子道完謝，兜著果子就跑去了後院。
青鳶小口小口啃著手裡的果子。「姑娘，這野果子您是在哪兒摘的，好甜好脆呀！」
南溪咬下一口三華李，一本正經地胡謅道：「就在後山的那棵大桑樹後面。」
這三華李的種子還是景鈺給她的，之前一直裝在荷包裡，今日才拿出來種在後山。或許她可以在南府和山莊多種一些不同品種的果樹，這樣以後就可以拿它們做掩護了。
吃完果子，南溪讓青鳶找來一塊木板，她要做一張警示牌。
青鳶看著她在木板上刻的字，不解問道：「咱們不是已經抓住小偷了嗎？姑娘怎麼還弄這個？」
「因為惦記藥田的人，不止這三個。」
牛順昨日便告訴她，前段時間偷偷來藥田轉悠的並不是馬鈞他們三人，所以，她得做一塊警示牌，給那些有賊心的人一番警示。
「可是……」青鳶小聲道：「大多的莊稼人都不識字的呀！」
南溪頓住動作，看著她辛苦刻了一大半的字。她竟然忘了這一茬，白刻了！
用過午飯，她叫住了正欲離開的王屠夫，兩人在堂屋裡說了許久的話。

傍晚，馬鈞放好鋤頭準備回家，就看到王屠夫雙手環胸地在門口站著。他低著頭走過去。「王管事。」

王屠夫端著他那張嚇人的臉。「走吧，某送你回去。」

馬鈞猛地抬起頭，眼神裡充滿了害怕與慌張。「王管事，求求你別告訴我們村長，若是村長知道我……他會把我和我老奶都趕出村的。」

王屠夫淡淡瞅了他一眼。「早知今日何必當初？」

馬鈞聞言，肩膀頓時就垮下來，邁著沈重的步子走在前頭。

山莊附近的那村莊叫馬家溝，因村裡多是馬姓，位置又是在一處山溝裡而得名。王屠夫跟著馬鈞回到馬家溝，幾個以前到山莊幫忙的村民見了，熱情圍過來打招呼。

「王管事來了？」

「可是又有什麼出力的活需要人手？」

「有事您說話，俺們最近正好不忙，可以去山莊幫工。」

給山莊幫工不但離家近，工錢也給得多，因此人人都想去山莊幹活。

大家只顧著上前套近乎，沒人在意跟王屠夫一起回來的馬鈞，只以為他倆是在村口碰上的。

馬鈞看著被村民圍著的王屠夫，想要先溜走卻又不敢，只能慢吞吞跟在後面。

王屠夫來到村中一處平時曬糧的空壩，回頭對馬鈞道：「你去幫我請一下你們村長出來。」

「哦。」馬鈞心事重重地去了村長家。

幾個村民見此，好奇詢問。「王管事，您找俺們村長啥事啊？」

王屠夫一臉的莫測高深。「有事相商。」

幾人聞言，面面相覷。有啥事啊？這麼神秘。

過了一會兒，馬家溝的村長趕來，老遠就笑著招呼。「王管事，什麼風把您給吹來了？快，請隨老朽到寒舍一坐。」

王屠夫拱手，用含著內力的聲音道：「村長客氣，某此番前來，主要是替我家姑娘傳幾句話。」

他話音剛落，就近的幾戶人家都打開了門。

村長眼裡精光閃爍。「不知貴東家有何吩咐？」

見聚在空壩上的人已有不少，王屠夫緩緩開口。「我家姑娘說，藥田裡的草藥過不了多久就要收割，屆時還需找些幫工幫忙……」

村長一聽，馬上開口。「王管事放心，到時您儘管來村裡喚人。」

眾村民附和。「是啊，山莊裡有活，您儘管來找我們。」

王屠夫故作為難地道：「可前段時間，莊裡人發現藥田周邊總有鬼祟之人，姑娘懷疑……」話雖未完，意思卻很明顯。

村長馬祥不是傻子，自然聽懂了王屠夫的話外之意。這意思就是，有人想要偷竊藥田裡的草藥，然後莊主人懷疑那些人就是他們馬家溝的人，因為就他們村子離山莊最近。

莊主人已經不再信任馬家溝的人，收草藥時自然也不可能再請馬家溝的人去幫工。不過，既然莊主人現在讓管事來傳話，是不是說明她還願意給馬家溝的人一次機會？只要他們把那鬼祟之人揪出來。

村長的心思在轉了九曲十八彎之後，連忙保證道：「王管事放心，老朽一定幫您把人揪出來。」

馬家溝一定不能丟了替山莊幫工的差事，不然村裡的漢子去哪兒找開價這麼高，離家又這麼近的活計？

王屠夫滿意地看著村長。「如此，就辛苦村長了，過幾日藥田忙碌，某還要來請村長幫忙啊！」

村長布滿褶皺的臉頓時就笑開了花，他果然猜對了。「王管事客氣。」

王屠夫適時地再拋一個誘餌。「我家姑娘說，這周圍山林茂密，應是有許多野生的草藥，若是有人肯進山挖採，她願意出高價收買。」

村長和圍攏的村民聽了，皆是雙眼一亮。「王管事此話可當真？」

王屠夫頷首。「自然當真，只要是草藥，不管貴賤，山莊都收。」

「太好了！」

天色漸暗時，他回山莊覆命。「姑娘，事情已經辦妥。」

南溪揚起微笑。「辛苦王伯走這一趟了。以後他們去山上挖採草藥亦能賣錢，便不會再來惦記我這藥田了。」

「屬下走後，馬家溝村長必會敲打那些村民，那些心裡有鬼的人應是會安分一段時日。至於日後，仍是需要提防些。」

她點頭。「防自然是要防的，趁著這段時日，還勞王伯幫我多觀察觀察馬鈞三人。若他們品性過關，以後就雇他們在山莊做事吧。」

儘管南溪走在前頭看不到，王屠夫仍是俯身垂首。「屬下明白了。」

南溪忽然想起一事，回過頭看向王屠夫。「師父，如今嘉禾帝已經知曉我的身分，也同意讓我留在朝陽城，那咱們是不是可以以師徒相稱了？」

「現在眾人皆知我是南府的管事、屬下，若突然換個身分少不得又要多出些麻煩事。況且在外行事，用南府管事的身分要比其他身分方便許多，依我看還是就這樣吧！」

南溪想了想，覺得有點道理。

過了兩日，馬家溝的村長帶著一個賊眉鼠眼的男人來到山莊。

南溪把事情全權交給了王屠夫處理，自己則帶著青鳶去了後山撿地木耳，也就是地皮菜，是一種雨後生長出來的野生菜，通常只在春秋季有。

昨夜淅瀝瀝下了一夜的雨，今早晨曦初露，她就拿著把鐮刀，揹著一個編得細密的竹簍進了後山。

後山草林茂密，昨夜的雨水在每一片綠葉上都留下了雨珠痕跡，隨著晨光的照進，每片葉子上都閃爍著晶瑩的光芒，像琉璃，更像珍珠。

南溪走在前頭，用鐮刀拍打掉枝葉上的水珠，以免露水把褲管浸濕。青鳶挎著個竹編的提兜緊緊跟在她身後。

兩人邊走邊撿，不過才一小會兒，青鳶的提兜裡就裝滿了地木耳，而南溪的背簍裡則裝著好幾株又大又粗的雞樅菌。

青鳶掂了掂收穫滿滿的提兜，心滿意足地開口。「奴婢還是頭一次撿到這麼多地木耳跟野蘑菇。姑娘，咱們回吧？」

「妳先回，我背簍還未裝滿。」南溪繼續往前走。

青鳶回頭看了看雜草叢生的山路，決定還是跟自家姑娘一起回去。

兩人在山裡轉悠了近一個時辰，南溪的背簍終於裝滿。

返回途中，青鳶有些遺憾地開口。「咱們進山這麼久，竟沒有碰到一隻野雞野兔。」

南溪跳下一道陡坡，再伸手去牽青鳶。「興許是被獵得差不多了。」

上次她跟胖虎來山莊小住，胖虎可是天天都來這後山，一些野物怕是都已經滅了。

王屠夫送走馬家溝村長便留在山下幹活，直到晌午才回來。見到南溪，就向她稟報。

「馬家溝村長今日帶來的那人，我叫了牛順來看，前段時間來藥田周邊轉悠的就是他沒錯，他自己也承認了。不過他否認自己欲偷竊草藥，只說因好奇才來轉轉。後來，屬下按照姑娘的吩咐，故意在他們面前徒手劈碎一塊大石……」

南溪邊聽邊點頭。如此，應該就能把那些人鎮住了。

因藥田裡的活都幹得差不多了，如今就等著過幾日收割。用過午飯，她便帶著幾個護院下山，把山腰那一段路給修得更平整了些。

這日，風和日麗，是個幹農活的好天氣，南溪跟隨大夥一起下藥田收割草藥。

還是和往常一樣，她帶著青鳶和王屠夫去收割那兩塊種珍貴草藥的藥田，幾個護院和請來的馬家溝村民則幫忙收割其餘藥田。

看著成片成片的草藥被收割，青鳶忽然想到一個問題。「姑娘，山莊沒有那麼多的空壩來晾曬這些草藥啊！」

這些草藥收割回去後，還需要進行多次晾曬，直至水分全部曬乾，可以儲存為止。可這麼多草藥一起收割，哪兒來那麼寬的院壩來晾曬？

戴著一頂破邊草帽的南溪，頭也沒抬地道：「草藥好晾，只要太陽夠烈，一次就能曬乾。」

「哦。」青鳶不是很懂，不過既然姑娘說能曬乾那就能曬乾，於是也不再糾結這個問題，彎腰繼續割草藥。

十畝藥田說多也不多，說少也不少，眾人連續割了三天才把所有草藥都收回山莊。

說來也巧，這三天都是陽光明媚，割下的草藥在藥田裡就已經曬焉了些，待拖回山莊晾曬時，已經算是曬得半乾了。因此，後面果然如南溪所說的那樣，只用了一天，就把所有的草藥都曬乾。

第五十八章

草藥曬乾後，王屠夫回城裡租了幾輛牛車，帶著四個護院把曬乾的草藥先運回保安藥鋪。

第一批草藥收割完，立刻又要進行第二批的栽種。要重新給十畝地翻土，挖溝渠，放水浸地，撒種子。

南溪帶著馬家溝的村民又忙碌了幾天，才把後續所有工作做完。把工錢分發給幫工的村民後，她叫來馬鈞、裘五和裘來，拿出三個錢袋，分別交給三人。

「這是你們三人這幾日幫工的工錢。」

三人聞言，簡直不敢相信自己的耳朵。他們也有工錢？

看著他們一臉不可置信的樣子，一旁的青鳶端著一張小臉，道：「姑娘是見你們這幾日幹活勤快，也確有改過之心，才一視同仁地發給你們工錢。你們要有感懷之心，莫要再行那偷雞摸狗之事，留在山莊好好做事。」

三人握著沈甸甸的錢袋，皆是激動點頭。

南溪滿意頷首。「我回城以後，山莊便交由牛順夫婦做主，你們好好幫襯著他們夫婦，待滿一年，我自會放你們自由。」說到這裡，她頓了頓，又道：「若是你們表現好，我以後會每月發給你們一吊錢的月俸。一年後，你們若仍願意留在山莊做事，也可以繼續留下。」

馬鈞三人聽了，皆是撲通一聲跪下，給南溪磕了三個響頭。
「多謝姑娘，我們一定好好幫牛順大哥看好山莊和藥田。」
南溪擺了擺手，讓他們退下。待三人退下後，青鳶才笑嘻嘻地湊過來。
「姑娘，奴婢剛才表現怎麼樣？」
南溪向她豎了一個大拇指。「表現得不錯。」
「嘻嘻，謝姑娘誇讚。」青鳶向南溪屈膝福了福身。「奴婢已經把東西都收拾好，就等著王伯趕馬車來接咱們了。」
南溪到後山去看了一眼藥田跟菜地後，王屠夫便駕著馬車到了山莊。此次與他同來的，還有劉婆子。
牛順一家見到劉婆子，是既高興又驚訝。「阿娘怎麼來了？」
劉婆子先是給南溪行了禮，才對著兒子道：「姑娘擔心你們夫妻倆又要帶娃又要做活忙不過來，特意讓我來山莊幫忙你們。」
牛順夫婦聞言，對南溪又是一番感謝。
她微笑道：「如今，你們一家人團聚在此，可要幫我好好看著藥田啊！」
劉婆子擦了擦眼角喜極而泣的淚水，道：「姑娘放心，老婦一家定當盡心盡力替您守好這裡的一切。」
牛順夫婦也都忙不迭地點頭保證。
南溪頷首，放心地離開山莊，待回到南府，天色已經將黑。

二進院的北屋裡，剛洗漱好的她坐在床邊，拿一塊帕子正絞著濕髮，忽聞窗戶外有一聲輕響。

她手上動作一頓，放輕步子走到窗邊，再小心推開窗戶察看，卻什麼也沒有發現。

嗯，難道是她聽錯了？

她疑惑著要關上窗戶，一顆天外飛來的小石子突然飛來，砸在窗櫺上。這下南溪看清了，石子是從對面的房頂上扔來的。

她扔下帕子，縱身一躍就出了屋子，腳尖再往院中的假山上借力一點，便飛上了對面屋頂。

待看清屋頂上的人是誰後，她來到他旁邊坐下。

「你怎麼跑南府屋頂上來了？」

景鈺不答，只把手伸進懷裡，隨後拿出一個油紙包遞給她。

南溪疑惑接過。「什麼啊？」

「王府廚子做的香酥鴨。」

聞言，南溪眼睛一亮，手上加快迅速拆開了油紙包。頓時，一股獨屬於香酥鴨的香味瞬間瀰漫鼻間。她咂了咂嘴，毫不客氣地扯下一隻鴨腿送進嘴裡。

唔，不愧是鎮南王府廚子做的香酥鴨，香到透骨，酥到流油，外皮酥脆，內裡乾香，好吃到停不下來。

見她一隻鴨腿吃得差不多了，景鈺又拿出一個巴掌大的酒壺來。「喝點水，別噎著。」

南溪搖頭，口齒不清。「偶今晚不喝酒。」

景鈺打開壺蓋給她聞。「不是酒，是溫補湯。」

她這才接過酒壺。「溫補湯幹麼裝在酒壺裡？」

景鈺睨了她一眼。「攜帶方便。」

就著壺口喝了一口還是溫熱的溫補湯，南溪問：「你什麼時候來的？」

「……剛來不久。」

昏暗的夜色，剛剛好替景鈺遮掩住泛紅的耳根。

他來時，她正巧在屋裡泡澡，本打算站在屋外等她洗完，又覺得不妥，所以才跑到高高的屋頂上來坐著。

南溪扯下另一隻鴨腿遞給他，自己再撕下一邊鴨翅。「你怎麼知道我今日回來？」

同樣是啃鴨腿，景鈺的動作卻是優雅得多。

「今日下午，我見王伯趕著馬車出城，便猜想應是去接妳。」他偏頭細細端詳了她片刻，道：「在山莊待了將近一月，倒是壯了不少。」

什麼叫壯了不少？她明明是身體長開了。無語地瞥他一眼，南溪發洩似地把鴨翅咬得咯咯響。

「我離開這段時間，朝陽城可有什麼事情發生？」

景鈺回過頭，神色淡淡地開口。「朝陽城裡沒什麼事發生，朝堂上倒是發生了些事情。」

「嗯？」南溪歪著腦袋，一臉好奇地看著他。

他咬下一口鴨腿肉，慢條斯理地道：「言官彈劾戶部尚書王謙，家風不正，任其子孫在朝陽城內張揚跋扈，橫行霸道，欺男霸女，且條條都有鐵證。陛下大怒，命戶部尚書王謙回去嚴加管教其子孫，如若再犯，必不輕饒。」

南溪眨眨眼。「王家又整出什麼么蛾子了？」

景鈺娓娓道：「王謙的嫡孫王玉堂看上了城南一家賣豆腐的有夫之婦，那婦人不從，他便使計讓婦人的丈夫下了大獄，以要脅婦人就範。婦人為救丈夫忍辱委身於他，誰知他得逞後竟把婦人又賞給了他的手下，婦人不堪受辱，咬舌自盡。其夫得知妻死後，持刀去砍在花街柳巷尋歡的王玉堂，卻反被王玉堂身邊的護衛打個半死。有人看不過去，替那婦人的丈夫出了主意，教他去攔言官謝宛堯的官轎，血書訴冤，是以才有在朝堂上彈劾之說。」

南溪聽得雙眼冒火。「廢了一個王遠道又來一個王玉堂，王家真是沒一個好東西！」

景鈺吃完鴨腿，掏出手帕擦了擦嘴。「王家人仗著王淑妃得寵，已經在朝陽城橫行多年，最近，陛下似乎有意要滅一滅王家的氣焰。據說王淑妃欲去替王謙求情，卻被陛下罰站在御書房外足足兩個時辰。」

南溪吃完一根鴨翅，吸了吸手指上的油汁。「看來是要失寵了。」

景鈺繼續道：「還有朔州地界，今年先遇乾旱，後又遭蟲災，導致朔州百姓種的糧食幾乎顆粒無收，以至於已有許多地方開始鬧饑荒。朔州太守幾番上奏請求朝廷發糧賑災，朝堂上卻因該派誰去朔州賑災而爭執不休。」

南溪停下動作。「朔州鬧饑荒？」杏兒姊姊和徐大哥就在朔州啊！

景鈺頷首。「國庫能放出去的糧也有限，故最近朝廷正在徵收各地的糧食。」

南溪的眉頭都快擰成麻花了。「不知道杏兒姊姊現下如何？」

「徐大哥不是普通百姓，應該暫時無事。」

她嘆了一口氣，抬頭問：「朝廷打算派誰押糧去朔州？」

「暫時還未定。」景鈺搖頭。「此事茲事體大，陛下想找一個信得過的人來押送這批糧食，以杜絕有人借押糧之便，中飽私囊。」

「是得鄭重選人。」南溪點點頭，把喝空了的酒壺還給景鈺後站起身，拍了拍他的肩膀道：「天色已晚，早些回府休息，我回去睡了啊。」說完便如展翅的飛鳥，飛身回了對面，進屋前，還轉過身來對尚在屋頂的景鈺揮了揮手。

吃完就走，也不問問他這段時間過得怎樣！

翌日，秋高氣爽。

南溪先去後院看了看菜園子，然後才帶著青鳶去了東城的什邡街。

藥鋪裡，齊掌櫃和林靜之相繼跟她報備這段時日發生在藥鋪裡的事。

「您走後還不到兩日，便有人故意給我和林大夫下套，欲加害保安藥鋪。後幸得小王爺暗中相助，才得以把保安藥鋪的名聲保全。」

南溪面色一凝。「怎麼回事？」

林靜之上前。「這事也是怪我大意，只想著救人，竟未察覺是別人下的套。」

原來，南溪走後不久，便有一男子扶著一位老婦上門求診。林靜之觀老婦氣血不足，多處穴位疑有堵滯，便以銀針幫其疏通。誰承想，這老婦卻在半途忽然倒在地上，口吐白沫，全身抽搐。

她兒子見此，一口咬定老婦如此乃是林靜之醫錯所致，就在保安藥鋪裡大吵大鬧，嚷嚷著要拉林靜之去見官。齊掌櫃上前去勸阻，那男子卻無賴地倒在地上，說是被齊掌櫃推的，嘴裡還不停地喊說保安藥鋪謀財害命。

就在兩人手足無措之際，景鈺的馬車正好路過藥鋪，了解前因後果之後，便直接讓衛峰把鬧事的人提去府衙。一番拷打之後，那男子才招出是有人給他銀子讓他陷害保安藥鋪。

原來藥鋪裡還發生了這樣的事，景鈺昨夜怎麼沒告訴她？南溪凝目。「那人可招出了背後指使之人是誰？」

林靜之搖頭。「他說那個來找他的人戴著圍笠，看不清樣貌，只知道是位年輕女子。」

年輕女子？南溪摩挲著下頷，一時也想不出有誰會故意針對她，畢竟她來朝陽城這麼久，自認未曾與人結怨。

北城，戶部尚書府後花園的水榭涼亭裡，王麗芝正在給池裡的魚兒餵食，一個粗使婆子疾步匆匆地趕來，卻被守在水榭邊上的小蝶攔了下來。

「何事？」

婆子連忙把腦袋湊過去，附在小蝶的耳邊低語了幾句，隨後小蝶便轉身進入涼亭，走近王麗芝，小聲道：「小姐，那人回來了。」

王麗芝一聽，嘴角勾起一抹冷笑。「回來得正好。」

南溪回來的第五天，就是每月一次義診的日子。

因上次醫治疫病的事情，蘭草巷的百姓把保安藥鋪傳得神乎，所以現在，東南西北四城的人都來保安藥鋪看病求藥，到了義診這三天，人數更是只增不減，保安藥鋪的人個個忙到腳不沾地。

這日是義診的最後一天，南溪給最後一位病人開好藥方，便長長呼出一口濁氣。

總算是結束了！

望了一眼門外漸黑的天色，她開始收拾診桌上的東西，青鳶打掃好，過來把醫箱揹在肩上。

南溪對還在整理藥材的齊掌櫃道：「齊掌櫃，天色已經不早了，剩下的明日再整理吧，你也早些打烊回去。」

林靜之的家離得遠，已經讓他先回花塘村。

「欸，姑娘先走，老朽馬上就好。」齊掌櫃把一味藥材放進藥櫃的抽屜裡，繼續清理其他的藥材。

南溪見此，只好帶著青鳶先離開。主僕倆從藥鋪出來的時候，街道上已經沒有幾個行人，即便有也是行色匆匆。

趙山已經駕著馬車在外面等候多時，見兩人出來，忙拿出馬凳放下。

青鳶左右張望了一瞬，問道：「趙大哥，怎麼沒見其他三位護院大哥呢？」

這幾日，四個護院都隨著南溪來藥鋪幫忙，可現下只看見趙山，不見其他三人。

「我讓他們先回府了。」南溪說完，踩著馬凳上了馬車，青鳶連忙跟上。

待主僕二人上車坐好，趙山收了馬凳，緩緩駕著馬車離開。

如今已是深秋，天黑得越來越早，加上秋夜微涼，大多數人都不願意在外逗留，無事便早早歸了家。

馬車噠噠穿過大道，拐角進入一條空巷。行至巷中央時，趙山忽感氣氛不對，拉緊手裡的韁繩，加快趕車速度。

車廂猛然一陣顛簸，讓本是閉目養神的南溪睜開眼睛，青鳶撩開車簾子詢問。「趙大哥，怎麼了？」怎麼突然就加快速度了。

趙山神色嚴峻。「我感覺這條巷子不對勁，護好姑娘，別出來。」

青鳶心下一慌，連忙放下簾子回頭看向南溪。「姑娘？」

南溪鎮定道：「別慌。」

話音剛落，馬車就忽然停下，然後，一枚冷箭從車窗射進馬車裡，被南溪眼疾手快地一把抓住。

「啊！」青鳶驚叫一聲後，驚恐地用雙手捂住了嘴巴。

外面，趙山抽出夾板裡的大刀，高聲厲喝。「什麼人？出來！」

不過一瞬，外面便有兵器碰撞的聲音傳來。

南溪抽出綁在腿上的短刃放到青鳶手裡。「好好待在馬車裡，別出來。」

青鳶點頭，握著短刃的雙手止不住地顫抖。

南溪打開醫箱，從裡面拿出一個瓷瓶便掀開車簾走了出去。

外面，趙山以一敵眾很是吃力，肩上和胳膊上都受了傷，仍然一夫當關地護在馬車周圍，不讓賊人有機會靠近馬車。

一個蒙面人舉起手中的長劍，正欲從背後偷襲趙山，卻突覺腦袋一痛，就直直倒在了地上。

南溪冷冷看了一眼倒地上的人，隨即伸手把趙山從包圍中提出來，自己去對付餘下的蒙面人。一揮一踢，廢掉一個，一勾一擰，再廢一個，一拉一摔，廢掉第三個，最後藥粉一撒，蒙面人團滅。

退到一旁的趙山，一臉傻愣地看著南溪俐落地幹掉五人，一時都不敢相信自己的眼睛——他家姑娘竟是一位深藏不露的武林高手！

此次來圍堵馬車的一共六人，南溪蹲在一個蒙面人面前，伸手扯開他的面巾，而後又用雙指在他脖頸處一按，原本昏迷過去的人突然痛呼一聲醒過來。

南溪清冷地開口。「你們是何人？又是受誰指使？」

那人緊閉雙唇不開口，她目光一凝，手下的力道又重了幾分。「不說？那就送你一程。」

「唔……說，說，我說！」

南溪手下鬆開一點點。「是誰？」

「我……我們是戶部尚書府裡的護院，此次是受了王家大小姐的命令，到此伏擊保安藥鋪的女大夫。」

「王家大小姐叫什麼名字？」

「王……王麗芝，她叫王麗芝。」

王麗芝？南溪擰著眉頭想了一會兒，仍是沒有想起什麼時候與這號人物有過交集。

「她為什麼會派你們來伏擊我？」

「這個小的真不知……」

第五十九章

趙山捂著手臂走過來問：「姑娘，可要把他們送去官府，讓官府的人來審？」

南溪一記手刀把那人再次劈暈，站起身道：「把人送去京兆府。」

「是。」

青鳶確定外面已經沒有危險後，跳下馬車，走到南溪身邊。「姑娘，您沒事吧？」

南溪搖頭，吩咐她。「去馬車裡把醫箱拿出來，剩下的路我們步行，讓趙山把這幾人先拖去京兆府。」

「哦。」青鳶又連忙回到馬車裡拿出醫箱。

待趙山把倒在地上的六人拉上馬車拖去京兆府後，南溪才帶著青鳶慢悠悠往南府走。

此時，天色已經完全暗下來，兩人手中沒有照明東西，只能借著天上微弱的月光緩慢前行。

青鳶看著走得緩慢的南溪，以為她是看不清前方，便上前一步道：「姑娘可以拉著奴婢的手走。」

南溪聞言一愣，隨後反應過來，笑著搖了搖頭。「我只是在想事情。」並不是看不清路，再說她一個練武之人，視力又怎麼會不好？

她擰著眉頭，一邊走一邊說道：「我實在想不起來，與那王麗芝到底在什麼地方有過交集？我又是怎麼得罪了她的。」

青鳶抓了抓腦袋。「奴婢也想不出。不過，趙大哥不是已經把那些人送去官府了嗎？相信官府很快就會查出來的。」

南溪卻是搖頭。「剛才那人到了京兆府極有可能會翻供。」

而她們也沒有實質證據，最後，京兆府很可能會讓這事不了了之。所以啊，還得自己去解決。

王麗芝？王府？或許她該找景鈺問問。

回到南府，簡單用過晚飯，南溪便回了自己寢屋。半炷香後，寢屋的窗戶被打開，跟著，一道黑影從裡面飛出，隨後便消失在茫茫夜色中。

鎮南王府，東殿書房。

景鈺批閱好最後一本摺子，理著衣服起身走出書房。守在書房外的衛峰見到他出來，忙提高手裡的燈籠，跟在身後。

秋日的夜，攜著絲絲涼意，一陣秋風吹來，讓原本有些困頓的人瞬間清明。

景鈺走到浴房門口，正欲推門而入，耳邊卻忽然傳來一道細小的貓叫聲。

他頓住動作，豎耳細聽了一瞬，便轉身取走衛峰手裡的燈籠，揮手讓他先退下。

待衛峰退下，他才推開浴房的門，提著燈籠走了進去。然而他沒有關上房門，直到一道黑影快如疾風地閃了進去，那扇門才被關上。

浴房裡，景鈺把燈籠放到一張凳子下，壓著光亮不讓它透到門窗上去。而後才轉身面對跟進來的黑影，溫聲問道：「找我有事？」

南溪扯下蒙面的黑巾，笑眼彎彎。「沒事就不能來鎮南王府看看你？」

景鈺走到屋裡的一張矮榻上坐下。「妳是無事不登三寶殿。」

南溪抬眼環顧四周，最後把目光落在那幾扇寬大的畫著山水的屏風上，好奇問道：「那裡面是浴池？」說著，就要抬腳進去觀看。

她想進去看看鎮南王府的浴池跟唐代楊貴妃的浴池是不是一樣的。

景鈺忙起身攔住她，同時，語帶責備地道：「男子沐浴用的湯池，妳去看甚？」

不看就不看，南溪撇了撇嘴轉身，並沒有注意到他紅透了的耳根。

景鈺抬袖，掩唇輕咳一聲。「妳來找我到底是為何事？」

南溪走到矮榻上坐下。「來跟你打聽件事。」

景鈺坐到她旁邊，側頭看她。「什麼事？」

「你知道戶部尚書府大小姐王麗芝這個人嗎？」

他黑眸一閃。「妳問她做甚？」

南溪似是很無奈地長嘆一口氣。「這位大小姐派人在我回家的途中伏擊我，可我連她是誰、跟她有過什麼交集都不清楚。」

「她派人伏擊妳？什麼時候的事？妳有沒有受傷？」

景鈺聞言，倏地起身，拉起她上下打量。

南溪先是點頭後又搖頭。「是啊，就在今日傍晚。我沒事，沒有受傷。」

聽到她沒有受傷，他鬆一口氣的同時，一雙黑眸卻是匯聚了狂風暴雨，隱在袖中的雙手亦緩緩握緊。

不過，很快他便低斂下眸子，面容寡淡道：「妳上次來王府，曾與她有過短暫的碰面；還有上次遊蓬羅湖，她也在那艘茶舫上。」

南溪在腦海裡快速回想，半晌才眨眨眼。「原來是她啊！我當時問你，你還說不認識來著。」後面一句顯然帶了一點點控訴。

景鈺抬眸，眼裡已經恢復平靜。「無關緊要的人，認識與不認識都無甚差別。」

南溪歪著腦袋，還是沒想明白。「她為什麼要針對我？」

景鈺抿著薄唇，過了好一會兒才回道：「許是因為我。」

她一臉呆愣。

看著她的呆樣，景鈺忍不住伸手揉了揉她的頭髮，嘴裡卻是避重就輕地解釋。「她是柳惜若最疼愛的姪女，如今柳惜若已經變得人不人鬼不鬼，所以……」

南溪拍掉他的手，瞪著一雙大眼睛。「所以她恨及了你，可又對付不了你，於是便跑來對付與你走得近的我？」

景鈺一本正經地點頭。「應是這樣沒錯。」

南溪秀眉一蹙。感覺這個理由有點牽強啊！

不給她深思的機會，景鈺開口。「那些伏擊妳的人可有抓住？」

她點頭。「我讓趙山把人送去京兆府了。」

景鈺沈吟。「她背後是尚書府，就算把人送去官府亦奈何不了她，此事就交給我來處理吧！」

「不行！」南溪面露忿色。「這女人無緣無故派人來害我，我怎麼著也要親自去出一口氣才行。」

景鈺一雙黑眸凝著她。「妳想要如何出氣？」

南溪摩挲著下頜想了半晌，終於想到了一個絕妙的報復方法。

次日一早，她便召來兩小廝和四護院，悄聲交代他們幾句後，便帶青鳶去了藥鋪。

每月義診結束後的第二日，藥鋪都比較冷清，南溪在藥鋪待了一小會兒，便領著青鳶去了街上逛逛，順便去南城看了一眼包子鋪的分店。

如今，南城的包子鋪已經交給劉青新帶出來的徒弟嚴俊管理，劉青自己回了東城什邡街的包子鋪。

嚴俊是個老實肯幹的二十歲小夥子，剛娶媳婦不久，如今媳婦也在鋪子裡幫忙。

夫妻倆見到南溪，趕忙出來請她進去裡面坐。南溪看了一眼鋪子裡滿堂的客人，笑著擺了擺手，與夫婦倆說了兩句話便離開了包子鋪。

主僕二人在街上一直逛到晌午，才回到東城什邡街。

下午，南溪照例在藥鋪後院教三姊弟讀書練字。待到日落西山，把劉家姊弟送回到對面後，她提前離開了藥鋪。

剛一回到南府，南溪便把兩小廝和四護院找來。「我讓你們辦的事辦好了嗎？」

趙山把懷裡抱著的酒罈子往前送了送，咧著嘴笑道：「已經辦好了，東西全都裝在這裡面了，姑娘可要打開看看？」

南溪卻一臉驚悚地後退兩步。「不用不用，你把封口封好了，千萬別讓那些東西跑出來。」

趙山拍了拍酒罈子。「姑娘放心，某把封口封得死死的，東西跑不出來。」

護院譚九搓了搓手，有些躍躍欲試。「姑娘，咱們什麼時候動手？」

南溪望了一眼外面的天色，皺眉道：「現在時辰尚早，等到亥時末吧。」

「是。」

她睨著幾人暗暗興奮的模樣，眉梢一挑。「今晚的行動，只能一人陪我同去。」

趙山聞言，搶先道：「姑娘，讓某陪同您一起去吧，某的功夫比他們高。」

南溪略作沈吟，點頭道：「行，就由你隨我一起去。」

若不是她不想自己抱著那個罈子，其實是一個人都不想帶上。自上次王遠道出事後，尚書府已經加強了戒備，多帶一人去便多一分危險，畢竟趙山的功夫還不如她。

亥時末，新月掛在枝頭，像把銀色鐮刀。南溪和趙山一身黑衣地來到北城——戶部尚書府的宅牆外邊。

望著面前丈高的紅牆，趙山抱著罈子悄聲道：「姑娘，某下午來此踩過點，從這兒進去正好是尚書府的後院，離尚書府女眷的住房最近。」

南溪向他豎起大拇指。「幹得不錯。」

趙山嘿嘿笑了笑。

兩人正準備翻牆進去，忽見左方有一道黑影向他們這裡飛來。南溪摸出腰間的暗器就準備攻擊，鼻尖卻忽然聞到一股熟悉的藥草香。

她驚訝開口。「景鈺？」

黑影落在她面前，抬手扯下面巾，果然是景鈺。

她疑惑。「你怎麼來了？」還來得這麼及時。

景鈺睨了抱著罈子的趙山一眼。「我去南府沒找到妳，便猜想妳來了這裡。妳那罈子裡裝的是什麼？」

「你來得正好。」南溪眼珠一轉，把趙山懷裡的罈子抱到景鈺懷裡，並對趙山道：「你且留在外面替我們把風。」說完就拉著景鈺的手，飛上了丈高的宅牆。

兩人飛進尚書府後院，南溪按照趙山剛才所說的路線找到了王麗芝的閨房。她在窗紙上戳了一個洞，彎腰湊近洞口悄悄觀察裡面。

景鈺趁著她觀察屋內情形的功夫，就著微弱月光掀開罈子的封口一角查看。當看清裡面裝的是什麼東西後，他嘴角直抽。

還以為她想到了什麼報復的好法子呢，原來只是個惡作劇！

南溪觀察了一會兒屋裡，便掏出一根比小指還細點的竹筒，往窗紙洞裡吹送迷煙。然後又走到房屋門口，掏出短刃小心插進門縫裡，慢慢把裡面的門閂推開。

景鈺把罈口重新封好，靜默地跟在她身後。

片刻之後，門閂被完全推開，南溪輕手輕腳地推開房門，招手讓景鈺跟著她進屋裡。

走到一張紅木雕花大床前面，南溪伸手一把掀開藍色蚊帳，露出裡面睡得正酣甜的王麗芝。

景鈺眉頭一皺，抱著罈子轉過身去。

南溪回頭要拿罈子，卻見景鈺背對著自己，瞥了一眼床上，她了然地拿走他手裡的罈子。

回到床邊，看著床上的睡美人，南溪露出了一個邪惡笑容。

讓妳派人來伏擊我，希望妳明早醒來不會被嚇死！

南溪把罈子的封口扯開，然後放在王麗芝的床尾，直到看到裡面的東西慢慢爬出來後，她才拉著景鈺快速離開房間。

景鈺在離開王麗芝的房間前，趁著南溪不注意，悄悄用手指向空中彈了彈。黑夜中，一股淡淡的藥香瞬間在屋內瀰漫……

「今晚謝了啊！」

景鈺抖了抖衣袖上不存在的灰塵。「謝我做甚？我什麼也沒做。」

南溪於黑暗中彎起眉眼。「你幫我抱了那個罈子呀！」

景鈺輕輕蹙眉。「妳留下那個罈子，豈不是給了她事後追查的線索？」

南溪微微仰首。「那酒罈子再尋常不過，便是讓她去查也查不出什麼來。且那酒罈子我是故意留下的。」

目的自然是為了讓王麗芝知曉，有人可以悄無聲息地進入她房間，讓她時時提心吊膽，寢不能寐。

景鈺瞬間明白她的目的，頷首道：「攻其心理，摧其意志，挺好。」

噹噹噹！

也在這時，從遠處傳來打更人的吆喝聲。「天乾物燥，小心火燭！」

南溪隔著面巾打了哈欠。「都已經三更天了，鎮南王府跟南府不是一個方向，我們先回了。」一說完，就領著趙山悄聲消失在夜色中。

他還有話沒說……算了，還是等到下次再說吧！

回頭看了一眼身後高牆，景鈺也悄無聲息地離開。

第二日清晨，涼風習習，小蝶端著洗漱盆來到房門前，抬手輕敲了敲屋門。

「小姐，起了嗎？」

頓了一瞬，見屋裡沒動靜，她正要再敲，卻聽裡面傳來聲嘶力竭的尖叫——

「啊啊啊啊啊啊啊啊啊啊！」

「小姐，怎麼了？」小蝶擔心地去推房門，卻不想房門很輕易就被推開了，她來不及做他想，抬腳就衝了進去，隨後便聽到銅盆落地和她驚恐萬分的尖叫。

「啊啊啊啊啊啊啊啊啊啊啊！」

兩道尖銳無比的聲音很快便引來府內其他的人，所有女子一看到屋裡那滿地爬的東西後，也發出同樣的尖叫聲。

被嘉禾帝責令在家思過，並好好教導子孫的戶部尚書王謙聞聲趕來。

當看到嫡親孫女的身上床上地上都是綠油油、毛茸茸、胖乎乎的蟲子後，那臉色瞬間變得比鍋底還黑。

「都愣著幹什麼？還不快把這些噁心東西都清理出去！」

而王麗芝早已經被身上和床上的蟲子嚇暈過去。

王謙看著被嚇暈的孫女，氣得是渾身輕顫。是誰？到底是誰要害他的親孫女?!

今早，南溪在藥鋪門口撿到了兩個銅板，找不到失主後，她心情愉悅地讓青鳶拿去對面買包子。

接下來的半日，大家都能感覺到她的好心情。

青鳶好奇問她今日因何這般高興，南溪彎著眼說了一句。「人逢喜事精神爽啊！」

青鳶便以為她是因為早上撿到的兩個銅板。

直到快晌午時，趙山找來藥鋪，然後被南溪神神秘秘地喚去後院。

剛到藥鋪後院，南溪就迫不及待地開口問趙山。「如何？那王麗芝今晨醒來是什麼反應？」

趙山搓著手，興奮地道：「發出一陣尖叫聲後便被嚇暈了過去，後面聞聲趕去她房裡的丫鬟婆子也都尖叫聲連連，可謂是雞飛狗跳、兵荒馬亂。後來還是戶部尚書王謙趕來，嚴令那些丫鬟婆子進去把蟲子都清理乾淨，又派人去請了北城有名的李郎中去尚書府看診。不過某在離開時，那王麗芝好像都還未醒來。」

「哈哈哈哈哈哈……」

南溪聽了，心裡是一陣暢快。報仇的感覺就是這麼爽快！

進南府這麼久，趙山還是頭一次見她笑得如此開懷，不由得也跟著咧大了嘴角。

藥鋪的大堂裡，林靜之聽著從後院傳來的大笑聲，好奇地問青鳶。「青鳶，妳可知姑娘今日為何如此開心？」

青鳶一本正經地回道：「因為姑娘今早撿到錢了啊。」

齊掌櫃布滿溝壑的雙眼看了一眼後院，笑道：「老朽還是頭一次聽到姑娘如此開懷的大笑，聽著竟像是黃鶯啼鳴那般空靈好聽。」

對於齊掌櫃的最後一句話，林靜之亦認同點頭。「姑娘的笑聲確如黃鶯鳴唱那般悅耳動聽。」

青鳶與有榮焉般地仰了仰下巴。「姑娘的聲音本就好聽。」

第六十章

後院的南溪收住笑，招手讓趙山附耳過來，而後低聲交代起來。

趙山聽了連忙拱手。「某這就去辦。」

下午未時，南溪拿出銀子讓青鳶去福記甜品鋪買些羊奶糕，說是好久沒吃了，嘴有點饞，還特意囑咐青鳶可以在北城多逗留一會兒，看看街上有什麼新奇玩意沒有。

難得能光明正大地偷懶，青鳶接過銀子就高高興興地去了。約莫過了一炷香，她歡喜地帶著羊奶糕回來。

「姑娘，您的羊奶糕。」

南溪接過羊奶糕，狀似隨意地開口。「在北城可瞧見了什麼新奇玩意？」

青鳶搖頭，隨後卻眼睛亮堂堂地道：「奴婢在北城雖沒看到什麼新奇玩意，卻聽到了一件新奇的事，姑娘要聽嗎？」

「是嗎？」南溪挑眉，把羊奶糕分作幾份，示意青鳶給旁邊的林靜之和藥臺的齊掌櫃他們送去。「說來聽聽。」

青鳶把羊奶糕分別給他們送了，回來道：「奴婢買好羊奶糕，從福記甜品鋪裡出來，就聽到街上有人在談論戶部尚書府的事，便好奇聽了幾句，結果不聽不知道，一聽嚇一跳！」說完，還感嘆似地嘖嘖兩聲。

藥鋪夥計是個急性子，忙焦急開口。「青鸞姑娘，快別賣關子了，戶部尚書府到底出了啥事啊？」

青鸞這才小聲道：「戶部尚書王謙王大人的嫡孫女王麗芝，今早醒來，發現自己的床上……」

夥計聽到此，激動地打斷她。「有一個野男人？」

「咳咳！」正在吃糕點的南溪被夥計這句話給嗆到。

青鸞責怪地瞥了夥計一眼，忙走到南溪身後為她拍背。

南溪喝了兩口茶，才把噎在嗓子眼的羊奶糕給順下去。她擺擺手，示意身後的青鸞停手。

「妳繼續說。」

青鸞這才繼續道：「那位大小姐今早醒來，發現她的床上還有身上，都爬滿了綠油油毛茸茸的噁心蟲子，據說每一條都有筷子那麼粗，那大小姐嚇得到現在都還沒醒。」

南溪挑眉。還沒醒？不應該啊！

青鳶搓著手臂，扭著一張小臉道：「滿床的噁心蟲子啊，光是想，我都起了一身的雞皮疙瘩！」

夥計亦是瞠目結舌。「這誰幹的啊？也太缺德了吧，誰不知道女子最怕那種軟綿綿的蟲子。」

南溪目光不善地瞥了他一眼。居然敢說她缺德！看來平時幹的活還是不夠多。

「二柱，去後院倉庫打掃一下環境，記得把裡面的藥材全搬到院子裡，這樣才打掃得乾淨。」

二柱一時有些傻眼。滿滿的兩大倉庫藥材啊，光全部搬出來都要半天，更何況還要打掃，打掃完還要搬進去。加上那些藥材又不能放置在外面過夜，不然會浸染露氣回潮……可今天這還不到半日的時間，哪裡幹得完？他喏喏開口。「姑娘，小的明日一早就來打掃行嗎？」

南溪瞥他一眼。「明日若是有雨呢？」

「小的這就去！」

這時，林靜之問道：「可有查出那放蠱之人是誰？」

青鳶搖頭。「聽說尚書府的人正抱著一個酒罈子一家家去問那些燒罈子的窯戶呢！」

齊掌櫃這時也湊熱鬧開口。「這種小手段，一般都是後宅女人所為，老朽抓藥十幾年，見過不少後宅的陰私手段。」

青鳶不懂，問道：「您抓藥還能知道那些後宅的事？」

齊掌櫃莫測高深地笑笑。「以前的保安藥材鋪，可是賣了不少藥材給那些後宅子裡的人。」

南溪掏出手帕，一邊慢悠悠擦手，一邊問青鳶。「妳是在福記甜品鋪外面聽到此事的？」

青鳶點頭。「嗯，奴婢在回來的路上也聽到其他人在討論，現下，怕是全北城的人都知道這事了。」
要的就是這個效果。南溪嘴角幾不可見地勾了勾，收好手帕，起身朝外面走去。「我去對面包子鋪看看。」
大丫二丫和三寶今日跟著劉青夫婦回了本家探親，得好幾日才能回來，如今對面包子鋪裡，就青寧、青瓷還有一個劉青剛收不久的徒弟夏宏。
包子鋪裡，青寧在揉麵粉，青瓷在洗薑蒜，夏宏正在剁包子餡，見到南溪過來，都停下了手上的動作。
「姑娘。」
南溪背著手，彎著眼開口。「你們忙，不用管我。」
於是，三人就當真沒再管她，繼續忙著手裡的活計。
她在鋪子裡這裡看看、那裡瞅瞅，最後湊到青寧身旁，指著案臺上的一小袋子，問道：
「這袋子裡裝的是什麼？」
青寧抬眼看了看，回道：「姑娘，那是夏宏昨日才磨出來的糯米。」
糯米？南溪扭頭看向夏宏。「這糯米打算用來做什麼？」
夏宏抬起頭來。「打算拿來做年糕，姑娘若是想要，便先拿去用。」
聞言，她眼睛一彎。「那我便拿來做糯米糍粑了。」
夏宏放下手裡的刀走過來。「姑娘可需要我幫忙？」
南溪笑著搖頭。「你忙你的。」

她小時候去外婆家，外婆經常做給她吃，因此做糯米糍粑的那些步驟，她到現在都還沒忘記。

糯米糍粑做起來其實挺簡單的。南溪拿一個青花瓷碗舀出來兩碗糯米淘洗乾淨下鍋，再給鍋裡加入稍微少點的水，開始把糯米燜熟。

期間，她又去找了紅豆，做了一份豆沙餡。

半炷香後，糯米煮好，南溪把煮好的糯米飯倒在一個大筲箕裡，撥散冷卻，待不再燙手後，就把糯米飯倒進一個瓷碓臼裡，用擀麵棍使勁搗碎，直至它拉絲為止。

然後把手洗乾淨，揪一小團糯米揉圓捏扁，再放上豆沙餡，用虎口收攏包好，如此就可以直接吃了。

南溪把第一個包好的糍粑送進嘴裡，細細咀嚼後，滿意點頭。雖然沒有外婆做的好吃，但是有外婆做的那個味道。

快速包好所有糍粑後，她端著盤子來到正在擀包子皮、包包子的三人面前。

「你們也嚐嚐。」

三人自她動手的那一刻開始，始終注意著進展，如今見到糍粑終於做好，忙把沾滿麵粉的手在面前衣服上擦了擦，開始品嚐糍粑。

青寧一口便是一個，舉起大拇指道：「好甜，可是又不膩，好次！」

南溪笑著道：「其實還可以放入鍋中烙至兩面金黃酥脆，這樣外酥裡糯、香甜細膩，好吃翻倍。」

夏宏聽得眼睛發亮，下次他便試試。

糯米糍粑雖然好吃，但實不宜吃多，不然不容易消化，所以南溪給三人留下一小盤後，其他的都拿去了藥鋪。

南溪因為先前吃了羊奶糕，現在只吃了兩個糍粑便吃不下了，藥鋪裡的其他人亦然。

於是乎，秉著不能浪費糧食的好習慣，她又帶著糍粑回了南府。

晚上，她想著有一段日子沒放胖豆芽出來了，正打算關窗把胖豆芽放出來交流交流感情，景鈺卻從窗外一躍而進。

南溪眨眨眼。「你來有啥事？」他們昨晚不才剛碰過面嗎？

景鈺睨她一眼，走到桌旁，撩袍坐下。

「昨夜，我話都還未說完，妳便拉著妳的護院跑出老遠，導致我今夜不得不再走這一趟。」

「呃……哈哈，原來是這樣。」南溪打著哈哈走到桌旁的另一邊坐下，笑嘻嘻問道：「你昨夜本來還想說什麼話的呀？」

景鈺拂了拂袍子，平淡道：「陛下已經決定了負責押送賑災糧的人選。」

「哦。」她提起桌上茶壺，給他倒了一杯茶水。她對誰押送這批賑災糧不感興趣，只關心杏兒姊姊他們有沒有事。

景鈺抬眸看她。「這批運往朔州的賑災糧，由戶部侍郎付仁貴和我親自押送。」

「你押送？」南溪愣愣看著景鈺。

「嗯。」他喝了一口茶水，道：「此去朔州路途遙遠，朝廷擔心途中會有惡匪劫糧，故派我率三百輕騎一路護送。」

南溪一巴掌拍在桌面上。「朝廷是沒人了嗎？竟然派一個小孩子去押糧！這山高路遠的，萬一出了什麼事，是不是就要都怪在你頭上啊？」

景鈺聞言，臉色頓時一黑。「我不是小孩子。」

南溪瞪著他。「在我心裡，你就是小孩子。」

「妳！」景鈺倏地起身，目光沈沈地看著她。

「怎樣？」南溪不管三七二十一，也雙手叉腰地站起。雖然她身高不行，氣勢卻很足。

「還想忤逆你師姐不成？」

哼，師姐的排面不能輸！

景鈺深吸一口氣，重新坐下，悶悶開口。「陛下是想到了我上次剿滅雙峽谷山匪的表現，才對我委以重任。」

南溪知道，既然嘉禾帝已經任命便不會輕易更改，於是端著一張小臉，問道：「什麼時候啟程？」

「三日後。」

三日後正好是中秋，朔州山高路遠，等他運完糧回來，怕是都到年關了。

南溪偏頭看他。「隨行的東西都準備好了嗎？」

景鈺微微頷首。「嗯。」

「屆時，我去城門口送你。」

景鈺淡淡地提出要求。「記得給我烙點餅當乾糧。」要跟她分開幾個月呢，既然不能帶上她，那就帶上她烙的餅。

鎮南王府的廚子是不會烙餅還是怎麼的？南溪雖然在心中腹誹，還是點頭道：「好。」

景鈺看著她再強調。「要妳親自烙的。」

「曉得啦！」南溪無語地白了他一眼。

之後，兩人又聊了一些其他事情，直到南溪開始打哈欠，景鈺才起身離開。

隔日一早，天空便下起了綿綿細雨。

想著下雨天基本沒有什麼病人，南溪便沒有去藥鋪，吩咐青鳶到藥鋪裡去知會一聲後，她穿著蓑衣斗笠就去了後院的菜園子。

把該摘的蔬菜都摘了，該重新種菜的地也都翻好土重新種上菜了，她才扛著鋤頭出了菜園。

廚房裡，李婆子正在燒火做飯，青荷則在案臺邊切菜。

如今劉婆子去了山莊，青寧青瓷在包子鋪幫忙，青鳶又跟著她跑，四個護院又是大老爺們，便只有青荷在廚房裡幫李婆子的忙了。

南溪提著一大筐蔬菜來到廚房。「李婆婆，廚房裡可有空的醃菜缸？」

這筐蔬菜全是白菜白蘿蔔，吃不完的可以用來做醃菜。

李婆子在衣服上擦了擦手，走過來。

「這麼多菜哪？老奴記得有一個醃菜缸裡的醃菜已經吃得差不多了，正好可以用來醃這一筐子菜。」

「行，我先把這些菜洗出來晾乾。」南溪拿來一個大木盆，先把白菜放在裡面，又拿起水瓢去水缸裡舀水，準備清洗蔬菜。

李婆子見了，忙過去道：「姑娘，讓老奴來吧。」

南溪避開她伸來的手。「無妨，妳且忙妳的去。」

見此，李婆子也只好回到灶臺前繼續燒火。

等到南溪把一筐菜都清洗出來晾在簸箕裡後，李婆子的午飯也做好了。

用過午飯，見青鳶還未回來，南溪便撐著油紙傘去了東城的什邡街。本以為青鳶是被什麼事情給絆住了，結果到藥鋪一看，人家竟是在幫林靜之鋪紙磨墨。

青鳶見到南溪來了藥鋪，很驚訝地問道：「姑娘不是說今日不來藥鋪嗎？」還特意讓她來藥鋪傳話來著。

南溪沒好氣地睃她一眼。「本是不打算來的，誰知道派出來傳話的丫鬟半天不返，讓我這個做主子的擔心，只好親自出來看看。」

青鳶聽了，小臉頓時一紅。「奴……奴婢是在藥鋪幫忙，一時忘記了時辰……」

正在臨摹醫書的林靜之，忙放下毛筆，起身拱手道：「姑娘莫要責怪青鳶，她是因為我……」

我當然知道她是因為你。南溪腹誹著打斷他的話。「我沒有怪她。」

青鳶見她打開油紙傘轉身，忙走過去。「姑娘是要回去了嗎？」

南溪頷首。「反正藥鋪裡也沒病人，我且先回去，這裡就交給你們了。」說完，她抬手輕輕拍了拍青鳶的肩膀，湊到她耳邊小聲說了句什麼後，便抬腳邁出了藥鋪，獨留青鳶雙頰泛著紅暈地立在門口。

出了藥鋪的南溪並沒有馬上回南府，而是轉去西城的貓眼胡同。

一個時辰後，她提著一袋麵粉，拿著一小袋紅豆和一小袋蓮子，胳肢窩挾著一把油紙傘，回了南府。

青荷在走廊上見到南溪手上拿滿了東西，忙走過來接下。

「姑娘買這麼多東西，怎麼也不叫個人去幫忙？」

南溪放下手裡的東西，甩了甩手。「我也是臨時起意。」

青荷扛起麵粉，詢問道：「姑娘，東西放哪兒？是前院的大廚房還是二進院的小廚房？」

南溪提起紅豆跟蓮子走在後頭。「放小廚房裡去。」

青荷把麵粉扛到二進院的小廚房後，就去忙別的事了，只南溪一人還在小廚房裡搗弄。

次日，天氣轉晴，南溪如往常一樣去了藥鋪，上午待在藥鋪裡看診，下午見病人不多，就領著青鳶去了街上買東西。

因為臨近中秋，街上有許多食品鋪和小攤上開始賣起了月餅。

南溪想知道朝陽城的月餅都是什麼味道，便在不同的攤位上買了不同餡的月餅來嚐，結果發現朝陽城裡的月餅基本上都是鹹的，沒有一種餡是甜味。

青鳶摸了摸吃撐了的肚子，感覺自己都快走不動路了。「姑娘，咱們什麼時候回去啊？」

南溪望了前方一眼，發現已經沒什麼可逛的便轉身。「走吧，回去。」

青鳶輕呼出一口氣，跟著轉身。

這時，兩個頭戴藍色碎花方巾的婦人從她們身邊經過。

「欸，妳聽說了嗎？戶部尚書王謙的嫡孫女得失心瘋了。」

「是不是就是前日被蟲子嚇暈過去那個？」

「對對對，就是她。我聽我隔壁的劉大娘說，王尚書的這位嫡孫女，直到前日夜裡才醒過來。但可惜啊，人雖醒過來，這裡卻不清楚了。」那婦人抬手指了指自己的腦袋。

「也是造孽喲，年紀輕輕竟被嚇成了失心瘋。」

「嗐，要怪就怪王家的男人在外面做了太多的缺德事，老天爺才報復在王家的女眷身上。」

「憑什麼王家男人造的孽要讓王家女人來受苦？」

「唉，許是王尚書那個嫡孫女也做了什麼不好的事吧。」

兩人的談話隨著走遠的距離，越來越小。

王麗芝竟得了失心瘋？南溪輕輕擰起眉頭。是真的還是裝的？

主僕二人從街上直接返回南府，南溪給青鳶熬了碗山楂化食湯後，便又鑽進了小廚房裡去搗鼓。

直到吃晚飯時，她才端著一大盤自製的月餅出來。

府裡所有人嚐過南溪做的月餅後，都讚不絕口，大呼好吃，皆說是頭一次吃到甜味的月餅。

第六十一章

這日，南溪早早就起床進了小廚房搗弄了兩個時辰後，提著一個深藍色包袱出來。

北城門外，所有押運賑災糧的馬車都已經排列整齊，只待上頭一聲令下，就可以出發。

景鈺騎在一匹棗紅馬背上，眼睛一直盯著城門口。

戶部侍郎付仁貴清點好運糧馬車，策馬上前。「小王爺，下官已經清點完畢，數量無誤，可以啟程了。」

「嗯。」景鈺調轉馬頭，抬起右手一揮。「出發！」

「等等！」

景鈺聞聲，立即回頭，就見南溪騎著她那匹矮棕馬飛快衝出城門，向他奔赴而來。

他坐在馬背上，突然就笑了。

待南溪到了近前，他開口問：「怎麼來得這麼遲？」

南溪把肩上的包袱取下來遞給他。「還不是為了給你準備乾糧。」

景鈺接過沈甸甸的包袱，用手掂了掂底部。「這麼多，全是烙餅？」

她指著包袱。「除了烙餅，我還做了一些其他的餅，應該能夠你在路上吃。此行路途遙遠，你自己注意安全。」

「嗯。」景鈺把包袱揹在肩上，對她道：「我要走了，妳在朝陽城好好的，萬一有事可以去找聚賢樓的老闆。」

南溪點頭。「你在路上也要小心。對了，這個給你。」她從腰間取下一個荷包，遞給景鈺。「這裡面是一些治療內外傷的藥物，我特意磨成了粉以便攜帶，你帶在身上以防萬一。」

景鈺也不客氣，拿了就放進自己懷裡，扭頭看著已經走出一段距離的隊伍，他最後看了南溪一眼，調轉馬頭追上去。

「我走了。」

南溪揮手。「一路順風。」

景鈺走的第二日便是中秋，她把提前做好的月餅分給所有人後，便給藥鋪的人放了兩天假，也讓包子鋪的人賣完早點就可以打烊回家。

南府的人也都放了一天假，讓他們回家團聚。

因此今夜，除了是孤兒的東子還留在南府，其他的人都已早早歸家。

東子把偌大的南府巡視了一圈後，便提著燈籠準備出府去看花燈，瞧熱鬧。

朝陽城的中秋節除了吃月餅，還有祭月、賞月、拜月、掛花燈、猜燈謎、遊蓬羅湖、喝桂花酒。因此今晚會有許多人去街上賞燈猜謎，湊熱鬧。

東子剛行上走廊，就看到正屋的門檻上坐著一個人，忙提著燈籠過去查看，卻發現原來是南溪。

「姑娘，您怎麼坐在這兒？」

南溪正坐在門檻上望著天邊的月亮發呆，就聽到東子關心的聲音。她抬頭看向東子。

「你怎麼還沒有回家？」

東子咧著嘴。「姑娘忘啦？我是孤兒，沒有其他家人。」

看著他的笑，南溪心中一滯。她在這個世界也沒有家人，那個曾經給了她家庭溫暖的女人，如今也被困在皇宮裡。

她深吸一口氣，故作輕鬆地道：「以後，你就把南府當做是你的家吧！」

東子聽了感激道：「是，姑娘！」

「我也是一個人。」南溪撐著雙膝起身。「既然如此，今晚咱倆就搭個夥一起過節。你現在是準備幹麼去？」

景鈺走了，王伯前些日子因私人原因離開南府，到現在都還沒回來。所以，她今年也是一個人過中秋啊！

東子摳抓著後腦勺道：「我準備到外面街上去瞧瞧熱鬧。」

「一起吧！」南溪拍了拍手上不存在的灰塵，看向東子。「你不介意多個我吧？」

東子把頭搖得像撥浪鼓。「不介意不介意。」

南溪大眼睛一彎。「行，在此先等我一會兒，我去換身行頭。」

今夜，月圓如鏡，皎潔明亮。

墨髮高束的南溪著一襲天青色長袍，手持一柄山水扇面摺扇，端著一副翩翩少年郎的模樣，信步行走在火樹銀花下，各式燈籠爭豔的街道中。

東子提著燈籠跟在其後。

看著兩旁三三兩兩結伴觀燈的男女，南溪心中感嘆，今夜還是個適合約會的好日子。可惜哪，她卻沒有約會的對象。

想到此，她唰地一聲合起摺扇，對東子道：「走，到前面看看去。」

今夜的燈市是沿著東南西北四城的主道延伸的，可以從西城一路觀賞到北城。待到北城的主街道，除了猜燈謎、對對聯這些小遊戲，更有舞龍燈、轉碟、踩高蹺等雜技表演。相比於其他三城，這裡才是真正的人山人海，熱鬧非凡。

南溪和東子從西城一路逛到北城，把所有節目都看了遍，直至月華偏西，人群漸疏，兩人才開始慢慢悠悠往回走。

主僕二人走到一處掛著中小燈籠的攤位時，東子指著那燈籠下方的紙條說道：「姑娘，這兒還有沒猜完的燈謎。」

先前猜燈謎的人實在太多，他們都擠不進去。

南溪抬頭看向旁邊攤位，那裡還稀疏掛著幾個垂著小紙條的漂亮燈籠。

攤販老闆見她看過來，殷勤開口。「姑娘可是要猜謎？」

南溪啪地打開扇子，搖扇問道：「可有什麼規矩？」

老闆連忙道：「您猜對哪只燈籠上的燈謎，便送您哪只燈籠。沒有猜出也無妨，若是想要這燈籠，六文錢一只，十文錢一對。」

這攤位上的燈籠都是竹骨紙面，並不是很值錢，但勝在樣式精巧，所以老闆喊出六文的

「高價」。

南溪觀察了一瞬，最後選了一隻蝴蝶形燈籠猜燈謎。

只見那紙條上寫著——大漠孤煙直，長河落日圓。打一成語？

「風平浪靜。」

「恭喜姑娘！」老闆取下蝴蝶燈籠遞給她。

猜燈謎也不是很難嘛！南溪美滋滋地提著她的戰利品，又信心滿滿地看向其他紙條。

只是剩下那些紙條上都是對對子，南溪看著那些紙條上的上半句，凝眉思忖。

這時，一個青色身影來到攤位前，隨即一道熟悉的男聲在她前方響起。

「野渡燕穿楊柳雨，芳池魚戲芰荷風。」

「好對，恭喜公子。」老闆取下一個八角燈籠遞給青衣男子。

青衣男子接過燈籠，轉身看著南溪，微笑開口。「許久不見，南姑娘別來無恙？」

南溪微微一挑眉。「一切安好，勞鍾離公子掛念。」

鍾離玦瞥了跟在她身後的東子一眼，一派溫潤地說道：「相請不如偶遇，南姑娘可願賞臉與鍾離淺飲一盅？」

南溪眸光閃了閃，道：「難得有人請喝酒，走吧。」

於是兩人便進了就近的一家小酒肆。鍾離玦要了一壺溫酒，酒桌上，他把兩人的酒杯斟滿。

「這是清果酒，由青果釀成，口感清爽味甘，且不易醉人，最適合女子喝。」

「是麼？那我得好好嚐嚐……」南溪微笑著接過鐘離玦遞過來的酒杯，淺淺抿了一口杯中酒。「嗯，果然清爽甘甜。」

鐘離玦舉起酒杯。「鐘離一直都很感激南姑娘在境遇最難之時，伸出了援手。南姑娘，這杯酒，鐘離敬妳。」

「鐘離公子客氣。」南溪抬手與他碰杯。

東子提著兩個燈籠站在酒肆門口，一陣夜風吹來，讓他不自覺縮了縮身子。

望著天上越來越偏西的圓月，他探頭往酒肆裡看了一眼，見酒肆裡的兩人還在把酒言歡，便縮回了腦袋，繼續安靜守著。

就在他點著腦袋打瞌睡的時候，一隻微涼的小手拍上了他的肩膀。

「東子，走了。」

「是。」東子一個激靈，趕忙提起燈籠跟上那率先離開酒肆的人。

南溪腳下很快，東子幾乎要小跑著才能跟上她，可即便是如此，她也覺得慢了。於是走到一處無人的地方時，她拎起東子的後衣領，施展輕功往南府方向飛去。

酒肆裡，鐘離玦看著對面那只空酒杯，嘴角勾起一抹遺憾的笑意。

「只差一點……真可惜啊！」說完，直接拿過對面的酒杯斟酒。

南府，南溪剛落在院子裡就把東子放下，快步進了自己閨房。

回到閨房的南溪剛把門閂栓好，就暈倒在地上。

而幾乎她才剛倒下去，胖豆芽就從她的眉心鑽了出來。它出來的第一時間就是飄到南溪的鼻間，查看她還有沒有氣。

當它感受到那片伏在鼻孔上的葉子有輕微顫動時，終於鬆一口氣。還有氣，就說明沒事。

於是它就自己在房間裡玩了，任南溪睡在冰涼的地面上，不省人事。

翌日，眾人一大早就回到了南府。

青鳶提著一個用藍布遮住的小籃子來到二進院敲門。「姑娘？您起了嗎？奴婢帶了些柿子給您。」

然而屋裡沒有一點動靜。

看來姑娘還沒起，那她待會兒再來。正當青鳶打算提著籃子離開的時候，屋裡卻傳來一陣的噴嚏聲。

青鳶頓住腳步，在門外關心問道：「姑娘，您怎麼了？」

這時，南溪把房門打開。「我無……哈啾……無事，哈啾！」

青鳶看著她一身褶皺的長袍和有些凌亂的髮髻，遲疑著開口。「姑娘，您……昨夜沒有寬衣散髮就去睡覺了嗎？」

南溪用食指搓了搓有些發癢的鼻尖，道：「昨夜不小心喝醉了，妳且去給我打盆熱水來，我要洗……呃，還是沐浴吧。」

青鳶福了福身。「奴婢馬上去為您燒水。」

半炷香後，南溪舒服地泡在浴桶裡。

昨夜，她明明已經偷偷服過解酒藥，那清果酒也不醉人，卻還是差點醉倒。要不是她靠著最後一絲清明，離開酒肆趕回南府，就要在外面丟人現眼了。

本是打算藉機試探鐘離玦一番，卻沒想到……唉！失策。

她泡了小半炷香的中藥澡，直到把昨夜染的寒氣全都泡出來，才從浴桶裡走出。

拾綴好自己，又嚐了一個青鳶拿回來的如紅燈籠一般好看的柿子，南溪才不慌不忙地帶著青鳶去了藥鋪。

到了藥鋪，大家都從家裡帶了東西來送給南溪。

大家閒聊了一會兒，便開始忙各自的活計。齊掌櫃拿著雞毛撢子打掃著藥櫃和藥臺上的灰塵，青鳶和夥計拿著掃帚打掃地面，林靜之從醫箱裡拿出一包銀針仔細擦拭。

就南溪坐在診桌後方剝石榴吃，見青鳶掃地掃了過來，她拿著半個石榴，起身讓開，慢悠悠地到門口，她倚靠在門框上，一邊吃著石榴籽，一邊看向對面的包子鋪。

對面包子鋪開門要比藥鋪早許多，因此現下早已是人客滿座，青寧和青瓷一直都腳不停歇地在忙碌著。

南溪望了一瞬，也沒看到劉家的三個孩子，看樣子劉青夫婦探親還未回來。

等她剝完半個石榴，藥鋪裡也開始有病人前來看病。見林靜之應付得來，南溪便偷懶地去了後院搗鼓藥材。

自上次治療痢疾之後，她就在後院架了幾個小爐子，專門用來煎湯藥，如此，遇到那些病情嚴重的病人，可以直接在藥鋪服下湯藥再走。

南溪剛把一個陶瓷藥罐放在小爐子上，準備生火，就聽到外面好像有人在叫她。她疑惑抬頭，果然見到青鳶來了後院。「姑娘，戶部尚書府的人來請您去看診。」

聞言，南溪眉梢一挑。戶部尚書府的人怎麼來西城請大夫了？

北城可不缺有醫術的大夫，況且戶部尚書府背後可是靠著宮裡的淑妃娘娘，生病一般也都是請御醫，竟跑來西城找她？

是他們發現了什麼蛛絲馬跡？還是王麗芝的失心瘋連御醫都治不好呢？她覺得很有可能是後者。

「外面不是有林大夫在？」南溪彎下腰，把爐子的火點燃。

青鳶委屈巴巴的。「那凶婆子指名要找您。」

南溪抬眼看她。「凶婆子？」

青鳶撇著嘴。「尚書府派來請人的是個一身橫肉的老嬤子，她那三層肥下巴都快仰到房梁上去了，一來就大聲嚷嚷著問您在哪兒……態度極其傲慢，奴婢都不想搭理她。」

南溪勾唇一笑。「那就讓她在外面慢慢等著。」

青鳶聽了，神情一振。「奴婢這就出去回她，說您不在後院。」說完，她又遲疑道：「這樣會不會把尚書府得罪了啊？」

「無妨，妳且安心去說。」南溪拿起爐子旁邊的蒲扇，開始往爐子裡搧火。

青鳶回到大堂，走到一個一身肥肉、下巴朝天的老嫗面前，一臉歉意地道：「這位嬤嬤，真是不好意思，奴婢剛才去了後院，發現我家姑娘不在那裡。」

夏婆子一聽，臉色頓時就難看起來。「南大夫不在後院又在哪兒？你們還不速速去找！我家夫人可還在府裡等著！」

青鳶面帶愧色。「這……姑娘也沒跟我們說她去哪兒，我們也不知要去何處找她呀。要不，妳且等一會兒，興許我家姑娘馬上就回來了？」

夏婆子聽了，臉色很難看，可再難看也得等，今日若請不到南大夫回去，她定會被夫人責罵。

於是，她沈著一張臉走到藥鋪門口，一雙眼盯著外面。

南溪一直在後院守著爐子煎藥，直到把藥罐裡的水煎到沸騰翻滾，才收起蒲扇，讓爐火小小地煎熬。

扭了扭有些痠痛的脖子，她抬腳就走向大堂。剛走到門口，她腳步突然一頓，而後又快速退回了後院。差點忘記還有人在大堂裡等著她。

南溪整理了一下衣角，而後縱身一躍，飛出了後院。

站在門口等了許久的夏婆子正一臉不耐地來回踱步，就見一位黛眉杏眼、容貌俏麗的藍衣少女氣若閒庭地步上臺階，跨進藥鋪門檻。

青鳶見到南溪從外面回來，也是驚訝了下，隨即便快步迎過去。「姑娘，妳回來了？有位——」話還未說完，就被肥碩的夏婆子擠去了一邊。

「妳就是南大夫？老婦是在戶部尚書府夫人身邊伺候的夏嬤嬤，我家夫人聽說南大夫醫術高超，特派老婦來請妳去府上為我家大小姐看診。老婦在此可等了妳好些時辰，妳且速速收拾醫箱跟我走一趟吧！」

「讓嬤嬤久等了。」對於她話語間的無禮，南溪故作不知，只禮貌表達歉意，隨後便吩咐青鳶。「青鳶，速速把我的醫箱拿出來。」

青鳶迅速拿來醫箱挎在肩上。「姑娘，可以走了。」

誰知南溪卻是從她肩上取下醫箱，轉而挎在自己肩上，並吩咐道：「好好在藥鋪裡幫忙。」

本想跟去瞧熱鬧的青鳶只能眼巴巴地看著自家姑娘離開。

第六十二章

半炷香後，南溪隨夏婆子來到戶部尚書府，又被直接帶去了尚書府的後宅，王麗芝的閨房裡。

王麗芝的祖母，也就是戶部尚書夫人，現下正坐在床邊，難過地看著披頭散髮蜷縮在床角發抖的孫女。

「麗芝啊，我是祖母啊！妳抬起頭看看祖母好不好？」

王麗芝的母親則站在王夫人的身後，面無表情。

王夫人喊了半天也得不到孫女的回應，於是就把氣撒在王麗芝母親孟氏身上。

「麗芝都變成這樣子了，妳竟然還一臉的無動於衷！妳怎麼就這麼鐵石心腸呢！」

孟氏斂著眼，道：「母親，麗芝變成這樣，兒媳比您還難過，可您也知道，兒媳就這樣一張面癱臉，不管多難過這張臉都表達不出來……」

「哼，當初我就不該讓進兒娶妳，不然也不會……」說到這裡，王夫人卻忽然消了聲。

孟氏聽了，卻是悄悄咬了咬牙。不然妳兒子也不會錯過那個婊子是嗎？妳倒是想讓我給人家騰位置，可人家壓根兒就瞧不上你們王家！

王夫人抬眼看了一下窗外，臉色難看地道：「這個夏婆子，讓她去請個大夫，竟請到現在都還沒有回來……」

「夫人，奴婢把南大夫請來了。」

說曹操曹操便到，夏婆子領著南溪快步走進屋裡。

王夫人隨即看向那個與夏婆子一起進來的少女，情真意切地說道：「南大夫，還請您救救老身的孫女！」

南溪微微頷首。「自當盡力。」

隨後王夫人把床邊的位置讓給南溪，南溪伸手想為王麗芝把脈，卻被王麗芝驚恐地躲開。

「別過來，妳這隻噁心的蟲子快走開，走開！」

那些蟲子的後勁有這麼大嗎？回想了一下當年古娘子拿蟲子嚇她的情形，南溪忽然就起了一身的雞皮疙瘩。嗯，後勁是挺大的！

王夫人一直都注意著南溪，見她輕輕抖了抖身子，疑惑出聲。「南大夫？」

南溪回過神，對王夫人道：「夫人，令孫女如此，民女實在不好把脈，還請夫人允許民女用特殊手段為令孫女把脈。」

王夫人想了想，點頭同意。

南溪從醫箱裡取出一根銀針，然後趁王麗芝不注意，眼疾手快地扎向她的後頸，隨後便見王麗芝雙眼一閉，暈了過去。

待把人扶好躺平，她才開始為王麗芝診脈。

期間，王夫人一直都在旁邊絞著手帕看著。

一刻鐘後，南溪收回診脈的手。

王夫人適時上前。「南大夫，聽宮裡的劉太醫說，您仁心仁術，醫術精湛，請您務必救救老身的孫女！」

原來是劉院士跟王家的人舉薦她。南溪輕蹙黛眉，一臉遺憾。「令孫女的病，民女也無能為力。」

「這可如何是好……」最後一絲希望破滅，受不住的王夫人差點暈過去。

「夫人！」

「母親！」

南溪睥了床上的王麗芝一眼，道：「民女雖對王小姐的病無能為力，卻有一副師父留下的調理內經的方子，興許對王小姐會有所幫助。」

王夫人虛弱道：「多謝南大夫。」如今也只能死馬當做活馬醫，什麼都試一下了。

南溪微笑頷首。「夫人客氣，還請夫人準備一些筆墨，民女好把藥方寫下來。」

王夫人隨即便吩咐身邊的丫鬟去準備筆墨。

很快，丫鬟把筆墨端來，南溪寫下藥方，交給王夫人後就收了診金離開。

等南溪走後不久，王夫人又把她寫的藥方抄了一份，讓下人送去劉太醫家裡。

直到傍晚，下人回來稟報。「劉太醫說，此方若長期服用，說不定可以讓大小姐恢復清明。」

王夫人聽了大喜，連忙吩咐下人拿著藥方去抓藥煎藥。

秋去冬來，原本枝繁葉茂的樹木如今已是光禿禿的一片，地上的青草也變得枯黃，好似沒了生機。

南府後院，南溪穿著一件短襖在菜園子裡翻土，青鳶提著一個籮筐在旁邊那塊菜地裡摘菜。

「姑娘，您這翻了土是準備種什麼菜呀？」

南溪揮著鋤頭把大塊的泥土挖碎。「種點菠菜，再種點韭菜。」

青鳶看了看菜地裡種的蔬菜，笑著道：「姑娘真是種菜小能手，每次種的蔬菜都長得又大又好，而且還沒有蟲子。」

南溪聽了，只笑笑不說話。青鳶安靜了一會兒，又開始話嘮。

「姑娘，還有一個月就要過年了，咱們什麼時候去山莊收草藥呀？」

南溪埋著頭，一邊幹活一邊道：「這次收草藥讓王伯帶著趙山他們去就行了。」

「我們不去山莊嗎？」

「嗯，臨近年關，藥鋪和包子鋪都會很忙，咱們得留下來幫忙。」

主僕倆在菜地裡邊聊著天邊幹活，很快就把活幹完。

下午，幹完活的主僕二人來到藥鋪。

南溪正打算招呼對面的三個孩子過來讀書寫字，就看到一輛馬車停在藥鋪門口，隨後下來一位年過半百的精瘦老者。

這不是聚賢樓的掌櫃嗎？這是來看病還是有事？

南溪正疑惑間，聚賢樓的周掌櫃已經走到她跟前。

只見他拱手問道：「敢問姑娘可是南大夫？」

她點頭。「正是。」

周掌櫃跨進大堂，見裡面的人挺多便小聲開口。「南大夫，還請借一步說話。」

「掌櫃這邊請。」她隨即把他領到後院。

到了後院，周掌櫃從衣袖裡拿出一遝銀票，呈給南溪。「這是我家主子讓我交給南姑娘的。」

南溪詫異挑眉。還以為是有什麼事，卻原來是專門來給她送錢！

接過那遝銀票，她數了數，竟有差不多二千兩，便驚訝道：「賣布偶竟這麼賺錢？」早知道她早縫來賣了啊！

那是因為小王爺讓我家主子把利潤都讓給妳了呀！周掌櫃在心裡默默道。

「主人向來只做那些名門貴族的生意，因此南大夫的布偶能賣這麼多銀兩也不足為奇。」

原來如此，富人的錢更好賺，看來以後得多多和景鈺這位朋友合作。

南溪收好銀票，笑咪咪地道：「有勞掌櫃特意跑這一趟，還煩請您代我跟你家主子問聲好，希望我們以後還能多多合作，共同發財。」

周掌櫃拱手。「老夫定會幫南大夫轉告。聚賢樓裡還有事，老夫便先行告辭了。」

送走周掌櫃，懷揣著二千兩的南溪跟藥鋪裡的人打了聲招呼，便回了南府。

待把銀票鎖進衣櫃裡的百寶箱，她心情愉悅地去了廚房，告訴李婆子，今晚要加菜。

李婆子趕緊拿著她給的銀錢出去買肉。

王屠夫從外面回來，正好看到南溪哼著小曲在院子裡一個人踢毽子，於是走過去問道：「姑娘沒去藥鋪？」

「去了。」南溪收了毽子，彎著眉眼同他分享自己的喜悅。「王伯，我今日賺了好大一筆銀子！」

許是受到她好心情的感染，本是面無表情的王屠夫也咧起了嘴角。「恭喜姑娘。」

南溪笑咪咪地道：「今晚加菜，我已經讓李婆婆出去買雞鴨魚肉。」

其實，現在這個天氣吃火鍋最適合了，只可惜沒有鍋子。要不現在就到鐵匠鋪去鑄一口鍋回來？嗯，可以哦！

「王伯，我有事先出去一下。」南溪說完就要離開，王屠夫卻叫住了她。

「姑娘……」

南溪回頭。「嗯？」

望著她明亮的雙眼，王屠夫把想說的話又吞回了肚裡。「屬下只是想問問，山莊的草藥什麼時候去收割？」

南溪沈吟一瞬。「過幾日吧，到時還要煩勞您帶著四個護院一起去收割，我需留在藥鋪幫忙今年最後一月的義診。」

王屠夫拱手。「是。」

「我走了。」

看著她離開的背影，王屠夫欲言又止。

冬天總是黑得早，青鳶和青寧她們結伴回到南府時，天色已經暗了下來。三人剛過了影壁牆走上長廊，就聞到一股從遠處飄來的香味，青寧聳著鼻子，努力吸嗅。

「好香啊，李婆婆今日定做了許多好吃的。」

青瓷噝了噝口水。「咱們快走吧，一會兒李婆婆該等急了。」平常，李婆婆都是等她們回來一起用晚飯的。

青鳶吸了吸鼻子，道：「這香味好像是從堂屋裡飄出來的。」

「堂屋？」青寧和青瓷轉頭看她。難道是姑娘在宴客？

青鳶點頭。「姑娘應該是在宴客，咱們先去廚房看看有什麼需要幫忙的。」

「是。」青鳶是大丫鬟，青寧青瓷還有青荷平時都要聽她的吩咐。

三人出了長廊，正要往廚房去，卻被剛走出堂屋的趙山叫住。

「妳們可算回來了，快快快，今天姑娘做火鍋給咱們吃。」

三人相互看了一眼，雖然不清楚火鍋是什麼東西，但就剛才聞的香味，就知道一定是某種好吃的東西。

於是三個丫鬟爭先恐後地進了堂屋。

堂屋裡，南府其他人都已經圍坐在那張大圓桌旁邊。正在給鍋裡下菜的南溪看到三人進來，忙招手讓她們過來坐好，跟她們解釋道：「這鍋裡，一半是辣湯料，一半是清湯料，妳們喜歡吃辣的就把菜放這紅湯裡煮，喜歡清淡的就把菜放白湯裡煮。好了，現在所有人都到齊，可以開吃了。記住，肉類要多煮一會兒，熟透了才能撈起來吃！」

早已垂涎欲滴的眾人齊齊點頭。「記住了。」隨即便拿起筷子伸向鍋裡，迫不及待想要品嚐這獨特的美食。

青鳶看著放在圓桌中間的小爐子和爐子上面架著的鴛鴦鍋，新奇無比。

「這就是所謂的火鍋啊！」

坐在她旁邊的青寧已經從紅湯裡撈起一根白菜，呼呼吹了兩口後，便送進了嘴裡。其他人就更不用說了，個個都是邊吃著滾燙的火鍋，邊點頭。

青鳶不能吃辣，見個個都吃得那麼帶勁，也忍不住拿起筷子伸向白湯那邊。這一伸，就再也停不下來了。

唔，白湯的火鍋好鮮美，好好吃啊，像雞湯一樣！

除了拿雞湯做火鍋白湯，南溪還準備了一大盆柚子汁，讓大家可以邊吃火鍋邊喝柚子汁。

十幾個人圍在一張大圓桌上，熱火朝天地吃著火鍋，當真是熱鬧極了。

王屠夫看著與幾個丫鬟聊天說笑的南溪，嘴角不由往上翹了翹。就讓少主這樣快樂地生活下去吧！那些事情，他替她去做。

南溪與青鳶她們說完話，一回頭，就看到王屠夫在那裡走神，她從紅湯裡撈出一塊大肉片放到他碗裡。

見王屠夫抬頭看過來，她彎著眼睛，道：「美食當前，王伯還在發什麼呆？」

王屠夫咧起嘴角。「謝姑娘。」

朝陽城的冬日，連太陽都偷懶躲了起來，天空時常是一片淡灰，陰陰沈沈的，總感覺隨時都要下雨一樣。

北城門，守城門的士兵正在與同僚說著笑，就聽城外馬蹄聲滾滾，抬眼望去，只看到漫天的塵土飛揚。

士兵瞇起雙眼看了許久，才從那漫天的飛塵中隱隱約約分辨出是一支鐵騎隊伍。

士兵見此，趕忙跑去找自己的上司。

蔣宗勇此時就在城樓上，當他用千里眼看清那飄揚的五彩旗圖騰時，驚得連忙跑下城樓。士兵剛走上城樓的石梯，就看到他急匆匆從上面走下來。

「蔣守正，城外出現一支身分不明的——」

「起開！」蔣宗勇一把將他拂開，快速奔至城門外。待那支鐵騎來到城門近前，蔣宗勇立馬上前行禮。「北城門守正蔣宗勇，恭迎鎮南王回京！」

為首的駿馬高高揚起前蹄，一陣嘶鳴後，又重重落下，踏起一地的飛塵。

待飛塵落定，就見那馬背上坐著一位一身銀甲，劍眉虎眼，不怒自威的中年將軍，此人正是鎮南王蒼起。

他抬起右手示意身後的鐵騎停下，聲如洪鐘道：「爾等且在城外紮營等候，本王先進宮覆皇命！」

他身後的將士們整齊劃一地答道：「是！」

隨後，蒼起挾起馬肚，越過蔣宗勇，飛馳進北城門。

保安藥鋪，南溪正在為一位病人施針，就聽外面大街上一陣的喧譁，她抬頭示意青鳶出去看看。

不一會兒，就見青鳶激動地跑回來。

「姑娘，是鎮南王回朝陽城了，聽說是奉皇命回來省親，如今已進宮覆命，要不了多久就要回東城來了。現在好多老百姓都跑去隔壁街上，等著迎接黎國的戰神呢！」

原來是蒼起回來了，還以為是景鈺那小子……南溪低下頭，繼續寫藥方。

青鳶和夥計卻再沒心思幹活了，皆跑到大門口去張望。

從皇宮回東城鎮南王府根本不會經過什邡街，所以他倆即便是把脖子伸得再長，待會兒也看不到鎮南王。

因此兩人趁藥鋪不忙時，跟南溪告了一會兒假，跑去隔壁街。

一個時辰後，她即便是坐在藥鋪裡，也能聽到隔壁街的歡呼聲和鞭炮聲。

她其實也想去看看景鈺的阿爹長什麼模樣，可街上現在肯定是人擠人，她還是等青鳶他們回來描述吧！

大概過了半炷香，夥計二柱才扶著青鳶回到藥鋪，就見他頭上戴的小帽不見了，腳上的鞋也少了一隻。被他攙扶著回來的青鳶就更不用說了，髮髻凌亂，衣袖少了半截，走路還一拐一拐的，顯然是腳受傷了。

南溪看得嘴角一抽。

林靜之則直接問道：「你們倆是去瞧熱鬧還是去打架了？怎麼弄成這樣子回來？」

夥計把青鳶扶到一張矮凳上坐下，一臉苦哈哈。「都是被街上那些熱情的百姓推擠成這樣的，我倆勢單力薄，沒擠贏人家。」隨後又一臉興奮地道：「不過，能親眼目睹我國戰神——鎮南王之神采，此番也是值得。」

南溪走到青鳶面前蹲下。「傷到哪兒了？」

青鳶輕撩裙襬。「腳踝那裡。」

南溪用手輕輕捏了捏，道：「把鞋子脫了，我看看傷得嚴不嚴重。」

「哦。」青鳶小心地脫掉鞋襪，露出小巧瑩白的腳趾頭。

林靜之連忙低下頭故作忙碌，非禮勿視。

南溪仔細檢查了一番。「沒有骨折，只是扭傷，問題不大，我去拿一塊膏藥給妳貼上。」她幫青鳶貼好膏藥，似是隨意地問道：「你們可看清鎮南王長什麼樣？」

說起這個……青鳶本是有些無神的雙眼，瞬間一亮。「鎮南王有一對斜飛的英挺劍眉，和一雙蘊藏著銳利的細長黑眸，削薄的唇，稜角分明的輪廓，身材修長高大卻不粗獷，一身銀甲更是威風凜凜，宛若天神下凡……」

聽著她滔滔不絕的讚美，南溪眉毛一挑，看來鎮南王還是一位帥大叔。

也對，若是不帥怎麼能生出景鈺那麼好看的兒子呢？不過景鈺好像說過他肖母……

「那鎮南王跟小王爺長得像嗎？」

青鳶想了想，搖頭，可隨後她又點頭。「單說容貌，鎮南王與小王爺不太像，不過奴婢覺得，小王爺和鎮南王在氣質上很相似。」都是一樣的不怒自威，盛氣逼人。

滿足了好奇心的南溪，回到自己的位置，在心裡計算著景鈺還有多久才回來。

第六十三章

鎮南王府。

鎮南王看著眼前這個披頭散髮、瘋瘋癲癲、人不人鬼不鬼的女人，簡直不敢相信自己的眼睛。

這是他那位衣食住行都極其講究的鎮南王妃？

一時間，他怒火中燒。「讓那個逆子滾來見我！」

風叔躬身站在一旁。「回王爺，小王爺數月前奉皇命押運官糧去朔州賑災，尚未回到朝陽城。」

這事，陛下怎麼沒同他提及？鎮南王深吸一口氣，大步走到柳惜若身邊，溫柔且強行把她從地上拉起來，隨後吩咐風叔。「去請太醫。」

「……是。」風叔猶豫了一瞬，轉身離開。

一炷香後，太醫診完脈，嘆息著收回手。

鎮南王見此，上前問：「劉院士，如何？」

劉院士搖頭。「王妃這般情況，乃是長期服用致幻藥物所至，如今除了讓她繼續服用此藥物外，別無他法。而且王妃的身體機能也已經被藥物損壞，即便是以後繼續服用那藥物，也……」沒幾年好活的了。

鎮南王臉色沈沈。「就沒有其他的辦法了？」
劉院士搖頭，慚愧拱手。「請恕下官醫術不精，實在無能為力……」
鎮南王神色一暗，過了半晌，才沈聲道：「風叔，送劉院士。」
風叔走進來。「劉院士，請。」
「下官告辭。」劉院士擦了擦額頭上的冷汗，收拾好醫箱，跟著風叔快速離開，深怕自己走慢了，會被鎮南王一怒之下給殺了。

五日後，去朔州賑災的隊伍也回了朝陽城。
南溪一得到消息，就去了隔壁街等景鈺。沒錯，景鈺也要先去皇宮覆命。
青鳶跟在她身邊捂著嘴偷笑。她疑惑問道：「妳笑什麼？」
青鳶一副看透一切的樣子。「奴婢笑姑娘，上次鎮南王回京時，坐在藥鋪不動如山，這次一聽說小王爺回來，卻早早就來這裡等著。這其中差別，實屬有點大呀……」
南溪抬手在她腦門上敲了一記。「我與小王爺相熟，聽聞他回來，自然是要出來看看。」
青鳶摸了摸被敲痛的腦門，不敢再取笑。
景鈺覆完命，從皇宮裡出來，騎著馬一路奔馳到東城才減緩速度。
他一邊驅使坐騎前行，一邊把目光落在兩邊的人群裡。直到那抹俏麗身影映入眼簾，他才眼尾含笑地策馬過去。

見到他過來，人群自動地讓開一條小道。

翻身下馬的景鈺，走至南溪跟前，滿眼含笑。「我回來了。」

南溪卻是把他從頭到腳打量了一遍後，眉頭一皺。「怎麼瘦了這麼多？」

他嘴角噙笑。「只是長高了，所以才看起來瘦了。」

在朔州，遍地都是災民，賑災糧又只有那麼一點，為了省下糧食救助更多災民，他們都是同災民一樣日日喝稀粥，根本就吃不飽。

然而這些，他並不想讓她知道。

「是嗎？」南溪狐疑地伸出手來比了比。「還真是長高了。」

景鈺挑眉。「倒是妳，怎麼一點都沒長？」

是啊，她怎麼就沒見長呢？南溪有些鬱悶，小聲嘟囔。「誰像你啊，去吃苦還能長個子！」

景鈺眼底笑意漸濃，抬眸看了一眼四周，湊近她耳邊小聲道：「我晚點去南府找妳。」

南溪頷首，目送他騎馬離去。

回到鎮南王府，景鈺剛下馬進門，就看到風叔一臉憂心忡忡地朝自己走來。

「小王爺，王爺在書房等您。」

景鈺嘴角勾起一抹嘲諷，把手裡的馬鞭扔給衛峰，跟著風叔去了北殿書房。

風叔把景鈺領進書房，躬身朝那道背對著門外的偉岸身影道：「王爺，小王爺回來了。」

鎮南王沒有轉身。「風叔，你且先下去。」
「是。」風叔擔憂地看了景鈺一眼，隨即退出書房。
待書房裡只剩父子兩人後，鎮南王才緩緩轉過身，一臉陰沈地盯著景鈺。
「本王讓你留她一命，你便是這樣留的？」
景鈺半斂著眸子，淡淡道：「您只說了留命，可沒有說要如何留。」
「你！」鎮南王氣極，舉起右手就想給他一巴掌，可當他對上景鈺那雙冷漠的黑眸時，卻怎麼也搧不下去了。
他咬著後牙，極力忍著怒火。「她好歹也養了你一、兩年！」
景鈺一聲冷笑。「還真是要多謝她那兩年的養育之恩，不然我也不會過了八年沒爹沒娘，吃不飽穿不暖的『好』日子。」
「總之，她罪不至此！」
景鈺眼底漸漸染上寒涼，心底對鎮南王的最後一絲期望徹底破滅。
只見他薄唇輕啟。「罪不至此？或許，你該聽聽你那位好王妃身邊的人是如何說的。」
鎮南王一愣。「什麼？」
景鈺轉身走到門外，吩咐衛峰。「去把人帶來。」
衛峰抱拳領命，下去帶人。
看著重新走回書房的景鈺，鎮南王怒斥道：「你又在玩什麼把戲？」
對於他的怒火，景鈺絲毫不懼，只淡淡開口。「怒大傷肝，您可別氣壞了身子。」

很快，衛峰就帶著一個老嫗來到書房。

鎮南王看著匍匐在地上瑟瑟發抖的老嫗，心中又是一怒。

這不是王妃的乳娘桂嬤嬤嗎？他目光狠狠地瞪著景鈺。「兔崽子，你到底想幹什麼？」

景鈺瞥向嚇得渾身發抖的桂嬤嬤，冷涼開口。「若不想家人再受到牽連，便把妳知道的那些事，全部說出來。」

桂嬤嬤趴在地上不住的磕頭。「說，老奴什麼都說！求小王爺放過老奴的一家大小！」

隨後，她抬起頭，一把鼻涕一把眼淚地看向鎮南王。「王爺，當年老奴騙了您，小姐並沒有一直在等您回來，她是——」

鎮南王厲聲打斷她。「妳這老婦，再胡說八道，信不信本王殺了妳？」

桂嬤嬤瑟縮道：「老奴說的都是真的……當年，您出征南境，讓小姐別再等您，小姐確實難過了好長一段時間……可半年後，小姐便在她表哥，王家大爺王遠奎的關懷中走出了傷痛，並、並與他互生情愫。當時，那王遠奎把小姐哄得團團轉，全然不顧他已是一個有了妻兒的人，竟……竟偷偷與他私定終身，啊！」

「住口！」鎮南王一腳把人踹飛。「妳這吃裡扒外的苟東西，為了活命竟攀咬自己的主子！」

桂嬤嬤被一腳踹滾了幾圈後，又連忙爬起來，跪在地上不停磕頭。

「王爺，老奴所言句句屬實，小姐不但與王家大爺私定終身，還……還珠胎暗結。如今那王家大小姐，便是小姐與王家大爺的親生女兒啊！當年小姐得知自己懷孕，本想悄悄打掉，卻被大夫告知若是打掉，以後恐再難有生育。於是，於是老奴就給小姐出了主意，讓她找藉口去莊子上小住，再悄悄生下孩子。後來那孩子生下後，老奴便把她交給了王家大爺，讓他抱回去撫養。

「再後來，老爺不知從何處得知了此事，氣怒之下便把小姐關進了祠堂。直到三年後，您從南境凱旋歸來，老爺才解了小姐的禁，並派人出去四處傳播，說小姐素衣齋飯，等了您六年……」

有些人怒到極致反而會變得更冷靜，鎮南王便是如此。

他走到景鈺面前，冷冷盯著他。

「就憑這老婦的一面之詞，你以為本王會信你？」

景鈺抬眸看他一眼。「這些你可以不信，畢竟我也沒有證據，但……她設計害死我的生母卻是證據確鑿。」

「什麼?!」鎮南王虎目圓瞪。「你母妃明明是憂思成疾，最後才……」

景鈺冷冷與他對視。「桂嬤嬤，繼續說。」

「是。」桂嬤嬤繼續道：「老爺見王爺不但凱旋歸來，還被陛下親封為黎國首位異姓鐵帽子王，便想把小姐許於您做側妃。他本以為在外散播的那些謠言會令您心生愧疚，從而主動提出要娶小姐。可您愧疚雖是愧疚，卻從未有再娶之心。故，老爺只好另闢捷徑……」

鎮南王一臉陰沈。「什麼捷徑？」

「老爺先是找人編了一本您與小姐曾經如何相愛的話本子，又買通一個王府的下人，把話本子交給她，命她在前王妃經過的地方，把那話本子裡編的事情裝作無意地講出來，給前王妃心裡添堵。後來，前王妃果然因心有鬱結而臥床不起。老爺知道後，又讓那人在前王妃寢殿的薰香爐裡做了手腳，這才導致前王妃年紀輕輕便過世……」

鎮南王聽得青筋突突直跳。他深吸一口氣，而後一臉陰沈地盯著景鈺。「你的證據呢？」

景鈺冷漠開口。「衛峰。」

守在門外的衛峰走進來，躬身把一遝供詞呈上。

鎮南王接過那一遝紙，一張一張細看，就見他越看，臉色越沈。

最後，他拿著那遝紙，大步走出書房。離開時，還對景鈺說了一句。「隨我去寢殿！」

北殿的寢殿裡，披頭散髮的柳惜若正坐在梳妝檯前攬鏡自賞。賞著賞著，她突然臉色一變，隨即憤怒地把梳妝檯上所有東西都掃落在地，接著便如發瘋一般地大叫。「啊——」

鎮南王一腳踢開寢殿大門，快步走至她跟前，點了她的睡穴。待他把人抱回床上放好，景鈺才姍姍來遲。

鎮南王神色複雜地看著床上的女人，半晌後，他走到外寢，對等在那裡的景鈺道：「我要親自問她，你想辦法讓她清醒過來。」

景鈺看了他一眼，轉身走出寢殿。

一炷香後，廚房端來一盅冰雪燕窩。鎮南王解開柳惜若的睡穴，親自餵她喝下燕窩。

傍晚，柳惜若悠悠轉醒，她扶著床沿，虛弱開口。「來人……小翠，桂嬤嬤……」

然而任她在那裡喊了半天，也沒有一個下人進入寢殿。

這些人都死哪兒去了？就在她掙扎著想起身時，一道偉岸的紫色身影出現在床邊。

柳惜若緩緩抬起頭，驚喜道：「王爺，您什麼時候回來的？」

鎮南王的神色看不出喜怒。「剛回不久。」

柳惜若一愣，隨即掀開被子下床。「您也是，怎不先派人回來說一聲，妾身好出去迎您。」

鎮南王看著她。「妳剛才是在叫桂嬤嬤？」

柳惜若一邊披上外衣一邊道：「是啊，不知道她去了哪裡？叫了半天也沒人應。」

鎮南王斂著眸子，背著雙手，朝外面喊道：「把人帶進來。」

當柳惜若看到侍衛把戴著手銬腳鐐的桂嬤嬤帶進來時，心尖一顫。「王爺，您這是……」

然而還沒說完，桂嬤嬤就撲通一聲跪在她面前，一把鼻涕一把淚地說道：「小姐，老奴對不起您啊！老奴把什麼都招了！」

柳惜若身形一晃，隨即又強裝鎮定地呵斥道：「狗奴才，妳在胡說八道些什麼！」

桂嬤嬤大哭道：「是小王爺抓了老奴的兒孫，用他們來要脅老奴，老奴才不得不全盤招供的啊！」

柳惜若又驚又怒，走過去一巴掌呼在桂嬤嬤的臉上。「給本王妃住嘴！」

「夠了！」鎮南王怒斥一聲，抬手讓侍衛把桂嬤嬤帶了出去，一雙虎目一眨不眨地盯著柳惜若。

「惜若，桂嬤嬤說的那些都是真的嗎？」

柳惜若眼神閃躲，強扯出一抹笑道：「什麼是不是真的？那老婦定是被景鈺收買了，才故意在王爺回府後胡編亂造來陷害妾身。」

「景鈺為何要收買妳身邊的人來害妳？」

「這……妾身、妾身也不曉得，自景鈺回了王府，便一直與妾身過不去，妾身這個繼母實在是有些難為……」

鎮南王冷冷看著她。「難道不是因為，妳屢次三番想要加害他，他才與妳過不去的嗎？」

柳惜若猛地抬頭，淚眼婆娑地看著他。「景鈺是您的兒子，是鎮南王府唯一的繼承人，妾身怎麼可能會加害他？王爺，您要相信妾身啊！妾身從小連一隻螞蟻都捨不得踩死……」

到現在都還在對他撒謊！鎮南王面無表情地開口。「早在幾個月前，景鈺便把妳幾次加害他的證據送到了南境，是本王一直壓著，他才沒把妳趕盡殺絕！」

柳惜若拭淚的動作一僵。「王爺，妾身——」

鎮南王抬手打斷她的話，平靜開口道：「我且問妳，桂嬤嬤說的那些事到底是不是真的？」

柳惜若現在，心裡已經沒了底。「桂嬤嬤都說了什麼？」

鎮南王一步步逼近她。「我出征南境後，妳與王遠奎苟且，並生下一女。我凱旋歸來，你們王家欲讓妳進我王府，設計害死景鈺的母妃。這些，是不是真的？」

面對鎮南王的逼問，柳惜若心中是又驚又慌。她一屁股坐回床上，慌亂道：「王……王爺莫要聽桂嬤嬤瞎說，這……這些怎麼可能會是真的，都不是真的！」

鎮南王居高臨下地看著她。「既然妳說都不是真的，那本王這便派人去趟戶部尚書府，把王遠奎的女兒捉來，與妳滴血認親。」說完，就要轉腳離開，卻被柳惜若撲過來抱住雙腿。

「王爺，妾身錯了，妾身知道錯了！求您別去找麗芝，她什麼都不知道！」

聽到她親口承認，鎮南王心中除了憤怒，還有一股莫名的悲涼。

他竟為了這樣一個女人，間接害死了亡妻，還害得親生兒子流落在外數年，後來更是為了保她，兒子差點與他反目……錯得最多的是他啊！

低頭看向那抱著他雙腿哭泣的女人，鎮南王這才發現，自己好像從來都沒有真正了解過她。

他掰開她的雙手。「咱們夫妻緣盡於此。來人！」

「王爺？」門外進來兩個婆子。

鎮南王冷冷睨了地上的柳惜若一眼。「把王妃送去浣水院，幽禁。」

他不會休妻，但也不會讓她好過。

想著景鈺這幾月定是沒有吃好睡好，南溪一回到南府就開始準備一些他喜歡的吃食。

待到暮色深深，景鈺如期而至時，她拉著他進了二進院的膳房。

看著滿滿一桌自己喜歡吃的水果和小吃，景鈺心中一暖，拉開一張凳子坐下。

「這些都是為我準備的？」

「嗯，」南溪坐到他旁邊，雙手托腮笑看著他。「怎麼樣？有沒有感動？」

「嗯，有點。」景鈺拿起筷子，開始細細品嚐她做的香辣餛飩。

南溪在旁邊，拿過一個空盤，又拿起一顆石榴掰開，把裡面的籽都取出來放進盤裡，然後再把盤子推到景鈺面前。

「這石榴挺甜的，你待會兒嚐嚐。」

景鈺吃著餛飩，點了點頭。

「還有這個柿子……」

她好似恨不得讓景鈺把桌上的東西都吃完一般，小嘴一直不停說著這個好吃、那個好吃。

景鈺吃完一碗餛飩便已經飽腹，但還是把她推到面前的每一樣東西都嚐了一遍，直到最後，他不雅地打了一個飽嗝，南溪才捂著嘴去廚房端來一碗山楂水。

待他喝完山楂水，她便開始詢問朔州那邊的災情。

「現下，朔州的情況如何？災情可否得到了有效緩解？還有，你見到了徐大哥和杏兒姊姊他們了嗎？他們還好嗎？」

第六十四章

景鈺把擦完嘴的手帕放進袖口。「現下朔州百姓基本可以熬過這個年關，可糧食仍然不夠，待今年年關一過，還需朝廷再派一批賑災糧去朔州。我剛進入朔州地界時，前來接應我們的隊伍便是由徐大哥帶領。後來又在朔州城裡，見到了杏兒姊姊和一對子女，他們都很好。」

南溪單手撐著下頷。「他們一家人安好便好，希望朔州的災情趕快結束。」

「對了。」景鈺從懷裡掏出一個厚厚的信封。「這是杏兒姊姊讓我交給妳的。」

「咦，杏兒姊姊還給我寫信了？」南溪雙眼亮晶晶地接過信封，當著景鈺的面拆開。

信封裡，除了三張寫滿字跡的信紙，還有一根桃花玉簪。南溪把玉簪放到桌上，再緩緩展開信紙。

半晌後，她眼含笑意地把信紙仔細裝回信封，又把那根桃花玉簪拿到近前，仔細觀看。

「這是杏兒姊姊親手做的玉簪呢。」

景鈺見此，不由開口問道：「她信中說了些什麼？」

南溪抿著嘴笑了笑，道：「讓我別為她擔心，她在朔州很好，兩個孩子乖巧懂事，徐大哥亦待她極好，讓我們在朝陽城也要好好的。」

景鈺指了指她手上的玉簪。「那這個呢？」

她眼底的笑意更濃。「這是杏兒姊姊提前送我的及笄禮物。」

她是正月十八出生，如今距生辰差不多還有一個月，可杏兒姊姊因擔心路途遙遠，到時不能準時送到，就讓景鈺提前帶回來了。

他竟讓杏兒搶了先！景鈺眸光微沈，隨後看著她溫聲問：「妳想要什麼及笄禮物？」

南溪收好玉簪，笑看著他。「我想要什麼，你就會送什麼給我嗎？」

他沈吟。「只要是我力所能及的。」

南溪眼珠子滴溜溜一轉，隨後一臉壞笑。「那我若是想要你親手為我做一個生日蛋糕呢？」

景鈺一愣。「生日蛋糕？」

南溪點頭。「對，就是杏兒姊姊及笄的時候，咱們做的那種生日蛋糕。」

「能不能換一個？」

景鈺眉頭狠狠一皺。這個還真是有點難度，當年他只負責燒火，根本就沒記住她做那個什麼蛋糕的步驟。而且最主要是他除了會燒火做飯，菜都不會炒，就更別說要讓他親手做蛋糕了。

南溪抱著雙臂，撅著嘴，悠悠開口。「你剛才還說，只要是你力所能及的事就行。」

以後這種大話要少說！

「好，不過需要妳把做生日蛋糕的配方和做法寫一份給我。」

南溪大眼睛一彎，起身朝外面走去。「沒問題，等著，我這就去拿紙筆。」

半炷香後，她吹了吹紙張上未乾的墨漬，笑咪咪地對景鈺道：「我把做蛋糕需要的材料，以及做法全都寫在了這張紙上，你拿回去好好琢磨吧！期待一個月後，你能給我驚喜喲！」

「嗯。」景鈺從她手裡接過那張紙，一目十行看完後，就把它放在一邊，等待墨漬晾乾。

南溪一邊收拾桌面，一邊問道：「對了，你今日回鎮南王府，你父王可有為難你？」

景鈺幫著她一起收拾，聽到問話，雙眸閃了閃，隨即低頭。「他為難我做甚？」

南溪白他一眼。「這還用說嘛？自古以來，最是厲害枕邊風。鎮南王要比你早回朝陽城幾日，柳惜若難道沒有趁此機會在你父王跟前吹吹耳邊風？編排你的不是？」

景鈺嘴角淺淺勾起。「她沒那個機會。」

「嗯？」南溪一愣，偏頭看他。「你這話是什麼意思？」

景鈺抬眸看她。「她得了失心瘋。」

這失心瘋是會傳染嗎？南溪的小眼神懷疑地看向景鈺。「不會是你搞的鬼吧？」

他大方承認。「就是我做的。」

南溪張了張嘴，最後只問道：「鎮南王回來看到柳惜若的樣子，有沒有懷疑你？」

景鈺搖頭。「沒有。」

這就好。她剛舒一口氣，就聽景鈺接著道：「因為他知道是我做的。」

「他是怎麼知道的？」南溪一臉震驚。

「這還要從幾個月前說起……」

景鈺開始娓娓跟南溪講述，她以前並不知曉的一些事。

半炷香後，南溪張大了嘴巴。「所以，王麗芝其實是柳惜若的親生女兒？你母妃也並不是死於憂鬱成疾，而是被柳家設計害死的？」

「嗯。」景鈺提起茶壺倒了一杯水。「如今，柳惜若已經被蒼起幽禁在王府的一座荒院，再翻不起什麼風浪。」

蒼起？景鈺竟然直呼鎮南王的名諱！南溪睨他一眼。「你跟鎮南王……你們父子之間，可是因為此事而有了隔閡？」

景鈺放下茶杯，淡漠道：「他之於我，不過就是一個有血緣關係的陌生人而已。」

果然有了隔閡。南溪沒再多問，只換了一個話題聊。

「前幾日，聚賢樓的掌櫃親自給我送來了賣布偶的盈利，有近二千兩的銀票呢！」

景鈺嘴角噙著笑。「看來布偶的銷路不錯，恭喜。」

「多謝！」南溪笑咪咪拿出一個紅色紙封，從桌面上推到他面前。「這是給你的。」

景鈺疑惑地看著她。「什麼？」

南溪故作神秘，只道：「你自己拆開來看看。」

他一臉狐疑，隨手拿起那紅紙封，拆開，然後從裡面取出來一張銀票，一臉莫名。「妳給我一百兩銀票做什麼？」

「給你的紅包啊！」南溪眉眼彎彎。「這次我能賺這麼多錢，你功不可沒。所以，這一百兩是獎勵你的。」

景鈺聞言，眉梢一挑。「一百兩，這麼大方？」

「那是，姊姊現在也算是小有積蓄的人了。」南溪雙手抱臂，一臉得意。

「如此，那便多謝了。」景鈺也不客氣，笑著把一百兩銀票收好。

南溪擺擺手。「以後還需要你幫忙為我和你那位朋友牽線搭橋呢。話說，我都還沒見過你那位朋友，要不你改日約他出來，我們見上一見。我想與他再談談以後合作的事，我有許多新奇的賺錢方法，他定然感興趣。」

景鈺低眉道：「臨近年關，他需到各地店鋪裡收帳，這會兒怕是不在朝陽城裡。」

「這樣啊。」南溪凝眉沈吟一瞬。「那就過完年再說吧。」

之後，兩人又聊了一些別的事，景鈺才如來時那般悄然離去。

翌日，王屠夫便帶著四個護院和一些物資去了山莊，南溪則帶著青鳶去了藥鋪，開始每月的義診。

義診結束後，南溪又給劉家三姊弟放了假，讓他們明年開春後再來藥鋪讀書。

等到王屠夫他們從山莊收完草藥回來，她帶著四個護院浩浩蕩蕩地出門，開始辦年貨。

景鈺這段時間也是很忙，不光每日要跟著鎮南王去上朝，下朝後還要跟著鎮南王去參加各種接風酒宴。

南城慶豐酒樓內，鎮南王正在跟幾位將軍推杯換盞，景鈺也在另外一桌，與幾位將軍帶來的後生們坐在一起，有一搭沒一搭地閒聊著。

這時，一位坐在臨窗位置的褐衫少年聽到窗外一陣喧譁，便好奇轉頭看去。

「誒？這人不是王玉堂嗎？」

其他幾人聽到王玉堂三個字，眼底皆是閃過一抹厭惡。

「那孫子怎麼跑來南城了？」

「不敢在北城橫了唄，只好跑來南城撒野了。」

褐衫少年再次出聲。「嗤，他還當真是不怕死，竟然又在調戲良家少女。」

茶衫少年聞言，一聲冷笑。「江山易改本性難移。」

有著一張娃娃臉的青衣少年聽了，當即拍桌而起。「在哪兒?待老子去狠狠地揍他一頓。」

另一個少年也站起身來。「對，以前是沒被我們遇上，這次既然遇上了，定要好好教訓他一頓。」

幾人都是熱血少年，說去揍人就去揍人。

幾位將軍見了正欲阻止，鎮南王卻道：「我黎國男兒，當有如此血性，且讓兒郎們大膽去懲奸除惡，鋤強扶弱，出了事，由咱們幫他們鎮著。」

娃娃臉少年看向坐旁邊沒動的景鈺，一臉激動地道：「小王爺，咱們一起懲奸除惡去！」

剛好這時，鎮南王也看過來。「鈺兒，你也跟他們一起去。」

景鈺這才站起身，跟著幾位少年出了慶豐酒樓。

街道上，因為置辦的東西太多，把馬車都塞滿了，南溪便讓幾個護院拉著馬車先回去，她與青鳶再去四處逛逛。

等幾個護院拉著馬車離開，主僕倆去了一家銀飾鋪，南溪想要挑選幾副銀飾，待過年的時候賞給幾個丫鬟。

所以，一進到鋪子裡，便讓青鳶去幫著挑選。等青鳶挑了幾樣頭飾後，主僕倆又進了一家南城最大的成衣鋪子。

目光在店鋪裡掃視一圈後，青鳶指著牆上掛著的一件釉綠對襟襦衫，道：「姑娘，這件衣服最好看。」

南溪也覺得那件衣服好看，於是便問鋪子裡的老闆娘可否取下來試試。

老闆娘自然應允，把衣服取下來交給南溪後，又把她引到店鋪後面專門試衣的屋子裡。

等南溪試好衣服出來，店鋪裡卻沒了老闆娘的身影，就連青鳶也不見了。

「人呢？」就在她疑惑間，聽到外面很是吵鬧。

她提起裙襬走到門口，就看到成衣鋪的老闆娘如母雞護小雞般把一位正在哭泣的小姑娘護在身後，青鳶則是站在老闆娘前方，指著對面人的鼻子怒罵。

「光天化日之下竟敢強搶民女，你們還有沒有王法？」

然而，她的話不但沒呵斥住對方，還反被對方一臉壞笑地調戲。「本公子有沒有王法，妳同本公子回去玩玩不就知道了，啊？哈哈哈哈……」

那人的幾個家丁也跟著起鬨。

青鳶頓時氣紅了雙頰。「你！下流！」

王玉堂收起自詡風流的摺扇，並用摺扇的一頭挑起青鳶的下巴。「美人兒，本公子下不下流，妳得親自體會一下才知道。」

青鳶一把將扇子拍開，並厭惡地啐了他一口口水。

王玉堂那張縱欲過度的大餅臉，一時青紫交錯，惱羞成怒的他抬手就要給青鳶一巴掌，卻在半空中被人截住。

「誰敢攔住本公子？」

王玉堂憤怒地回頭，卻看到一個茶衫少年正一臉冷酷地盯著他，而他身後，還站著幾個很臉熟的少年。

「狄威？」王玉堂的氣焰頓時一熄。「這麼巧，你們也在南城玩？」真是晦氣，今天出門定是忘了看黃曆，才會遇到這幾個煞星！狄威及他身後那幾位自小便與他不對盤，只要有他們在，他就辦不成一件好事。

狄威鬆開他的箝制，看著他冷笑。「王玉堂，你又在大街上調戲良家婦女。」

穿青衫的娃娃臉少年這時走上前，雙手環胸，斜睨著王玉堂，對身後另幾位少年道：「哥幾個，既然尚書大人管不了他孫子，那咱們就幫他管管唄！」

「行！」其他幾人聞言，個個摩拳擦掌地上前來。

王玉堂看著這陣仗，轉身就想開溜，卻被狄威一把拎起衣領。

「王兄這是要去哪兒？你不是喜歡玩嗎？今兒咱們哥幾個就好好陪你玩玩！」

下。

「沒，別、別別……哎喲！」

尚書府那幾個家丁見此，忙悄悄溜出人群，想要回府搬救兵，卻被其他幾位少年伸手攔下。

於是，一時間，街道上慘叫聲連連。

走在最後的景鈺在看見青鳶後，便立即在人群中找尋南溪的影子。最後在一家成衣鋪子門口看見了她。

趁著狄威幾個揍人之際，他來到鋪子門口，打量著一身嶄新釉綠襦衫，亭亭玉立站在那裡的南溪，他開口道：「很好看。」

南溪一挑眉，雙手抱臂。「你的很好看是指人還是衣服？」

他認真道：「都好看。」

南溪咧嘴一笑，不逗他了。「你怎麼在這兒？」

景鈺回頭望了一眼揍人揍得忘我的幾人。「跟著他們一起來的。」

南溪順著他的目光看過去。「這幾位是你朋友？」

「尚不算。」景鈺學著她的樣子，雙手抱臂地看向街上那片混亂。「不過，可交。」

她點頭認同。

這幾人一看就是好打抱不平的血性男兒，可以結交，不過能不能深交，還得相處久些才能知道。

景鈺側目看她。「妳呢？怎麼會在這兒？」

南溪張開雙手。「如你所見，來買新衣服。」

青鳶瞧了一會兒熱鬧，才想起自家姑娘還在成衣鋪子裡試衣裳，連忙提著裙襬跑回來。見景鈺就站在門口與南溪聊天，她小心翼翼走近。「姑娘，小王爺……」

景鈺睨她一眼，對南溪道：「我還有事先走一步，妳們買好東西也早些回去。」

南溪頷首。

景鈺走到街上，拍了拍狄威的肩膀。「行了，再打就要弄出人命了，咱們回去繼續喝酒。」

「好。」狄威立即收了拳頭，招呼其他幾個少年一起回了慶豐酒樓。

這邊，老闆娘帶著女兒一邊走回店鋪，一邊心疼地為女兒擦掉眼淚。「妞兒，別怕，已經沒事了！」

南溪待她們母女走近，才溫聲開口。「老闆娘，我身上這件衣服多少銀錢？」

老闆娘抬手擦了擦眼角的淚花。「姑娘穿這身衣裳當真是好看，就像仙女下凡一樣。這件成衣是由蜀城絲綢所製，比一般成衣貴一些，三兩銀子一件。」

南溪撫了撫手臂上的衣袖，手感確實要比一般的面料更絲滑柔順。她轉身往店鋪的換衣間走去。

「青鳶，付帳。」

青鳶隨即掏出三兩碎銀交給老闆娘。

換好衣服出來，從老闆娘手裡接過打包好的新衣服時，南溪對她道：「臨近年關，想必老闆娘家裡亦是很忙，不如提前歇業，回家準備年貨去吧！」

老闆娘先是一愣，隨即反應過來，忙道：「多謝姑娘提醒，婦人這就關門回家。」

南溪微微頷首，帶著青鳶離開。

路上，青鳶好奇問道：「姑娘讓老闆娘母女關門回家，是擔心她們會被人報復嗎？」

南溪慢悠悠走著。

「今日挨揍的應該是戶部尚書王謙的孫子王玉堂，而揍他的那幾位身分亦不低。所謂城門失火殃及池魚，王玉堂被打成那樣，王謙自不會善罷甘休，但那幾位也定不是好惹的，他討不了好……」

青鳶一點就通。「所以，王家很有可能會殃及池魚，來找老闆娘母女撒氣！」

「嗯。」

慶豐酒樓的三樓，鎮南王和幾位將軍一樣站在窗邊，背著雙手，悠哉看著幾個小子揍人。

看到景鈺走向南溪的時候，鎮南王虎目微微一眯。

他盯著南溪的臉看了許久，隨即招來自己的貼身侍衛，並附在他耳邊交代了幾句。

第六十五章

這幾日，南溪一邊忙著藥鋪的事，一邊準備年貨過年。王屠夫在與藥材商結算完今年的總帳後，便對南溪說他要離開一段時間。

在桃花村的時候，王屠夫也經常神龍見首不見尾，如今來了朝陽城，他也照樣每個月都要消失一段時間。

桃花村裡的每個人都有自己的秘密，因此南溪從未問過他消失的時間去了哪裡。

只是這次，南溪頭一次對他的行蹤產生了好奇。

「現下距離年關不過數日，是什麼事讓王伯不能等到年後再去辦？」

王屠夫沈默。他不能對南溪說實話，但也不願欺騙她，所以，只能沈默。

南溪見他如此，無奈地嘆了一口氣。「您能在過年那日趕回來嗎？」

王屠夫只道：「屬下會儘量趕回來。」

南溪點點頭。忽然，她像是想到了什麼，轉身就往外走。「王伯，您先別走，等等我！」

王屠夫雖有疑惑，仍然回道：「是。」

沒過一會兒，南溪便拿著一個鼓鼓的荷包重新回到堂屋。她把荷包塞到王屠夫手裡。

「這荷包裡有我新研製的療傷藥膏和一點碎銀，您帶在身上以防萬一。」

王屠夫知道自己若是不收下，她定不會放心，便收好抱拳道：「謝姑娘。」

臨近年關的最後兩日，藥鋪裡已經沒什麼病人來看診，南溪便留在家裡，跟著李婆子學起了剪紙。

幾個護院則幫著兩小廝把南府前前後後都掛上了紅彤彤的大燈籠，青鳶和青荷幫著貼紅對聯和窗花。

待把該準備的都準備好了以後，南溪忽然覺得少了點什麼。

燈籠掛上，窗花對聯貼了，給每人的過年禮物也都準備好，還少了什麼呢？

青鳶一拍腦門，道：「姑娘，咱們忘記買爆竹了！」

南溪這才趕緊拿了銀子，帶上東子等人出去買煙花爆竹。

賣煙花爆竹的商販大多聚集在南城，從主街道一直排到尾。到了南城，南溪剛下馬車就被幾個賣爆竹的商販認了出來。

「南大夫，您是來買爆竹的吧？您來看看我家的爆竹，全是今年才出的新品，聲音又脆又響。」

「南大夫，您也來瞧瞧我家的煙火，噴花的、升空的、旋轉的都有。」

南溪微笑著。「你們的煙花爆竹都是極好的，我打算在你們一家買一捆。」

誰知幾位商販聽了，卻道：「妳當初為我們醫治痢疾的時候，可是分文未取，這些煙火爆竹就當是我們孝敬您的了。您看上哪種？我們親自給您送到府上。」

南溪忙道：「這怎麼可以，你們也都有家人要養，如何能不收我銀錢？」見幾人欲反駁她，又道：「若你們堅持不收，那我只好到別處去買了。」

幾人面面相覷，最後還是拗不過南溪，收下了銀錢。

只是等她去別處轉了一圈再回府，卻見幾位商販送來的煙火爆竹比她買的多了一倍不止。

年三十這天晌午，南溪把所有人聚在一起，吃了頓團年飯。期間，她把早早就準備好的紅包和禮物也發放給了每一個人，然後便放他們回去與自己家人團聚。

所以，到了大年三十的晚上，南府又剩下她與東子兩人。

「唉！」

王伯看來是趕不回來了，而景鈺也要隨鎮南王進宮陪嘉禾帝一起跨年，來不了了。

南溪雙手捧著下巴，百無聊賴地坐在堂屋門檻上。她這個可憐的娃啊，又要孤單地跨年了！

東子把南府所有燈籠都點燃後，來到南溪跟前。「姑娘，天已經黑了，咱們什麼時候放煙火爆竹？」

「就現在吧。」聽著外面已經開始有爆竹聲響起，南溪起身。「走，咱們去把所有的煙花爆竹都搬出來擺在院子裡，慢慢放。」

「好咧！」

於是乎，主僕二人去了庫房，把所有的煙花爆竹都搬到了最寬敞的前院院子裡。

東子殷勤地拿來火摺子。「姑娘，咱是先點煙火還是先點爆竹？」

「先點爆竹吧！」

南溪拿了一根立香點燃，又讓東子把一掛爆竹吊在院子裡的一棵大樹上。

等到東子把爆竹掛好，她才一手拿著冒著火星的立香，一手捂著自己的一隻耳朵，走到大樹下，小心翼翼把爆竹引線點燃，快速後退。

頓時，院子裡就響起一陣噼噼啪啪的爆竹聲。

南溪和東子站在稍遠的地方，雙手捂住耳朵看著一顆顆漂亮的紅色爆竹在半空中炸開。

終於有點過年的氣氛了。

南溪把立香遞給東子，讓他也去點一掛爆竹。

東子掩不住興奮地去了，隨後，她又放了幾箱煙火，一個人在院子裡玩得不亦樂乎。

外面也隨著夜色越來越深，有越來越多的人家開始放煙火爆竹。直到子時，整個朝陽城幾乎都淹沒在震天的炮竹聲中。

南溪把所有煙花爆竹都放完後，便打著哈欠回房睡覺了。

同一時間，遠隔千里的一個地方，有一群人正在黑夜裡追逐著一個高大的身影。

只聽那領頭的人高聲喊道：「快！別讓他跑了！」

「誰要是能抓住他，主子賞一百兩銀子！」

「頭兒，人不見了！」

「飯桶，還不分開去搜，他受了重傷，跑不遠！」

「是！」

待這一群人遠去，一條暗黑窄小的巷子裡，那高大身影竟從一個倒扣的小小破籮筐子裡冒了出來。

見追兵已經離去，高大身影捂著傷口，迅速離開了窄巷。

鎮南王府中，剛從宮裡回來的鎮南王，叫住了急於離開的景鈺。

「隨我去一趟書房。」

景鈺冷漠抬眸。「我睏了，想回房休息，有什麼事待明日再說。」

鎮南王輕哼一聲。「本王看你不是累了，而是急著要去做什麼事吧？本王派人去查了一下那日站在成衣鋪子門口的女子，來不來書房隨你。」

鎮南王說完，便背著雙手悠哉離去。

景鈺臉色沈沈地在原地站了半晌，最後還是跟著鎮南王去了書房。

北殿的書房裡，鎮南王看著跟進來的景鈺，心裡很是得意。

看來那小姑娘便是這小子的軟肋，嗯，以後得好好利用。

他慢悠悠走到書桌後坐下，並吩咐貼身侍衛季久去廚房提壺熱茶來。

待季久走出門外，景鈺一臉冷漠地開口。「你作何要去查她？」

鎮南王的背緩緩靠在椅背上，十指交叉握著。

「那小姑娘長得很像本王認識的一位故人，出於好奇，便讓季久去查了一下她的身分及背景。這不查還不知道，她竟是與你從同一個地方出來的，而她的身分……」

鎮南王把目光落在左側牆壁上，那裡掛著一幅山水字畫。

「雖有一半尊貴血脈，卻可惜了……」他盯著那幅畫看了許久，才把目光看向景鈺。

「陛下不會讓你與她親近，你們以後最好還是斷了來往。」

景鈺眸中含霜。「我的事，無須你多管。」

啪！鎮南王一巴掌拍在桌面上。「老子是你老子，你是老子兒子，老子憑什麼不能管你？」

「呵，早幹麼去了？」

景鈺冷笑一聲，轉身就出了書房，也不管鎮南王在他身後如何暴跳如雷。

這個鎮南王，與他上世的父親相比，可差得太遠了。上世，父親雖然也很嚴厲，但那拳拳父愛，他可以清晰感受到，哪像鎮南王，只會包庇祖護那個欲除去他親生兒子的壞女人。

景鈺走在簷廊下，聽著府外傳來的炮竹聲，想著上世的雙親，整個人忽然就被一股悲傷籠罩。

不知道南溪睡了沒有？應該睡了吧？可他現在就想要立即見到她，怎麼辦？

他腳下的步子開始變快，很快便回了東殿。

南府，任外面炮竹聲聲，玩累了的南溪抱著自己縫的小豬佩奇，睡得十分香甜。

景鈺站在她床邊好一會兒，她都毫無所覺。

就在他伸手想要捏住她鼻子喚醒她的時候，南溪忽然說起了夢話。

「爸爸媽媽，新年快樂……」

爸爸媽媽是誰？景鈺正在疑惑間，就聽她又道：「哥哥嫂嫂，新年快樂！小姪子，過來姑姑抱……」

景鈺瞳孔一縮，她哪兒來的哥哥嫂嫂？還有小姪兒？

而此時的南溪正夢到自己回到了現代，陪父母哥嫂一起看跨年晚會。夢裡，爸媽哥嫂還有小姪子都笑得很開心，她也很開心。然後畫面忽然一轉，她又回到了桃花村，親眼看著錦娘被人帶走，她拚命追，卻越追越遠。

「阿娘！」

見她忽然一臉悲傷，景鈺忙伸出手，輕輕拍在她的後背上。

睡夢中的南溪似是得到了安撫，咂咂嘴，翻個身，沈沈睡去。

大年初一，南溪睡到了日上三竿，才悠悠轉醒。她伸著懶腰起床，卻發現枕頭旁邊放著一個巴掌大小的木匣子。

有人進入她的房間，她卻毫無察覺！

南溪頓時倒吸一口涼氣。若是這人想要害她，那她昨夜豈不是……

不過——

南溪很快冷靜下來。昨夜潛進她房間的應該是位熟人，不然胖豆芽早就把她鬧醒了。

把木匣子拿在手上端詳了片刻，她手指放在鎖扣上輕輕一按，啪嗒就打開了。

再看匣子裡面，裝著一根鑲珠金簪。珠子顆粒碩大，顏色鵝黃，鮮麗圓潤，晶瑩奪目，讓人見了便愛不釋手。

好大一顆珍珠！

南溪把金簪拿在手上端詳，出手這麼闊氣，除了景鈺還有誰？

所以，這是給她的新年禮物？想到此，南溪忽然有些心虛，自己好像還沒有為他準備禮物哪，現在去準備應該還來得及！

南溪把簪子收好，趕緊拾綴自己。她得出門去買禮物。

她給府裡的僕人放了兩日假，故南府今日仍是只有她與東子兩人。

來到前院，東子正在用手把煙火爆竹的殘渣捧到一個大籮筐裡裝起來，見到南溪出來，他忙跪下給她拜年。

「姑娘，新年吉祥！」

「新年吉祥！」南溪把早就準備好的新年紅包發給東子。

東子趕忙在身上擦了擦手，然後跪下，雙手接紅包。「謝姑娘！」

「起來吧。」南溪擺了擺手，看了一眼地上還沒打掃乾淨的紅色殘渣，問道：「怎麼不用掃帚？」她剛才好像看到他在用手捧。

東子起身，仔細把紅包收好，道：「姑娘，大年初一是見不得掃帚的，寓意不好。奴才昨夜便已經把府裡所有的掃帚都藏起來了，待到明日才能拿出來。」

原來這裡的習俗跟她外婆家那邊的習俗差不多。

南溪當即道：「去換身乾淨衣裳，隨我出去轉轉，這些殘渣明日再來打掃。」

東子把籮筐挪到一邊，撒腿就跑去換乾淨衣裳。

在掛滿紅燈籠、紅色如意結的北城主街道上，不管是來往行人，小攤商販，還是商鋪老闆，與人見面，開口第一句皆是拜賀新歲，大吉大利。

南溪穿一身月白男裝，墨髮用一根素雅玉簪高束，端得是一副唇紅齒白，翩翩少年郎模樣。

她領著東子慢悠悠走在大街上，時不時會在攤位前停下，看看瞧瞧。最後，走進了一家玉器鋪。

玉器鋪裡的客人很多，見裡面的夥計有些分身乏術忙不過來，南溪便自己逛了起來。

逛了一會兒，店鋪裡的夥計終於得空過來接待。「這位公子，您可有瞧中意的？」

南溪背著雙手，遺憾搖頭。這麼大一家玉器鋪，竟沒看到一件合她眼緣的玉飾。

夥計見狀，忙道：「公子可上二樓去瞧瞧，二樓的玉飾不光水頭足，雕工也更加細膩精緻。」

原來二樓還有，南溪頷首。「煩請帶路。」

她跟著夥計上了二樓，發現這樓上的玉飾比之樓下確實更樣式繁多，奪人目光。關鍵的是，價格也比樓下翻了好幾倍。

她每走到一件玉飾前，夥計都會為她介紹這件玉飾的玉種、雕工以及寓意。可南溪更關心的，卻是這些玉飾的價錢。

她指著一塊水頭很足，大概有兩寸寬的麒麟玉牌，問：「這個多少錢？」

夥計順著她手指方向看去，微笑道：「公子真是好眼力。這塊麒麟玉牌乃是本店水色最好的一塊和闐玉，且玉牌上面的麒麟還是採用了雙面精雕，無論是玉種和雕工都是屬於上上之品……」

南溪一挑眉。「多少錢？」

夥計俯身。「不多，只要五百兩白銀。」

五百兩還不多？搶錢哪！南溪和東子同時在心裡吐槽道。

隨後，夥計又殷勤道：「這玉牌，可要為公子包起來？」

南溪連忙搖頭。「我先看看別的。」

夥計見狀，又道：「公子，您可以看看這款虎頭玉扳指，它與那塊麒麟玉牌乃是一石所出，雕工也是出自一人之手。不過因為它用料少，所以價格要比麒麟玉牌實惠許多。」

南溪看向夥計為她介紹的那款玉扳指，覺得確實不錯，便問：「多少錢？」

「只需兩百兩。」

還是好貴。南溪糾起眉頭。「我再看看其他的吧！」

「好的。」夥計繼續為她介紹其他的玉飾。

兩人都沒注意到，樓梯那裡剛走上來一位蒙著面紗的綠衣少女。

綠衣少女走近展示櫃，看了一眼那枚玉扳指，隨後便側頭對跟在她身邊的夥計低語了幾句。

只見那夥計連連點頭，隨即轉身下了一樓。

這邊，南溪正在端詳一塊翠綠玉飾，一位綠衣女子來到她身側，似是小心翼翼般地喚道：「恩公？」

南溪疑惑回頭。「妳是？」

綠衣少女取下面紗，露出素雅容顏。「恩公，您可還記得我？」

南溪盯著她看了一瞬，忽然恍悟般地哦了聲。「妳是蓬羅湖落水的那位姑娘？」

恩公這次終於記住她了！王麗君心裡難掩激動，一雙鳳眼更是閃閃發亮。

「對，恩公是來買玉的嗎？」

南溪微笑點頭。「我叫南溪，妳喚我名字就可以，恩公二字我實在不敢當。」

她終於知道恩公的大名了！

王麗君垂著腦袋，絞著手裡的絹帕，臉頰紅紅地開口。「南……南姑娘……」

「噓！」南溪忙把指腹壓在唇上，湊近她，小聲道：「我現在是公子。」

隨著她的靠近，王麗君鼻尖聞到了一股淡淡的藥香。

恩公身上的味道好好聞！這下，王麗君不光臉頰泛紅，就連耳朵也染上了紅暈。

「……是，南公子！」

這姑娘怎麼動不動就臉紅？不過看著還挺可愛的。南溪禮貌問道：「妳呢？又叫什麼名字？」

「我叫王麗君。」

王麗君？王麗芝？原來是王家的人。

這姑娘瞧著，雖不似王麗芝那樣跋扈，南溪也沒了與她繼續聊下去的興致，只隨意問道：「妳也是來買玉飾的？」

王麗君頭搖到一半，忽然想到了什麼，又連忙點頭。

「嗯，我來為祖母選一份壽禮。」

就在南溪與王麗君說話的時候，一個夥計從樓下上來，並悄悄拉過那位陪同南溪上來的夥計。二人附耳悄聲交談了幾句，隨後那位夥計便走了過來，恭敬地對南溪道：「公子，我們掌櫃剛才傳話，新年第一日，二樓的玉飾全場打六折。」

第六十六章

南溪聽了，眼睛一亮。「當真？」

夥計微笑點頭。

她立即走到一個展示櫃前，指著上面的東西道：「這件麒麟玉牌和那枚玉扳指，麻煩你幫我包起來。」

「是，您請到樓下結帳。」

南溪回頭看向王麗君。「王姑娘，我先走一步，妳慢慢挑選。」

王麗君心裡有些遺憾。都還沒跟恩公說上幾句話呢，恩公就要走了。

「好，恩……南公子慢走。」

南溪點頭，帶著東子轉身下了樓梯。

一刻鐘後，主僕出了玉器鋪。王麗君從二樓下來，玉器鋪的掌櫃見了，走過來拱手道：「四姑娘。」

王麗君取下手腕上的玉鐲遞給掌櫃。「這玉鐲應該夠抵你虧損的那些銀錢吧？」

這只玉鐲碧綠透瑩，成色極好，一看就不是凡品，掌櫃連忙伸手接過。

「夠的夠的，多謝四姑娘。」

這邊，南溪帶著東子在街上買了些吃的，便高高興興地打道回府了。

回到南府，她進廚房簡單做了幾道菜，隨後便與東子坐在一張桌上用晚飯。

吃過飯，在院子裡消了一會兒食，等到天色黑盡，南溪便回屋換了一身夜行衣。

東子無意瞧見，過來關心。「姑娘，您這是要去哪兒？」

南溪蒙上面巾，甕聲甕氣地道：「本姑娘要去採花，你且好好待在府裡。」

話音剛落，人就咻的一聲不見了。

朝陽城的冬天不會下雪，但那一陣陣凜冽的寒風卻是比下雪更冷得刺骨，尤其是在夜裡。

她小心避開鎮南王府的巡邏衛隊，幾個起落來到東殿屋頂。等巡邏衛隊離開，她正要跳下屋頂去找景鈺，突然有一隻手穿破瓦礫，抓住她的一條腿就往下拽……

南溪就這樣連人帶瓦地栽進了屋裡。

在栽下去的時候，她曾試圖用另一隻腳踢開那只箝制的大手，可惜非但沒有成功，反而整個人都被甩進了房內的浴池裡。

「咳咳……」

南溪扯開濕透的面巾，在浴池裡掙扎站起。

「南溪？怎麼是妳？」

原本站在不遠處冷眼旁觀的景鈺，一看清浴池裡的人後，慌忙上前。

「蒼景鈺，你真行啊！我都認不出來？咳咳……」

南溪抹了一把濕透的臉，一臉凶狠地從浴池裡走出來。

正要上前的景鈺，迅速轉過身去。「妳等等，我先去給妳拿身乾淨的衣裳。」說完，便紅著耳根，頭也不回地出了房間。

南溪見此，迅速回到了浴池裡泡著。廢話，現在可是冬天，她一身濕透地站在那裡等他，還不被冷死？泡在這池裡，起碼池水還是溫的。

很快，景鈺便拿來了一套侍女衣裳。待把衣裳拿給南溪後，他就退到了門外，直到南溪換好衣裳在裡面喚他，他才推門進去。

「我沒想到妳今夜會來找我，我……」

南溪挽起有些寬大的袖子，沒好氣地睃他一眼。「你把我當成刺客了是吧？」

景鈺笑著賠禮。「是我不對，妳是要打要罵還是要罰，我都受著。」

「哼！」她仰起下巴。「算了，我大人不計小人過，就饒了你這一次。」

笑意染上景鈺的眼角。他溫柔地看著她，問道：「來找我是為何事？」

南溪從那堆濕衣裳裡翻出來一個拳頭大小的木匣子交給他。「我來送回禮。」

景鈺挑眉，接過，問：「新年禮物的回禮？」

「嗯，」南溪點頭，看著他。「你不打開看看喜不喜歡？」

景鈺打開匣子，拿出裡面的麒麟玉牌和玉扳指。「兩件禮物？」

「哦，玉器鋪今天剛好打折做活動，我便買了這兩件，超級划算。」

還真會過日子！

南溪眨眨眼。「你不喜歡？那我……」自己留著。

猜透了她心思的景鈺，啪嗒一聲蓋上匣蓋，並把木匣子收好。「送出手的東西哪有收回去的道理？」

南溪撇了撇嘴，心道：你不喜歡還不許我收回去？

景鈺倒了杯茶遞給她。「我送妳的那支珠簪，妳可喜歡？」

「喜歡啊！」那麼值錢的東西，誰不喜歡？

喜歡就好，也不枉他被雲隱取笑一場。

就在這時，外面響起二更天的打更聲。

南溪喝了一口茶起身。「我該回去了。」

景鈺隨她起身。「妳這身裝扮不適合翻牆走壁，我送妳出王府。」

南溪低頭看了看身上的衣裳，確實是有些不妥。

「行。」

一刻鐘後，她跟在景鈺身後，大搖大擺地走出王府。

每年新年的第三天，黎國皇帝都要帶著後宮妃嬪、皇子皇女以及朝中重臣，上常道觀祈福，今年也不列外。

這日，從皇宮通往北城門的街道邊站滿了維持秩序的官兵，一些好熱鬧的百姓擠在左右兩旁，伸長著脖子張望。

很快，號角聲由遠及近，數百威風凜凜的銀甲騎兵出現在眾人的視線裡。等銀甲騎兵開道馳過，隨之出現的便是扛著各色五彩旗的儀仗隊。

在儀仗隊之後，是一輛由四匹駿馬齊頭拉載的尊貴馬車，由鎮南王和數位將領隨行在側地護在中間。

眾人見到那輛馬車時，迅速跪倒一片，嘴裡還齊聲高呼。「吾皇萬歲！」

站在人群最後的南溪不想下跪，便借著襦裙的遮掩，悄悄蹲著。

待御駕駛過，又是數輛由雙馬拉載的豪華馬車，緊隨其後。

這些應該就是嘉禾帝的妃嬪和子女們。南溪在心裡默默地數了數，整整有二十一輛馬車。

再後面便是一些大臣的馬車了，因為這些馬車上都插著代表官職的三角旗。

她正奇怪怎麼沒有看到鎮南王府的馬車，就見景鈺與幾位衣著光鮮的少年打馬而過。

等到如長龍般的隊伍漸漸行遠，眾人相繼散去，她目光灼灼地看往皇宮方向。

皇帝去常道觀祈福需要三日時間，這或許是個機會……

旁邊的青鳶見她好似一直盯著某個地方，便輕喚她一聲。「姑娘？」

南溪回神。「嗯？」

青鳶看向散去的眾人。「大家都離開了，咱們也回吧？」

南溪再看了北邊一眼，轉身。「走吧！」

夜晚，一道黑影趁著夜色快速從西城往北城掠去，幾經起落，黑影最後落在一處偏僻的宮牆上。

她躲過宮牆外的巡邏軍，如一隻壁虎那般趴在宮牆上，小心且謹慎地觀察著牆內的一切。

隨後，她耳聽四路、眼觀八方地從懷裡掏出一張紙和一塊黑炭，開始在那裡塗塗畫畫。

之後，她又悄聲來到另一處宮牆上，繼續塗畫。

這一夜，她把東南西北的宮牆都趴了個遍，一張粗略簡單的皇宮地形圖就這樣完成。

清晨，青鳶端著熱水來到房前，正要抬手敲門，卻看到門縫塞著一張紙條。

她取出來展開，就見那上面寫著：今日不去藥鋪，別叫我！

三日後，去常道觀祈福的嘉禾帝又帶著儀仗，浩浩蕩蕩回了皇宮。

南溪坐在南府最高處的屋頂上，單手托腮地望著北城方向。

這兩日，皇宮的大致地形已經基本摸透，就是不知道阿娘被關在哪個地方。

「姑娘，您到屋頂上去做什麼呀？」

青鳶剛從藥鋪回來，就看到南溪坐在屋頂上，嚇得她心尖都顫了顫，就怕她會一個腳滑摔下來。

南溪低頭，看到青鳶正一臉緊張地仰頭望著自己。她眼珠一動，忽然就起了捉弄青鳶的心思。

就見她眨眨眼，一臉無辜道：「我在看風景，這就下來。」說完拍拍屁股站起身，走了兩步後，故意腳下一滑。「呀！」

「姑娘！」

青鳶尖叫一聲，高舉著雙手想要接住她家姑娘。

這時，有個人卻比她更快地騰空而起，於半空中接住了滾下來的南溪。

南溪看著接住她的人，一臉驚喜。「王伯，你回來了？」

王屠夫嗯了一聲，把她放在地面上。「屬下先行告退。」說完便快速離開。

南溪看著他的背影，眉頭一皺。

王伯身上有淡淡的血腥味。

嚇得一臉青色的青鳶這時跑過來。「姑娘，沒事吧？」

南溪拍了拍衣裳，伸手輕彈了一下她的腦門。「沒事，我剛才是故意嚇唬妳的！」

王屠夫回到自己房間後，臉色蒼白地扶著桌子坐下，正要敞開衣襟看看胸口的傷，門外便響起了敲門聲。

「王伯，是我。」

王屠夫又迅速整理好衣襟，起身去開門。「姑娘有事？」

南溪揹著醫箱走進屋內。「我來看看你的傷勢。」

她把醫箱放到桌上，一一拿出治療外傷的瓶瓶罐罐，嘴裡還在碎唸。「受傷了也不知道吭聲，不知道家裡有一位大夫嗎？」

她最後拿出一條乾淨的布條，見王屠夫還站在門口，便道：「王伯是想讓傷口一直血流不止嗎？」

王屠夫這才走過來坐下，由南溪一口一個指令地解開衣襟，露出胸口鮮紅的傷口。

南溪沒有問這傷是怎麼回事，因為她知道問了他也不會說，便一言不發，小心又仔細地為他敷著傷藥。

本來，她還打算等王屠夫回來，便與他商量去夜探皇宮，現在看來，這事只能自己去做了。

夜半，涼風習習，一道黑色身影輕車熟路地從西城一路飛簷走壁到北城皇宮。

最終，她來到一座偏僻宮殿的廡殿頂上。

等到巡邏的御林軍整齊從下方走過，她才輕飄飄地從房頂上躍下，隨後快速閃入就近的宮殿。

半個時辰後，南溪躲進一座無人居住卻打掃得一塵不染的宮殿裡。

她走到窗邊，掏出自己畫的地圖，借著月色再次細看。就近的幾座冷清宮殿，她都進去找了，一無所獲。阿娘到底在哪兒呢？

就在她一籌莫展之際，這座宮殿的大門突然被人打開。

宮殿外，嘉禾帝接過廖一海手裡的燈籠。

「你去外面守著，任何人不得擅闖進來。」

「是。」廖一海躬著身退下。

嘉禾帝提著燈籠，輕輕推開宮殿大門，進到殿內，反手把大門關好，便提著燈籠緩步走進裡面的寢宮。

他坐在寢宮裡的一張軟榻上，伸手輕輕撫過那上面放著的玉枕。

「阿杣，朕來看妳了。」就像是在與人話家常，嘉禾帝的語氣是外人不曾見過的平和。「朕今日剛從常道觀祈福回宮……猶記得朕登基的第一年去常道觀祈福，因擔心出錯，緊張得頻頻如廁，還是妳拉著我的手，一遍一遍鼓勵我，才讓我放鬆下來……」

嘉禾帝放下燈籠，把玉枕抱在懷裡，聲音裡透著悲傷和哀涼。

「阿杣，朕好想妳啊！可妳，為何連夢裡都不願來見朕？朕就那麼讓妳厭惡嗎？阿杣，朕把錦央找回來了，妳來朕的夢裡見見朕可好？妳還不知道吧，錦央為南楓生了一個女兒，那孩子長得很像妳，除了那對眼睛……」

躲在床下的南溪猛地捂住自己的嘴巴，一雙大眼睛瞪得溜圓。

她還以為阿杣是嘉禾帝的哪位妃子，卻沒想到竟是……錦娘的母后，她的外婆！

那邊，嘉禾帝還在喃喃自語。「朕本來想殺她，可那孩子與妳長得太像，朕下不了手。她想要見錦央，朕沒允。朕不殺她已是仁慈，怎麼可能還會讓她再見錦央？朕可以為了妳原諒錦央，但她與南楓的女兒，朕不能接受……」

南溪躲在床下，屏氣凝神地聽著嘉禾帝自言自語。

「朔州旱災才稍稍得以緩解，北夷那邊又開始蠢蠢欲動，朕欲派兵北上，又苦於糧草不足……」

嘉禾帝說了許多，都是一些朝堂上又或者是後宮裡讓他煩心的事情。當他提到王淑妃以及王家時，南溪瞳孔又是一縮。

「朕本想把王家留給太子登基以後處置，可近幾年王家卻越發無法無天，朕不得不出手敲打一番。若不是太子品性過於敦厚，朕又何苦費盡心機的為他設局鋪路……」

所以，王家其實一直都是嘉禾帝手裡的棋子？只為給太子將來鋪路！

南溪瞪大眼睛，忽然就想到了歷史上最大貪官和珅。嘉慶帝登基後的第一件事就是抄和珅的家，後人都說乾隆爺是故意把他留給自己兒子的！

這就是帝王的權謀嗎？南溪吃驚之餘，動了動有些酸麻的右腳，卻不小心碰到了床柱，發出一聲輕響。

「誰？」嘉禾帝放下玉枕，倏地站起。

盯著那雙越走越近的金色錦靴，南溪立即屏住呼吸，右手悄悄伸向右腿，握住綁在那裡的利刃。

嘉禾帝提著燈籠正要彎腰查看床底，一道黑影忽然從窗臺跳了出去。

「喵～～」

原來是隻貓。今日是哪個宮女負責打掃的？竟沒有關窗戶！

嘉禾帝臉色沈沈地走過去，把窗戶關好。

隨後，他又環視了一眼寢宮，溫聲道：「阿杝，朕下次再來看妳。」

等到腳步聲遠去，宮殿門重新關上，南溪才長長呼出一口氣。嚇死了！

不過她沒有貿然出去，而是把耳朵貼在地上，小心聽著周圍的動靜。

大概過了半炷香後，南溪慢慢從床底下爬出來，拍了拍身上的灰塵，快速離開。

今夜時辰已晚，她還是先撤吧！

宮殿外，嘉禾帝隱在一處暗影裡，盯著殿門看了許久，直到確定裡面真的無人，才提著燈籠轉身離開。

第六十七章

早晨，青鳶端著熱水來到二進院正屋，正要抬手敲門，房門就吱呀一聲從裡面打開。

「姑娘今日起這麼早？」以往都是要她來叫人，姑娘才會起。

「嗯。」南溪沒精打采地轉身。

什麼起早，她昨夜壓根兒就沒睡著！偷聽到那麼多令人震驚的消息，她能睡著才怪。

青鳶跟在她身後進了屋，擰乾水盆裡的帕子遞過來，看清南溪的雙眼後，吃驚地呀了一聲。

「姑娘，您的眼睛怎麼了？」

「沒事。」南溪接過熱帕子，敷在眼睛上。

新年裡，大家都想討一個好彩頭，所以今日即便是義診的日子，藥鋪裡也沒什麼人來看診。

林靜之拿著一本醫書坐在診桌後翻閱，夥計二柱趴在藥臺上，青鳶跑去了對面包子鋪幫忙賣包子。

南溪雙手托腮，目光渙散地望著某一處發呆。

南楓？原來她的父親叫南楓？

昨夜還是第一次聽到自己父親的名字。

只是，她父親到底是做了什麼，竟讓嘉禾帝這麼不待見他？

不會是謀反吧？

南溪一雙黛眉輕輕蹙起。上次嘉禾帝在聚賢樓見她的時候，好像說過阿娘背叛了他。可阿娘那個性子，怎麼可能會做出背叛親人的事來，這其中會不會有什麼誤會？

唉，當年她追問阿娘真相的時候，阿娘總是不願多談，以至於她現在仍是雲裡霧裡，摸不清真相。

「姑娘，姑娘？」

「啊？」南溪回過神，看著來到跟前的齊掌櫃。「齊掌櫃有事？」

齊掌櫃把一張紙遞給她。「老朽把藥庫裡欠缺的幾味藥材都寫在這上面了，您過過目。」

南溪接過，看著滿滿一張紙的藥材名。「欠缺這麼多？」

齊掌櫃點頭。「這上面有些藥材，藥庫裡還有，不過存貨不多，老朽便一併寫下了。」

「行，我知道了。」她把紙折起收好。

欠缺的都是些比較常用的藥材，尋常病症都得用到，消耗才如此之快。

齊掌櫃躬了躬身。「那老朽就先去忙了。」

見他轉身，南溪忽然叫住他。「齊掌櫃，等等。」

齊掌櫃回過身，恭敬道：「姑娘還有何吩咐？」

南溪眼巴巴地看著他。「你可還記得十幾年前朝陽城發生的那些事？」

阿娘那時是錦央公主，發生在她身上的事，朝陽城的百姓應該多少都知道一點吧？

「十幾年前？」齊掌櫃蹙眉道：「老朽倒是還記得發生的一件大事。」

聽此，她迫不及待追問道：「什麼大事？」

「十六年前，陛下親封的錦央長公主染上了怪病，才芳華十六便香消玉殞。太后因痛失愛女，悲傷成疾，也於次年四月在頤壽宮薨逝。太后薨後，陛下悲痛欲絕，下令朝陽城的百姓著喪服，為太后守孝三月。」

這不是真相，她阿娘明明還活得好好的，可嘉禾帝當年為何要對世人說阿娘死了？

齊掌櫃已經走開去忙別的事，南溪還在擰著眉頭思忖。

看來要想知道真相，還需親自去問當事人。可她現在連當事人的面都見不著……

南溪猶自發著呆，直到修長白皙的手指輕輕叩擊在她的診桌上。

「在想什麼呢？」那麼入神，他來了都不知道。

南溪抬起頭，望著面前芝蘭玉樹的俊美少年。「你怎麼來了？」

景鈺抖了抖衣袖上的水珠。「下雨了，進妳藥鋪來避避雨。」

下雨了嗎？南溪偏頭看向外面，這才發現外面不知何時竟下起了綿綿細雨。她隨即收回目光，看向景鈺。

「你出門沒坐馬車？」

景鈺睨了外面一眼。「我騎馬。」

自柳惜若廢了以後，他也不再裝病弱，外出大都騎馬，很少再坐馬車。

南溪望了他頭上一眼，掏出手帕遞給他。「把頭上的雨水擦擦。」

景鈺伸手去接，修長的指尖也不知是有意還是無意地觸了下南溪微涼的小手。

他垂下眼皮，默不作聲地拿過手帕擦拭頭髮、額間。手帕上除了有淡淡的藥香，還有她的體溫。

擦完雨水，他把手帕塞進自己衣袖，然後一本正經對南溪道：「弄髒了，等我洗乾淨再還給妳。」

「行吧。」南溪收回伸出去拿手帕的手，問他。「你要不要打傘？」藥鋪裡有多備著的傘。

景鈺聽了，卻是眸光一暗。「妳在趕我走？」

天地良心，她只是單純想要助人為樂，借他一把傘回家而已！

「我只是擔心這場雨會一直下，讓你沒辦法回王府。」

景鈺抬腳走到她身後的一張凳子上坐下。

「無妨，衛峰已經回王府駕馬車了。」

如今下雨，就更沒有人來看診了，南溪乾脆畫了個五子棋棋盤，拉著景鈺陪她一起下起了五子棋。

兩人你來我往地下了兩局後，把原本在看醫書的林靜之也吸引了過來，跟著，夥計也湊了過來，就連齊掌櫃也好奇地過來瞧了好幾眼。

黎國的人沒見過五子棋這種玩法，因此對這種淺顯易懂的下棋方法感到很新奇。

南溪見他們感興趣，就又畫了一個五子棋格子，然後簡單介紹了一下遊戲規則後，便讓他們自己玩去了。

等到青鳶撐著傘冒雨從對面跑回來，就看到藥鋪裡的人都在兩兩對弈。

因為有景鈺在，她不敢往南溪身邊湊，就跑到林靜之跟夥計那邊，好奇問道：「你們在下什麼棋？為什麼只有五子？」

夥計頭也沒抬地道：「這是五子棋，姑娘剛教我們玩的。」

青鳶又問：「五子棋是什麼棋？要如何玩？」

夥計不吱聲了，因為他也不知道該怎麼跟青鳶說明，倒是林靜之耐心跟她解釋。

「五子棋顧名思義就是，棋盤上雙方只能執五子……」

南溪偏過頭來，看看林靜之又看看青鳶，臉上隨即露出一抹意味深長的笑。

景鈺見她走神，便順著她的目光看過去。當他發現她看的人是林靜之時，臉色倏地一沈。

她老看那個林靜之做什麼？難道她喜歡他?!

霎時，景鈺看向林靜之的目光帶著颼颼寒氣。

正在為青鳶講遊戲規則的林靜之突然打了個冷顫，莫名感覺脊背有點涼。

很快，景鈺斂下眼皮，吃掉南溪一顆子。

「到妳了。」

南溪回頭，見自己只剩一子，便伸手重新擺棋。「再來再來。」

正好這時，衛峰撐著傘從外面進來。「小王爺，馬車到了。」
「我該回了。」景鈺放下手裡用紙團做的棋子，站起身，頭也不回地隨衛峰走出藥鋪。
怎麼感覺他有點不對勁？

今年的第一場雨，一下就下了兩日，待到第三日，天終於放晴。
晌午過後，趁著難得的好天氣，沒去藥鋪的南溪讓青鳶把屋裡的搖椅搬到院子裡。
偷得浮生半日閒的南溪躺在搖椅上，閉著眼昏昏欲睡。
青鳶見了，擔心她受涼，便去屋裡拿了床薄被幫她蓋上，正要轉身去忙別的事，就見青荷腳步匆匆從前院走來。
「姑娘……」
「噓！」青鳶忙走過去，把青荷拉到一邊。「姑娘剛睡著，什麼事？」
青荷往院中瞟了一眼，壓低聲音道：「大門外有人拖來一馬車的東西，指名要姑娘出去點貨。」
青鳶聽得眉頭一皺。「可有問他們是從哪裡來？」
「說是從秦家莊來的。」
秦家莊？南溪睜開眼睛，從搖椅上起身。
青鳶聽到動靜轉身。「姑娘沒睡著？」
「嗯，隨我出去看看。」

南府大門口，秦熊和秦豹分別站在馬車兩側，待南溪從大門裡面走出來，兩人上前行禮。

「在下秦熊、秦豹，見過南溪姑娘。」

南溪看著長得一模一樣的兩人，眉梢一挑。「你們怎麼認得我？」

秦豹笑著道：「承燁少爺給我們兄弟二人看過南溪姑娘的畫像，我們才能一眼就認出您便是南溪姑娘。」

果然是胖虎派來的。南溪步下臺階，來到兩人面前。「胖虎……咳，就是你們承燁少爺，他派你們來做甚？」

秦熊抱拳道：「承燁少爺派我們兄弟二人來給姑娘送及笄禮。」

她背著雙手。「他怎麼不自己送來？」

「秦家莊年初瑣事頗多，承燁少爺走不開……」其實是被莊主勒令在莊裡苦練秦家拳。

好吧，南溪看向馬車，秦熊隨即便走過去把車簾子揭開。

「承燁少爺說，不知道您喜歡什麼，便把他平時珍藏的都拿來送給您。」

秦豹過來補充道：「這裡面除了承燁少爺送您的十六件禮物，還有承楓、承柏、承楊、承樟等五位少爺給您的及笄禮物，您請查收。」

南溪雖然很好奇他們都會送她什麼禮物，但——

「他們就沒有讓你倆帶封書信什麼的？」

「有的有的。」秦豹連忙從懷裡掏出六封書信，恭敬呈上。「因擔心書信放在馬車裡會被遺落，所以一直都由我兄弟二人貼身保護。」

這是真的「貼身保護」！

南溪接過六封書信，並未急著拆開，而是拱手對二人道：「二位一路辛苦了，請到府中稍作休整。」

安頓好兄弟倆，南溪拿著六封書信，邊走邊看。

等她來到閨房左邊那間廂房外，青鳶和阿田正在清點禮物。看見南溪，青鳶笑嘻嘻地湊上來。

「姑娘，秦公子出手好大方，竟送您這麼多禮物！」

南溪把信收好，隨手拿起一個木匣子打開。就在木匣子打開的那一剎那，裡面閃過一抹亮光，差點沒晃花她的眼。

再仔細看去，匣子裡竟裝著一顆拳頭大小的夜明珠，而剛才那束亮光，便是頭頂陽光打在上面折射出來的。

「好大的珠子！」青鳶吃驚得捂住了嘴巴。

剛才已經看過書信的南溪，面上還算淡定，她啪嗒一聲把匣蓋蓋好，又拿起旁邊另外一件長長的、看著十分不起眼的木盒子打開。

就見一把在刀鞘和刀柄上都鑲滿了各色寶石的匕首，靜靜躺在裡面。

她嘴角一抽，又接連打開了好幾個盒子查看，發現幾乎全都是那種亮晃晃的奢華好東西。

她已經無力吐槽。真是地主家的傻兒子，貴重東西像是不要錢一樣往外送，也不怕把家底敗光了。

秦伯怎麼就沒好好教育教育這個敗家姪子呢？

隨後，她又根據書信上的內容，依次找出秦家另外五兄弟送的玉笛、陶瓷娃娃、金鈴鐺等等。這些看著雖然沒有胖虎送的貴重，但也都是用了心的。

再次回頭看向胖虎送的那些東西，她嘴角又是狠狠一抽。每一樣都那麼招搖，她如何拿得出去？

嘆了一口氣，南溪在禮物堆裡翻找出一對碧綠玉鐲，帶回自己屋裡。

雖說她總在心裡吐槽胖虎是地主家傻兒子，其實收到胖虎送來的及笄禮，她心裡非常開心。

因此，休整了一日的秦熊兩兄弟準備離開的時候，南溪也裝了滿滿一馬車的回禮。

她送的回禮基本上都是吃的，為了讓這些吃食在路上不變質，她還特意跑去找景鈺要了幾塊冰塊放在馬車裡。

次日下午，秦熊兩兄弟便帶著滿滿一馬車吃食辭別南府，離開了朝陽城。

這日正好是正月十五上元節，也是新年的最後一天。

到了傍晚，朝陽城幾乎條條街道上都掛滿了大大小小、各式各樣的花燈。

「姑娘妳看，這盞花燈好漂亮！」青鳶指著一盞蓮花燈興奮說道。

這次上元節，南溪終於不再是只和東子一起過了。

幾個小丫鬟隨她走在前頭，王屠夫緊緊跟在她們身後，東子、阿田和李婆子走在中間，四個護院分成兩人一組跟在左右兩邊。

南溪看向青鳶指著的蓮花燈，有些不確定地道：「這個應該是河燈吧？」

「就是河燈，姑娘可要買下一盞去蓬羅湖放？聽說今夜到蓬羅湖放花燈許願是最靈驗。」青鳶雙眼亮晶晶地看著她。

許願不過是一種心靈寄託，哪有什麼靈不靈驗的。不過為了入鄉隨俗，南溪還是買了幾盞蓮花燈，和四個小丫鬟一人提一盞，去了蓬羅湖邊。

等她們來到湖邊，發現這裡也是人山人海，不光湖邊擠滿了男男女女，就連湖面上都是畫舫摞著畫舫。

幾個小丫鬟站在坡上咂舌。「這麼多人啊？」

「姑娘，某去為妳們開路。」

譚九活動著指關節，就要下坡去開道，卻被南溪攔住了。

「你這架勢，不知道的還以為是下去揍人的。且在這裡等上一會兒吧，等她們放完了我們再下去。」

就在眾人站在坡上等待的功夫，王屠夫不知從哪兒找來筆墨。「姑娘可以把願望寫在花燈上。」

「多謝王伯。」

南溪接過毛筆，想了想，低頭在蓮花燈的花瓣上寫下自己的心願。

幾個小丫鬟見了，紛紛提著燈籠過來，請求南溪也幫她們在燈籠上寫下願望。
南溪首先拿過青鳶的燈籠。「妳要寫什麼願望？」
青鳶臉頰一紅，湊過來附在她耳邊低聲說了一句。南溪聽完，忍著笑意點頭，便提筆在青鳶的燈籠上寫下：願得一人心，白首不相離！
「謝姑娘！」青鳶喜孜孜地接過自己的燈籠。
南溪又看向另外三個。「妳們呢？」
青荷雙手舉起自己的燈籠。「請姑娘幫奴婢寫下——家人平安。」
「好。」南溪微微彎腰，一手固定燈籠，一手寫字。
把幾個小丫鬟的願望都寫好，湖邊已經有了位置。南溪帶著小丫鬟們來到湖邊，並把各自的花燈小心放入湖中，再看著它慢慢飄向遠方。
忽然，一陣微風帶著涼意從湖面上吹來，吹熄了好幾盞湖裡的花燈，也吹碎了好幾份帶著寄託的心。
青鳶伸著脖子望了望，然後拍著胸脯慶幸道：「還好還好，咱們的燈沒有被風吹滅。」
幾人長長鬆一口氣，也在心裡慶幸著。
南溪好笑地看了幾個丫鬟一眼，轉身。「走了。」
就在她們離開不久，湖中的一艘畫舫上，有人彎腰從湖裡撈起來一盞蓮花燈。
「與母團圓？」

就在南溪帶著南府眾人在大街上觀花燈、看雜耍、賞煙花的時候，鎮南王府東殿的小廚房裡卻傳來一聲震響——

砰！小廚房塌了一半。

滾滾黑煙從坍塌的地方竄出，守在不遠的衛峰心尖一顫，飛身衝向坍塌的小廚房。

「小王爺！」

「咳咳！」一個全身黑漆漆的人影走出來，揮手搧著面前的煙塵。

衛峰來到近前，小聲詢問。「您沒事吧？」

「沒事。」景鈺有些氣餒地抬腳跨出去。

他明明是按照那張紙上面的做法做的，怎麼會到最後一步就炸了？想不到，從小學什麼東西都快的他，竟在這小小的生日蛋糕上跌了個跤！

低下頭，嫌棄地看了自己一眼，景鈺快步走向浴房。

恰在這時，鎮南王來到東殿。

「這裡出什麼事了？」他剛從皇宮回來，便聽到這邊一聲震響。

衛峰躬身行禮後，退到一邊。

鎮南王望了一眼塌了半邊的東殿廚房，又瞄了一眼一身漆黑的人影，肅著一張臉問道：

「怎麼把自己弄成這樣一副鬼樣子？」

「……與你無關。」

景鈺一臉冷酷地進了浴房，又砰一聲把門關上。

半炷香後，他從浴房出來，一番冥思苦想後，拿著南溪寫的配方便去了大廚房找鎮南王府的大廚劉廚子。

劉廚子拿著配方研究了半晌，緊蹙的眉頭才慢慢舒展開。「奴才知道如何做這個東西了。」

景鈺聞言，悄悄吁了一口氣。「你現在便做一個出來給小王看看。」

第六十八章

正月十五過後，新年的氛圍退去，人們開始繼續為生計奔波忙碌。

山莊的藥材還未長成，王屠夫便帶著南溪給他的那張藥材名單，跟著藥材商去外地收藥材。

劉家三姊弟也開始來藥鋪上課。劉青借著送孩子到藥鋪來的閒暇，與南溪談起了再開一家分鋪的想法。

認真聽完分析，南溪覺得他很有頭腦，於是便把開分鋪的事情全交予他負責。

這日，正月十八，南溪早早便起床，沐浴，穿衣，潔面，梳髮。

在朝陽城，除了景鈺，她沒有別的親戚朋友，阿娘也不在身邊，所以，她的及笄禮，她連贊者都沒有找，一切從簡。

南溪按照上輩子的記憶，給自己畫了一個美美的妝，換上早就準備好的新衣裳，再戴上從胖虎眾多禮物中挑選出來的那對碧綠玉鐲，打開房門走了出去。

守在外面的青鳶、青荷在南溪開門的一剎那，便已經看呆。

一直都知道姑娘是個美人胚子，卻沒想到她只稍稍作了一番打扮，便已經勝過九天仙女。

看著兩個丫鬟的呆樣，南溪眉梢輕輕挑了挑，抬手在她們的眼前揮了揮。

「回魂了！」

青鳶眨了一下眼睛。「姑娘今天真好看！」

南溪背著雙手，佯怒。「妳的意思是我以前不好看嘍？」

青鳶連忙搖頭。「不不不，姑娘以前也好看，只是今天最好看！」

青荷在一旁連連點頭附和。

「噗，走吧，去用早膳。」南溪轉身，率先離開。

來到膳房的時候，李婆子已經把特意為她準備的紅雞蛋和長壽麵端上桌。見到她進屋，李婆子忙笑著道：「祝姑娘如意吉祥，萬事順意！」

南溪微笑頷首。「多謝李婆婆。」

青鳶領著青荷青寧青瓷來到膳房，齊齊福身，道：「祝姑娘生辰快樂，事事如意！」跟著東子和阿田，還有四個護院也走了進來，齊聲祝她生辰快樂。

南溪心裡很感動。還有這麼多人陪著她過生日，她也不孤單嘛！

忍著鼻酸把紅雞蛋和長壽麵吃完，她便準備像往常一樣去藥鋪裡坐診。

卻被青鳶攔住。「姑娘，今日是您的生辰，您可以出去逛逛街，又或者是去戲樓裡聽聽曲，去聚賢樓裡聽聽書，怎麼還想著要去藥鋪裡幫忙？」

青鳶說得對啊，今天可是她的生日，就算沒有親朋好友為她慶生，她也可以自己出去玩嘛，幹麼還老實跑去上班？她可是老闆！

於是，她補了胭脂，帶著青鳶就要出門。

可才剛跨出大門門檻，就看到兩個意想不到的人站在門外。

「來得早不如來得巧，正琢磨著是不是這兒呢，人就出來了。」

「古姨，季叔叔，你們怎麼來了？」南溪一臉驚喜地衝下臺階，跑到兩人面前。

季晟一臉慈愛地看著她。「我和妳古姨來朝陽城辦點事，順道便來看看妳。」

南溪一手拉著一個就往大門走。「咱們進去說。」

半炷香後，南府的堂屋內，古娘子夫妻坐在右側的座椅上品茶。南溪坐在他們對面，眼底是掩不住的欣喜。

「季叔叔，古姨，你們這次會在朝陽城待多久？」

一直盯著自己的手瞧的古娘子聞言，抬起頭來。「看心情。」

這回答，很古姨！

季晟笑容溫潤地道：「大概會待四、五日，我和妳古姨要來叨擾幾日了。」

南溪笑眼彎彎站起身。「南溪求之不得。你們且先坐一會兒，我這就讓人去為你們收拾房間。」說完，就像一隻歡快的蝴蝶翩翩離開。

古娘子見了，語氣嫌棄。「都已經及笄了，還這麼毛毛躁躁。」

季晟一如既往用溫柔得能膩死人的目光看向自家娘子。「妳呀，總是喜歡心口不一，路上也不知道是誰拉著我拚命趕路，就怕趕不上小南溪及笄的日子？」

古娘子不想跟他說話，便低下頭玩著自己的手指。

季晟見了，只寵溺地輕輕一笑。

沒過一會兒，南溪去而復返。「季叔叔，古姨，房間還需一會兒才收拾好，我先帶著你們在宅子裡四處轉轉吧？」

季晟看向古娘子。「娘子以為呢？」

古娘子提起包袱起身。「我要先沐浴。」

南溪殷勤地過來幫她拎包袱。「我已經吩咐廚房燒了熱水，古姨，季叔叔請跟我來。」

「嗯。」季晟牽起自家娘子的手，儒雅隨和地跟在南溪身後。

就在三人走出堂屋的時候，一身風塵僕僕的王屠夫正好從走廊上過來。

南溪忙抬起小手揮舞。「王伯，你看誰來了？」

王屠夫走過來與季晟夫婦相互見禮之後，對南溪道：「姑娘，屬下剛才回府的時候，看到有許多人在大門口放下東西就走。」

欸？南溪眨眨眼。「你可有看清那些人都是誰？他們都放了什麼東西在大門口？」

王屠夫垂首。「您還是先出去看看吧！」

南溪回頭看向季晟夫婦。「季叔叔，古姨，我先出去看看，你們……」

「不急，我們隨妳一起出去瞧瞧。」

古娘子拉著季晟就走向通往大門口的長廊，南溪提著裙襬連忙跟上。

稍許，幾人來到大門口，就見大門的石階下放著許多的東西。有用籃子裝著的紅雞蛋、被捆綁住雙腳的雞或鴨、有魚、有新鮮的蔬菜、有一包糖果，還有一束野花。

「這是……」本來準備出來打架的古娘子轉頭看向自家夫君。

季晟也有點呆愣，不過很快，他溫潤笑道：「看來小南溪在朝陽城很受歡迎。」

南溪走下臺階，低頭看了看堆放在地上的東西，又抬頭看向空無一人的巷子口，大聲道：「南溪多謝諸位朋友送來的禮物，府內已備好薄酒，南溪誠請諸位朋友入府共飲。」

巷子口一片安靜。

等了許久都不見有人出來的南溪，只好叫來東子和阿田，讓他們把東西都拿進府內。

隨後，她擰著眉頭走上臺階。季晟見此，關心地問：「小南溪為何皺眉？」

南溪擰著眉頭說出自己的疑惑。「我在想，他們是如何知道今日是我生辰的？」

古娘子美目微瞇。「妳今日沒邀請客人？」

南溪搖頭。「沒有啊！」

她並沒有打算擺席宴客，所以連藥鋪裡的齊掌櫃和林靜之都沒有告知，更別說這些人了。

古娘子眼神莫名地看了她一眼。

季晟看著東子他們拿進去的東西，微笑道：「或許，妳可以問問府裡的下人，看看他們出去採買東西時，可有與人談起。」

對哦，南溪恍悟。

把季晟夫婦送去二進院後，她先是吩咐趙山出去打聽今日來南府送東西的都有哪些人，又把尚在府裡的幾人召來一一詢問，才知道原來是李婆子今晨出去買菜的時候，與一個相熟的婦人嘮了兩句，如此把今天是她生辰的消息傳了出去。

待季晟夫婦洗好一身風塵出來，南溪正想帶著他們四處轉轉，古娘子卻道：「不急，咱們先辦正事。」

「嗯？」南溪疑惑地眨眨眼。「古姨要辦什麼正事？」

古娘子斜睨她一眼，拉著季晟轉身。「隨我去前院。」

「哦。」南溪乖乖跟上。

到了前院堂屋，古娘子鬆開季晟的手，轉身看向身後跟來的南溪。

「今日妳及笄，姊姊不在，妳家中又無長輩寄靠，我夫妻二人便充一回大，做妳的贊者與迎賓。」

南溪聽了，眼眶一紅，眼淚更是吧嗒吧嗒往下掉。「可我……」

古娘子走過來，動作有些粗魯地替她抹去眼淚，面上是一貫嫌棄。「及笄的日子，妳哭什麼？晦氣！」

南溪嘴巴一撇，難得用撒嬌的語氣道：「人家感動嘛！」說完，她張開雙臂一把抱住古娘子，真心真意地道謝。「謝謝妳，古姨！」

古娘子身子有一瞬間的僵硬，面上更是有些無所適從。她悄悄把目光投向自家夫君求助，卻見季晟一臉溫柔地看著她，點頭。

她這才緩緩抬起雙手，輕輕把南溪摟在懷裡。

過了好一會兒，季晟溫柔提醒。「娘子，咱們是不是該開始了？再耽擱下去怕是就到晌午了。」

「嗯。」古娘子有些不捨地鬆開雙手。原來小丫頭抱起來這麼軟這麼香。

季晟找來王屠夫，幾人把及笄禮的流程簡單走了一遍，而後，古娘子便問南溪。「景鈺那小子不是也在朝陽城麼？他今日怎麼沒來？」

「他白日裡不方便過來。」南溪把景鈺的身世和嘉禾帝的忌憚，沒有隱瞞，全告訴了他們。

古娘子聽完，哼道：「皇帝未免也管得太寬！」

季晟無奈地看著她。「娘子，慎言。」這裡是朝陽城，天子腳下，不是在桃花村。

「這裡又沒外人。」古娘子不高興地睨他一眼，終是不再吭聲。

南溪笑著開口。「景鈺今晚應該會過來，屆時季叔叔和古姨就能見到他了。」

也不知道他學會做生日蛋糕沒有。

之後，季晟夫婦用過午膳，便回了南溪為他們安排的屋裡小歇，南溪也是在這時才知道，原來他們夫妻昨晚趕了一夜的路。

夜晚，華燈初上，樹影婆娑。

一身黑衣的俊美少年提著一個盒子，從南府的房頂上飛躍而下。待落到二進院院子裡，他拍了拍衣服，抬腳就往膳房的方向走。只是才邁出兩步，便又頓住了腳步。

這院子裡怎麼一盞燈籠都沒有？難道南溪今晚不在二進院？

隨後，他腳下一轉，就去了前院。

前院堂屋，燈火通明，南溪站在門口望著漆黑的夜空。照理說，景鈺這個時候也該來了呀，難道是被什麼事情纏住了？

就在她雙眼盯著夜空的時候，景鈺卻從旁邊的廊道上走了過來。

「在等我？」

「喝！」他突然出聲把南溪嚇了一跳。她拍著胸脯，嗔怪道：「你怎麼是從那邊過來的？」

景鈺提著盒子進屋。「我先去了二進院，發現妳不在，這才從那邊過來。」

待他跨進堂屋後，才看到屋子裡竟坐著季晟和古娘子，不由驚訝出聲。「季叔？古姨？你們什麼時候來的？」

「今晨剛到。」季晟的目光落在他身上，笑道：「小子長高了不少呀！」

後一步進來的南溪低頭看了一眼自己。長得高有什麼了不起，濃縮的才是精華！

景鈺卻是緊了緊提盒子的手。早知道有季晟夫婦在，他便不忙著把這個東西提出來了。

偏偏南溪在這時走過來，看著他手裡的東西問：「這便是你為我做的生日蛋糕嗎？快拿出來看看。」

古娘子一聽生日蛋糕四個字，倏地就看了過來。

她對南溪在杏兒及笄禮上做的那個生日蛋糕可是記憶猶新。當時，雖然每個人都只分到那麼一小口，但那種甜膩香甜的味道，她到現在都懷念。就是不知道這個景鈺做出來的，是不是跟南溪丫頭做的一個口味。

見景鈺站在那裡不動，南溪乾脆自己走過去，拿過他手裡的盒子放到茶桌上，打開。

隨著盒子被她打開，一抹紅暈悄悄爬上景鈺的耳根。

南溪和古娘子的目光都放在蛋糕上，因此並未注意他的異常，惟有季晟，一雙帶笑的眸子盯著景鈺的耳朵看了好一會兒。

打開盒子後，南溪看著裡面的蛋糕驚嘆出聲。「哇，蛋糕做得不錯耶！」

蛋糕上竟還捏了一隻趴著的小兔子。

可古娘子關心的卻是……

「這兔子能吃嗎？」

「能吃。」都是用麵粉做的，怎麼不能吃？

古娘子聽了，顯得有些迫不及待，扭頭看向南溪。「妳先嚐一口。」

「嗯，好。」她伸手摳下小兔子的一隻眼睛放進嘴裡，道：「這兔子的眼睛真甜！」

能不能別說得那麼驚悚？「那是紅豆！」

這邊，古娘子已經指著小兔子的耳朵，對南溪道：「妳再嚐嚐耳朵。」

南溪又伸手扒下小兔子的一隻耳朵放進嘴裡，一邊品嚐一邊點頭道：「耳朵也很甜。」

古娘子聞言，一雙眼睛像是黏在蛋糕上了一樣。她也想嚐嚐兔子耳朵的味道。

南溪見了，扒下另一隻兔耳朵送到她嘴邊。「古姨也嚐嚐看。」

「咳，行吧。」古娘子一臉「勉為其難」地張開了嘴巴。

待她吃進嘴裡，南溪彎著眉眼問：「甜不甜？」

古娘子一臉傲嬌。「一般般吧。」主要是太少了。

可就在這時，南溪摳下一小角蛋糕放進嘴裡後，卻是一臉狐疑地看著他。

「這蛋糕真是你親自動手做的？」

景鈺斂著眸子，點頭。「嗯。」

她皺著眉頭，還是有些懷疑。「這兔子也是你捏的？」

景鈺還是點頭。「嗯。」

他才不會告訴她，他是先讓王府的劉廚子做了一個樣板出來，然後再由劉廚子手把手教他做了個一模一樣的蛋糕。

第一次動手做都能做得這麼好？南溪真心誇讚。「蛋糕做得不錯，尤其是那隻小兔子，很可愛。」也很好吃。

景鈺抬眼看著她。「生辰快樂。」

南溪眉眼一彎。「謝謝，大家同樂！」

旁邊的古娘子有些迫不及待地插話。「南溪，先分蛋糕吧！」

「哦，好！」南溪讓青鳶拿來一把菜刀，開始切分蛋糕。

皇宮的某座宮殿裡，一身素衣的錦娘站在院子裡，望著夜空，淚流滿面。

今日是溪兒及笄的日子，可她卻沒在她身邊，讓她像孤兒一般地過自己的及笄禮。

夫君，這一切到底是誰的錯？是端木華？是我？還是你？

慶完生辰，季晟夫婦因明日一早還有事要辦，早早就回了房間休息。
南溪提了一罈果酒，拉著景鈺來到屋頂上對飲。
望著漆黑一片的夜空，她悠悠開口。「不知道阿娘現在睡了沒有？」
景鈺側目看她。「想錦姨了？」
她點頭。「我想娘親了。」
景鈺拿起酒罈子，為她已經空了的酒杯倒滿果酒。「以前我想我阿娘的時候，會獨自坐在屋頂上喝悶酒。」
南溪扭頭看他。「什麼時候？我怎麼不知道？」他倆可是一起長大的，什麼事都知根知底。
景鈺頓了頓，道：「在鎮南王府的時候。」
「哦。」那她確實不知道。仰頭把杯裡的果酒一口飲盡，過了一會兒，她道：「景鈺，我頭有點暈，可以借你的肩膀靠一下嗎？」
景鈺往她身邊挪了挪，用行動表示可以。
「謝謝！」南溪把頭輕輕靠在他肩上，而後，景鈺便感覺到肩上傳來一股濕意，頓時，他心口一緊。
她哭了？
景鈺緩緩轉頭，看向靠在他肩膀上的少女，聲音又輕又柔。「怎麼哭了？」
她的聲音甕聲甕氣。「才沒有，只是眼睛裡進沙子了。」

他聽得心口很悶。「要我幫妳吹吹嗎？」

「不用……」

景鈺悄悄把雙手捏緊。

過了一會兒，南溪從他的肩上抬起頭。「景鈺，你可以幫我一個忙嗎？」

景鈺看著她。「妳說。」

「你能幫我查查十幾年前，皇宮裡到底發生了什麼事嗎？還有我阿爹南楓，他是個什麼樣子的人？」

景鈺一愣。「妳阿爹叫南楓？」

南溪點頭。「你能幫我去查查嗎？我在外面根本就打聽不到他的事。」

「好。」

「景鈺，謝謝你！」

「妳我之間，何須言謝。」

第六十九章

翌日，季晟夫婦天一亮便稱有事去辦，相攜離開了南府。

南溪好奇追問他們去辦什麼事，古娘子卻睨她一眼，道：「大人的事，小孩子少打聽！」

我昨天及笄了，現在是大人了！

這日夜裡，洗漱好的南溪吹熄蠟燭，正打算放胖豆芽出來聯絡聯絡感情，就聽到屋外響起一陣敲門聲。

跟著，青鳶帶著急促的聲音在門外響起。「姑娘，妳快出來看！」

當即，南溪穿好外袍，打開房門。「怎麼了？」

青鳶把她拉到院子裡，抬手指著東邊。「您快看那邊！」

南溪抬頭看去，就見東邊一片火光，亮如白晝——這是走水了！

青鳶一臉擔憂道：「這是東城哪裡走水了？咱們的藥鋪跟包子鋪不會有事吧？」

是啊，得去看看才放心！

「我出去看看。」

南溪轉身走出二進院，在拱門那裡，正好碰到王屠夫和四個護院從三進院出來。

「姑娘！」

南溪頷首。「你們隨我去東城那邊看看。」

幾人浩浩蕩蕩來到大門前，王屠夫剛一打開大門，就看到門外站著一男一女。

季晟放下打算敲門的手，微笑問道：「你們這是，要出門？」

聽到熟悉的聲音，南溪從王屠夫身後探出腦袋。「季叔叔，古姨，你們回來了？」

季晟笑著頷首，而後看向她身後。「你們要去哪兒？」

南溪站出來。「東城那邊不知道哪家走水了，我有點擔心藥鋪和包子鋪，打算帶著他們去看看。」

古娘子一臉冷淡地開口。「走水的地方離妳那兩家鋪子遠著呢，回去睡覺。」

「可是……」她還是想去看看。

季晟微笑看著她。「我和妳古姨剛從那邊經過，走水的地方確實離什邡街很遠，無須擔心。」

王屠夫不動聲色地看了季晟夫婦一眼，而後對南溪道：「姑娘若實在不放心，屬下帶趙山他們幾個去什邡街看看，您先回去休息？」

南溪抬頭看向夜空，燃燒過後的滾滾濃煙已經隨著夜風來到了頭頂。

「嗯，你們速去速回。」

「是。」

等到王屠夫帶著趙山他們離開，已經跨進大門內的古娘子牽起南溪的手就往長廊上走。

「行了，快去為我準備熱水，我要沐浴。」

「哦。」南溪連忙去廚房吩咐李婆子燒水。

等到李婆子把燒好的水送去浴房後，南溪回到房間，盯著自己的手發呆。

古姨的手上為什麼會沾有煙灰？是他們剛才經過走水的地方時，不小心沾到的嗎？

清晨，一隻小鳥落在剛剛冒出嫩葉的枝頭上，用美妙的歌聲叫醒還在貪睡的人。

南溪打著哈欠推開窗戶，就看到青鳶端著洗漱的熱水正從小廚房那邊走過來。

她轉身去打開房門，卻發現古娘子就站在門外。

「古姨？您怎麼……」會在我房間門口啊？

古娘子睨她一眼。「睡醒了？」

南溪乖巧點頭。「嗯，古姨找我有事？」

古娘子抱著雙臂，頷首。「我是來告訴妳，我和妳季叔叔打算回桃花村了。」

南溪一愣。「這麼快就要走了？」

看到青鳶端著熱水過來，古娘子微微側身讓開。「事情已經辦完，該離開了。」

南溪很不捨。「妳和季叔叔怎麼不多留些日子再走？」

古娘子的目光落在院子裡的那座假山上。那假山頂上有一棵嫩綠的新芽，正隨著微風搖擺。

「金窩銀窩不如自己的狗窩，這朝陽城再繁華，也沒桃花村待起來舒適。」

搞得南溪也想回桃花村了。

「您和季叔叔什麼時候啟程？」

古娘子收回遠眺的目光。「現在。」
南溪瞪圓雙眼。「啊？」
古娘子看著她這副呆樣就嫌棄。「要不是為了等妳睡醒，我和妳季叔叔早就出城門了。」
快速收拾好自己，南溪把古娘子夫妻送到了城門口。直到二人離去的身影漸漸變小，她才轉身往什邡街走去。
「欸，你聽說了嗎？」
「什麼？」
「昨晚鴻臚寺少卿季大人家裡走水的事啊！」
「哦，聽說由於火勢太猛，在書房辦公的季大人沒能及時逃出來，被落下的房梁砸斷了雙腿，眼睛也被燻瞎了，可憐喲！」
「不止這些，聽說昨夜京兆府趕去救火，結果卻從季府搜出來十幾箱金銀……」
「這……他一個鴻臚寺少卿，哪來這麼多錢財？莫不是貪的吧？」
無意間聽到八卦的南溪目光一閃。原來昨夜走水的是鴻臚寺少卿家裡，而且鴻臚寺少卿竟然也姓季？
季叔叔昨晚說他們從走水的地方經過，還有古姨衣袖上沾的黑色煙灰……他們當真只是經過嗎？會不會……
想到某種可能的南溪轉腳就回了西城。她要先回府去問問王伯是怎麼回事。

南府大門口，東子和阿田正拿著掃帚在掃地，就見南溪急匆匆從巷子口回來。

「姑娘?您沒去藥鋪？」

南溪提起裙襬踩上石階。「王伯可在府裡？」

東子點頭。「我先前瞧見他擔著水桶去了後院的菜園子。」

南溪聞言，直接去了後院。

後院菜園子裡，王屠夫正彎著腰給南溪種的蔬菜澆水。

「王伯……」南溪看到他的身影後，快步來到近前。

王屠夫聞聲，直起腰桿。「姑娘？」

她緩了一口氣後，問他。「王伯，你知道季叔叔和古姨這次到朝陽城來是辦什麼事嗎？」

王屠夫頓了頓。「他們是來處理一些陳年往事。」

南溪眨眨眼，小聲道：「是不是跟鴻臚寺少卿有關？」

王屠夫有些吃驚地看著她。「姑娘是如何猜到的？」

果然！南溪像是一個好奇寶寶，追著他問：「季叔叔他們和鴻臚寺少卿到底有什麼恩怨？」

王屠夫彎下腰，一邊給蔬菜澆水一邊娓娓道：「十幾年前，季晟和他一個同族兄弟同時喜歡上了一位女子，那女子便是古娘子。兩人約定公平競爭，最後季晟抱得美人歸，他那位同族兄弟卻因此懷恨在心，故意設計陷害他們夫婦，害他們夫妻一個身中劇毒，一個半死不活……若不是那日村長正好外出辦事遇到，他們夫妻二人早已命喪黃泉。」

「鴻臚寺少卿就是當年陷害季叔叔和古姨的那個同族兄弟？」

「嗯。」

南溪雙眼盛著怒火。「才砸斷他一雙腿，真是太便宜他了！」

看著南溪嫉惡如仇的模樣，王屠夫眼中閃過一抹複雜。

了解清楚季晟夫婦的事後，她就回了什邡街藥鋪。彼時，藥鋪裡不算忙，她便讓青鳶去北城打聽看看有什麼最新消息。

晌午時，青鳶帶著她打聽到的最新消息回來。

鴻臚寺少卿貪贓枉法，被關進了京兆府大牢，其家眷全部流放。

南溪聽了，輕輕一笑。季叔叔和古姨這仇報得乾淨俐落，甚是漂亮！

下午，她吃著青鳶買回來的糕點，等著對面的劉家三姊弟過來上課，卻見一位一身紫衣，劍眉鳳目，豐神俊朗的男子跨進了藥鋪大門。

南溪只當是來看診的病人，視線只在他身上停留了一瞬，便把目光移向了門外。

林靜之現在沒有病人，且他的診桌離大門口最近，這位病人就交給他吧。

也許是經常看景鈺那張絕美俊臉的原因，以至於她現在看到長得再好看的異性，都覺得一般。

就在她自我惆悵之際，那位紫衣男子已經來到她的診桌前坐下，探出一隻手，道：「看病。」

南溪眨了一下眼，默默把手中的糕點放下，擦乾淨手，用兩指搭上了他的手腕。

稍許，她收回手，拿起紙筆，一邊低頭寫字一邊道：「肝火旺盛，脾腎陽虛，平時戒躁戒怒，多食溫補之湯。這藥方上的藥你抓回去以後，用三碗清水煎成一碗再服。」

紫衣男子聞言，先是一愣，隨後問道：「這藥得喝多久？」

南溪快速寫好方子，拿起來吹了吹上面的墨漬，而後才把方子交給他。「三日便可，且去那邊藥臺付錢抓藥吧！」

紫衣男子接過藥方後並沒有起身去藥臺抓藥，而是一臉玩味地看著她。

「怪不得景鈺總阻止我與妳會面，就妳這性子，還真是對了我的胃口。」他這麼一個美男，她見了竟然毫無波瀾。

南溪一臉木然地看著他。不過是叮囑了一下他如何服藥，他就知道她是什麼性子了？這人還真是……

而且，他竟還用景鈺來跟她套近乎！

像這種自大的人，她下次見到景鈺，定要讓他與他保持距離，可別被他給帶歪了！

雲隱眉毛一挑。他都提到了景鈺，她竟還一臉無動於衷。

「妳就不好奇我與景鈺是什麼關係？」

「南溪姊姊！」劉家三姊弟在這時進了藥鋪。

南溪抬手指了指後院，示意他們先去後院等候，才看著面前的男子，一本正經回道：

「總歸不是戀人關係。」

不想與他多做糾纏，她端起一抹職業假笑。「這位公子，您的脈已經診完，還請您去藥臺那邊抓藥，順便把診金一起付了，可以嗎？」

雲隱確定了，景鈺這小青梅，和景鈺一樣難搞定！

「我叫雲隱。」景鈺應該有跟她提起過他的名字吧？應該，有吧？

「哦，雲公子。」

南溪一副「然後呢？你還想說什麼」的表情，把雲隱嘔得差點一口氣沒提上來。

長著一張甜美的臉，性子卻一點也不可愛。默默在心裡順了好幾口氣後，雲隱直接道：「我就是聚賢樓的幕後老闆。」

南溪聞言先是一愣，隨後立即眼睛一彎，態度一百八十度大轉變。「原來雲公子就是大名鼎鼎的聚賢樓老闆，久仰久仰！不知雲公子今日有空否？小女子十分想與您聊聊咱們合作的事……」

早知道剛才就直接搬出自己的身分了。揚了揚手中的方子，雲隱一臉為難地道：「可我還得趕緊抓藥回去煎服……」

南溪忙道：「藥鋪後院就有煎藥的爐子，我馬上吩咐夥計為您煎藥。」說著，她就抬手召來夥計二柱，吩咐他去幫雲隱抓藥煎藥。

算了，他今日本就是特意來找她的。

「此處說話恐有不便吧？」

南溪馬上起身。「雲公子請隨我來。」

隨後，兩人來到藥鋪後院。
劉家三姊弟在看書的看書，練字的練字，玩棍子的玩棍子，見到南溪帶著陌生人進來，都好奇地望向這邊。
南溪讓大丫二丫帶著三寶先自習一會兒，把雲隱帶去了其中一間藥庫裡。
藥庫裡，有一張簡易的木桌和四根長條板凳，木桌上還有一套茶具，這些都是南溪後來為了方便自己添置的。
待兩人分別坐下，她笑看著他，道：「雲公子今日來藥鋪，其實並不是為了看病吧？」
雲隱挑眉看她。「原來妳早就看出來了。」
你表現得那麼明顯，是個人都看得出來。雖然在心裡腹誹，但她面上仍是端著得體的微笑。「那不知雲公子此番是來？」
這時，青鳶正好提著熱茶進來，為兩人斟茶。
雲隱垂眸看著面前氤氳的茶水，輕笑著開口。「自然是來找南姑娘繼續合作的。」
南溪嘴角微微勾起。「雲公子，我其實老早就想與你見面，親自商討咱們的合作事宜。無奈你貴人事忙，總是抽不開身，這才拖到現在。」
雲隱端起茶杯，輕輕吹了吹上面的浮末，漫不經意地問：「是景鈺跟妳說我忙得抽不開身的吧？」
南溪點頭。「對啊，所以我才想著等你不忙了，再邀你一聚。」
雲隱淺抿了一口熱茶，放下茶杯，似是在自語。「嘖，這小子防老子跟防賊似的。」

可是那又怎麼樣呢？他今天還不是趁著他人不在朝陽城，來找他的小青梅了？嘖嘖，就是不知道待他回來知道後，又會是什麼樣的表情！

南溪雖然沒聽清他說了什麼，但由於對面而坐，她也大概瞧清楚了他的唇形，大眼睛裡閃過一抹疑惑。景鈺在防著雲隱？

雲隱抬眸看向對面少女。

「我此番前來，是想問問南姑娘，能否再縫製一些造型奇特又可愛的布偶出來？」因為他發現，那些奇形怪狀的布偶反而比十二生肖銷售得好。他今日特意來找她，就是希望她能再縫出新穎的布偶來。

雖然這種小事可以不用親自出馬，但若派底下的人來傳話，會顯得他不尊重景鈺的小青梅。可作為他們中間人的景鈺，此時又不在朝陽城，他「只能」親自來登門拜訪了。

南溪頷首。「自然可以。」她溫婉一笑。「雲公子，其實我這裡還有許多新奇的賺錢方法，不知您可有興趣聽一聽？」

雲隱薄唇一勾，指尖輕輕點著自己的鷹勾鼻。「願聞其詳！」

於是，南溪便開始跟他說起了一些現代的行銷方式。雲隱從剛開始的漫不經心，到凝眉沈思，再到最後目含震驚。

景鈺這小青梅，不簡單哪！

一個時辰後，他有些迫不及待地離開了藥鋪。他要回去試試那些方案！

天色漸黑，一匹黑色駿馬和一匹棕褐色駿馬一前一後馳騁在兩面環山的官道上，踏起陣陣飛塵。

景鈺把馬鞭狠狠抽在馬背上，身下的馬兒嘶鳴一聲，四隻馬蹄就像是要飛起來一般。緊緊跟在他身後的衛峰，瞬間就落下一大截。衛峰咬了咬牙，也狠狠抽了身下的馬兒一鞭，緊追上去。

就在衛峰卯足了勁追趕景鈺的時候，前方的景鈺卻忽然拉直韁繩，來了一個急煞。飛馳的黑色駿馬嘶鳴一聲，前蹄騰起，生生把整個馬身都直立起來，若不是景鈺騎術高超，這會兒怕不是早已摔下馬去。

「小王爺！」追趕上來的衛峰驚出一身冷汗。

待黑馬的前蹄穩穩踏地，景鈺一雙黑眸冷冷的盯著對面，那個主動送上門來的人。

「龍躍？」

找了這麼久都沒找到的人，居然自己跑來送人頭了，很好。

對面，戴著夜叉面具的龍躍笑容邪肆地揚起一隻手臂，朝身後的手下下達命令。「死活不論！」

隨後，就見十幾二十個黑衣蒙面人齊唰唰地衝向景鈺。

景鈺雙眸一瞇，抽出腰間佩劍，縱身迎上去。

第七十章

夜裡，與雲隱談好合作的南溪，心情美美地泡了一個花瓣澡後，就坐在燭光下開始畫卡通人物。

畫了差不多有十幾二十個的時候，她又拿出今天剛買回來的布疋，照著畫紙上的樣子裁剪。

她專注做自己的事，一時竟忘了時間，直到青鳶拿新的蠟燭替換，才驚覺已到深夜。

打了個哈欠，看著手裡即將完成的第一個布偶，南溪決定把它縫好再睡。

她讓青鳶先下去休息，自己守在燭燈前縫製。

深夜，夜風瑟瑟，蟲鳴聲聲，南溪用棉花把新縫的布偶填充滿後，開始做最後的收尾。

叩叩！一陣很輕的敲門聲忽然響起。

南溪以為是青鳶來催她休息，便開口道：「知道了，我馬上就睡。」

叩叩！門外的人沒說話，只再次敲了兩下門。

嗯？她抬起眸子，有些疑惑地看了緊閉的房門一眼。

叩叩！敲門聲第三次響起。

屋外的人不是青鳶？南溪放下手裡的東西，放輕腳步走向房門，而後又輕輕拉開房門，小心謹慎地把頭探出門外，左右察看……

咦，沒人？

就在她皺眉思忖的時候，腳踝猛然一緊。她低下頭去，就看到一個渾身是血的人趴在房門口，一隻帶血的手正緊緊抓住她的左腳踝——

鬼啊！南溪的心抖了抖，提起左腳就想要掙脫那隻箝制住她的血手。

卻在這時，趴地上的人說話了。雖然細如蚊蚋，但她還是聽清了。

「救我……」

南溪抬起的腳一頓。不是鬼？把心落回原位的她蹲下身，試探地伸出一根手指頭在他後背上戳了戳。

「喂？」誰啊？怎麼會跑到南府來？

地上的人沒有反應，好像是暈死了過去。南溪只好動手去推他，當她把人翻轉過來看清那張臉時，著實是驚呆了。

鍾離玦?!他怎麼會搞成這副鬼樣子？

驚詫過後，南溪當即就把人拖進了房間，迅速拿來醫箱給他處理外傷。

隨後，她就發現鍾離玦的外傷並不嚴重，嚴重的是他的內傷，而且還中有劇毒。

嘖嘖，是誰下手這麼狠？

南溪先往鍾離玦嘴裡餵了幾粒保命的藥丸後，才開始處理他身上的幾處傷口。等到處理好傷口，確定人暫時不會死，她抱了一床薄被給他蓋上後，就打著哈欠回了裡間。

趙山他們應該都睡了，懶得麻煩他們起來抬人，就讓鍾離玦在地上將就一晚吧！

清晨，青鳶像往常一樣端著熱水來敲門。「姑娘，您起了嗎？」
屋裡，在地上躺了一夜的人忽然睜開眼睛，在短暫的愣怔過後，昨天的記憶瞬間回籠。
鐘離玦動了動僵硬的脖子，又垂眼看了看蓋在身上的薄被。
這時，一道慵懶的聲音從裡屋傳來。「你醒了？」
鐘離玦抬眸看去，就見一身天青色衣裙的南溪從裡面走出來。
他微微勾起沒有血色的薄唇。「多謝相救……」
南溪擺了擺手。「不用謝，回頭把診金結算給我就行。」
「好。」鐘離玦看著她神態自若的樣子，眸光微微一閃。「妳不好奇我是如何傷成這樣的？」
已經走到門口開門的南溪，聞言回頭。「我好奇你就會告訴我？」
鐘離玦看著她，微微一笑。「或許。」
「我不好奇。」南溪伸手拉開房門。鐘離玦來歷不明，她可不想被捲進什麼恩怨情仇裡去。
房門甫一打開，青鳶就端著盆子跨進屋。「姑娘，奴婢怎麼聽到屋裡有個男聲？」話音剛落，就看到一個衣服上沾滿血跡的男人坐在地上。
突來的視覺衝擊讓青鳶嚇得渾身一抖，下意識就鬆開了端熱水盆子的手。「啊！」
好在南溪眼疾手快，迅速接住了水盆。
「姑……姑……姑娘，他……他……他……」他了半天也沒他出一個什麼來。

南溪把水盆放到桌上，回首調侃道：「怎麼，妳不認得咱們南府的鐘離管家了？」

鐘離公子當然認得，只是——青鳶一臉糾結。「鐘離公子怎麼會在姑娘的房間裡？」

孤男寡女共處一室……這要是傳出去，姑娘的名譽還要不要了？都怪她昨夜沒有好好替姑娘守夜，都怪她！青鳶既自責又難過。

南溪睨了一眼還老神在在坐在地上的鐘離玦，對青鳶道：「他昨兒深夜受重傷，暈死在我房門口，為了方便救治，我只好把他拖進屋裡。」

青鳶輕吁了一口氣……原來是這樣，可鐘離公子一直在這裡終是不妥。

她轉身看向地上的鐘離玦，對他屈膝行禮道：「鐘離公子若無大礙，奴婢扶您回三進院廂房休息吧！」

「嗯。」鐘離玦抱起薄被，由青鳶扶著出了房間。

等等，她好像忘記告訴鐘離玦，他身上的毒還沒有解。

南溪跨出房門，對著鐘離玦的背影喊道：「喂，你身上的毒我還沒解！」

他身上的毒很複雜，只一夜根本配不出解藥，所以昨晚才會拿出保命藥丸先吊著他的命。

誰知鐘離玦聽了卻是全身一震，緩緩轉過身來，聲音裡帶著一絲不確定和希翼。

「妳，能解我身上的毒？」

南溪眨眨眼。「能啊，不過需要一點時間。」

一時間，鐘離玦那雙桃花眼魅影重重。昨日，若不是這毒突然發作，他也不至於……

「南姑娘若是能替鐘離解了此毒，鐘離日後必當重謝！」

南溪慢慢走到他面前。「有一點我想不明白，還請鐘離公子解惑。」

鐘離玦看著她。「請說。」

南溪盯著他的眼睛。「你這毒，分明是自娘胎裡帶出來的胎毒，可上次你中了王遠道的道，我替你診脈時卻沒有診出來，這是為何？」雖說她的醫術不如師父和景鈺，但她自信不可能會診不出一個胎毒。

鐘離玦聞言，桃花眼上挑。「在不毒發的情況下，我可以控制自己的心跳跟脈搏，讓人診不出我有什麼病症。」

南溪第一次聽到有這種操作！

鐘離玦一雙桃花眼笑凝著她。「南姑娘還有什麼需要解惑的嗎？」

南溪斜睨了他一眼，似笑非笑。「原來鐘離公子一直都深藏不露。」

北城，聚賢樓三樓，雲隱推開一間掛著蘭字型大小牌的雅室門，走進去。

「你對我還真是情深義重哪，回城後竟是先來找我，而不是去找你那個小青梅。」

景鈺沒搭理他，猶自品著茶。

雲隱來到他對面坐下，這才注意到景鈺的右手掌纏著繃帶。

他眉毛一挑，給自己倒茶。「原來是受傷了，怪不得不去找小青梅。」

景鈺冷冷睨了他一眼。「讓你查的事查得如何？」

雲隱單手撐著腦袋，慵懶地道：「那麼久遠的事，哪那麼容易就查到？」

景鈺放下茶杯，起身。「我三日後再來。」

也就是說，只給他三日時間。雲隱「嘖」了一聲。「就說你怎麼會先來聚賢樓找我，原來還是為了小青梅。自己的生意卻一句也不問，你還真是放心我啊！」

景鈺腳步未停，只吐露一句。「用人不疑，疑人不用。」隨後吱呀一聲打開房門離開。

南溪正在後院搗藥，一抹身影忽然從天而降，落在院子裡。抬眸看去，就見景鈺正站在院子裡理著衣袖。

「你怎麼知道我在這兒？」

景鈺踱步走近。「我去包子鋪問了青寧。」

礙於嘉禾帝在暗中的眼線，藥鋪他不好明目張膽地進，所以就選了一個折衷的法子。

南溪點點頭，繼續低頭搗藥。景鈺看了一眼她藥盅搗的藥材。

「全是清肺淨脾的藥材，妳在製解藥？」

南溪「嗯」了一聲。

景鈺在她旁邊坐下，看著她一點點往盅裡加藥材，又問：「妳幫誰研製的解藥？」

南溪手上沒停。「一個倒楣蛋，還在娘胎裡就被人下了毒。」

景鈺看著她認真搗藥的樣子，目光一閃。從剛才到現在，她只顧著搗藥，都沒注意到他的手受傷了！

抿了抿唇，他伸出右手拿走她的藥盅。「我來幫妳。」這下應該看到了吧？

果然，南溪一把抓住他的手。「你手怎麼受傷了？」

終於看到了。景鈺嘴角幾不可見地勾了勾。「一點小傷，無礙。」

可南溪怎麼會放心，他上次也說是小傷呢，結果卻是深可見骨，當即就小心拆開他的繃帶，仔細查看。

幸好，這次真的只是輕傷，傷在手背上。南溪重新幫他上藥包紮好，囑咐。「記得別碰到水。」

「嗯。」他像個乖寶寶一樣點頭。

她收拾好東西，這才問：「怎麼傷的？」

景鈺低頭看著手上的布條。「跟人打架傷的。」

正拿著藥盅準備繼續搗藥的南溪動作一頓，看向他的目光帶著訝異。「你跟人打架了？」

景鈺低著頭，「嗯」了一聲。

南溪擰起眉頭，以為只是尋常的打架鬥毆。「誰的膽子那麼大？居然敢挑釁鎮南王府的小王爺。」

景鈺眸光一閃。「找死的人。」

她深以為然地點頭。敢惹睚眥必報的景鈺，可不就是找死嘛！

景鈺偏頭看著她。「妳讓我幫妳查十幾年前的事……」

南溪猛地抬頭。「如何，你查到什麼了嗎？」

「沒有。」

「哦。」南溪有些失望，不過她知道這種事情不能操之過急。「沒關係，你慢慢查，查到再告訴我。」十幾年前的事，本來就不是那麼好查的。

景鈺用左手輕輕撥了一下右手背上的布條，聲音低低的。

「雖然十幾年前發生的事還沒有查到，但妳阿爹的身分，已經有了一點眉目。」

南溪的眼睛重新亮了起來。「真的？」

景鈺點頭。「我查到，曾經的楓城城主就叫南楓，不過他在十六年前已經死於一場大火。」

南溪神情有些呆呆的。「會不會只是同名同姓？」

可如果南楓尚在人世，那這些年他又怎麼會杳無音訊，不來找她們母女呢？

景鈺緩緩從衣袖裡拿出一張折得工整的紙。「這是我在楓城一位畫師家裡發現的畫像，據說此人就是曾經的南楓。」

南溪看了他一眼，便迫不及待拿過那張畫像展開。

畫像上是一個一身赤衣，濃眉大眼，嘴角含笑的俊朗男人，他脊背挺直地坐在一匹汗血寶馬之上，手握韁繩，目光遠眺，似是在遙望著什麼。

只一眼，南溪便認出這人就是她的生父，因為她有一雙和他一模一樣的大眼睛。

景鈺見她盯著畫中的人像愣怔出神，緩緩開口。「我便是看到這副畫像後，才確定他就是妳的阿爹。」

南溪心裡一時有些複雜。說實話，對於這位從未見過面的生父，她其實並沒有什麼感情，可就剛才，她第一眼看到這幅畫像的時候，不知為何竟有一股想流淚的衝動。

南溪張了張嘴，似是過了半晌，才有些沙啞地問道：「原來他在我還沒出生以前就已經不在了。」

怪不得，她每次對錦娘旁敲側擊的時候，錦娘會那麼難過。

景鈺繼續說著打聽到的消息。

「據說當年的南楓驚豔才絕，滿腹經綸，是許多楓城貴女仰慕的對象，可他最後卻娶了一位來歷不明的女子為妻，婚後，更是對自己的夫人寵愛有加，無微不至。」

「是阿娘！」南溪抬頭看著景鈺。「那女子是阿娘對不對？」

景鈺點頭。「是。」

她有些激動地抓住他的手臂。「景鈺，你還查到了什麼，通通都告訴我！」

「我還查到……」

二月的天說變就變，明明上午還是陽光明媚的蔚藍天空，到了下午，烏雲便積聚頭頂，感覺像是隨時都要下雨。

南溪回到南府，首先把解藥送去了三進院廂房，才回了自己房間。

鎖好門窗，把憋壞了的胖豆芽放出來放風後，她獨自坐在桌旁思考事情。

景鈺說，他查到南楓剛接任楓城城主之位時，嘉禾帝曾派了欽差大臣至楓城行監督之職，可沒承想，那位欽差大臣不到半年就染了怪病去世。

後來，嘉禾帝又派了一位官員到楓城，結果這位官員才剛到楓城兩天就暴斃。

嘉禾帝當下便怒了，下旨讓南楓親自到朝陽城交代始末。

於是，南楓帶著三百親衛去了朝陽城面聖，等他再回到楓城時，隨行隊伍裡就多了一位身分不明的女子。

之後，南楓與那名女子成親，兩人如膠似漆。

直到半年後，朝廷忽然派兩萬大軍圍住楓城，說南楓意圖造反，要押他去朝陽城審判。

南楓自任城主起，便深受楓城老百姓的愛戴，聽到朝廷要捉他們城主，自然不肯。朝廷派來拿人的將領，因擔心會誤傷百姓，所以遲遲不敢攻城，只每日在城門外喊話，讓南楓自己服降，若不便派人潛進城內，一把火燒了城主府。

就在某一天夜裡，城主府當真起火了。那火燒了三天兩夜，等到百姓把火苗全部撲滅時，城主府已經燒成一座廢墟，城主府四百二十八口人全部葬身火海。包括南楓和他的妻子，以及他們未出生的孩子……

南溪一手托著腮，一手像打拍子一樣地叩擊在大腿上。

會不會，南楓其實還沒死？畢竟她和阿娘都還活得好好的，不是嗎？還有景鈺查到的這些事情，當真就是事情的真相嗎？會不會……

唉，要是能有個當事人來告訴她所有的來龍去脈就好了。

坐在那裡理了理思緒，南溪便拿出了針線、布料和棉花開始縫製布偶。爹娘的事要查，錢也要賺。

次日，她剛洗漱好用完早飯，東子便領著一個人腳步匆匆地找來。

「姑娘！」那人剛見到南溪就撲通一聲跪在面前。

南溪神色驚訝。「馬鈞？你不在山莊守著，跑來南府做什麼？」

馬鈞眼眶紅紅。「都是我的錯，請姑娘責罰！」

南溪看向東子，會意的東子馬上走過去把馬鈞從地上拉起來。「你先說清楚出了什麼事，姑娘才好酌情處理啊。」

馬鈞娓娓道：「開春後，藥田裡的藥草開始冒出嫩芽，牛順哥就帶著我們去藥田裡灌水。我為了爭表現，就往藥田裡多灌了好幾擔水，結果、結果，那塊藥田裡的藥草全都被水積得爛了根……都是我的錯，您處罰我吧！」

南溪眉頭頓時一擰，片刻後，她站起身，吩咐東子去牽馬車。

她要親自去山莊看看。

兩個時辰後，南溪由馬鈞領著來到一塊藥地的田埂上。

「姑娘，就是這塊藥田。」馬鈞把頭垂得低低的。

南溪蹲下身，拉出一株藥草的葉子，便知道這塊藥田種植的是珍珠草。珍珠草與含羞草有點相似，因其葉下主莖上排列一條無柄果實，故稱之為珍珠草。

珍珠草是一種具有清熱利尿，明目消積的中藥材，用珍珠草全草燉豬瘦肉，還可以治疳

第七十一章

南溪吩咐馬鈞等人去山莊裡拿鋤頭，她則圍著這塊藥田轉了一圈，隨後便蹲在田埂上，一動不動。

在外人看來，她像是在發呆，可其實她是在跟胖豆芽交流。

「這塊藥田是不是有什麼問題，不可能馬鈞多潑了幾擔水就這麼潮濕！」

胖豆芽回道：「&#$¥&……」

南溪擰著眉頭。「沒問題？那怎麼……你讓我看看這塊藥田的地勢。」

她疑惑站起身，就發現這塊藥田的地勢比周圍的藥田要低許多，就像是在一個凹字中間，當即就恍悟了。

地勢偏低，本就屬於潮地，馬鈞又拚命灌水，還在幼苗階段的珍珠草吸收不了那麼多水分，所以才積水爛根。

當然，也跟珍珠草本身有關係。珍珠草雖然適合種在疏鬆肥沃的土壤中，但如果土壤過於黏重，不夠疏鬆，便會導致其根系呼吸不良，從而爛根。

只是這樣一來，就只能把珍珠草全部挖掉，重新栽種了。

「姑娘！」牛順從山莊上趕來，後面跟著拿著鋤頭的馬鈞、裘來、裘五。

南溪朝他們點點頭，青蔥玉指指向藥田。「挖了重新栽種。」

「是。」

幾人拿鋤頭就開始下田幹活，只有馬鈞一臉愧疚地站在田埂上，等著南溪發落。

南溪瞅他一眼。「還不下田去幹活？」

馬鈞垂下腦袋。「姑娘，您懲罰我吧！」要不然他心裡過不去。

南溪盯著他看了一瞬，淡淡開口道：「你這個月的月錢沒了，現在馬上給我下地幹活，將功贖罪。」

「是！」

隨後，她又背著雙手把其他藥田都巡了一圈。

上次收割、栽種草藥她都沒有跟來山莊，全是由王伯一人負責，所以藥田裡的草藥都是正常生長，有的冒出了嫩芽，有的還是種子埋在土壤裡。

南溪回頭看了一眼在遠處賣力幹活的幾人，抬起右手打了一個響指，就見一片看似光禿禿的土地，瞬間冒出來無數嫩綠的胚芽……

搞定藥田裡的事後，南溪回了山莊。

等到下午，牛順他們把藥田重新翻整出來，南溪換了一種草藥種子撒在地裡，並交代了一些注意事項後，就駕著馬車連夜趕回朝陽城。

在天色將黑時，她終於趕在城門關閉之前入城。看了一眼天色，她決定駕著馬車抄近道回南府。

就在她經過一條無人街道，打算拐彎的時候，一抹粉色身影忽然從旁邊的巷子裡衝出來。

南溪連忙拉緊轠繩，迫停馬車，隨後一臉不善地看向那突然衝出來的人，可別是個碰瓷的吧？

誰知那人在看清南溪的樣貌後，眼睛一亮。「恩……南姑娘！」

南溪定睛一看。「王姑娘，這是？」

此時的王麗君氣息微喘，髮髻鬆散，看起來有些狼狽，就見她忌憚地往巷子裡看了一眼，然後奔至南溪跟前，一臉祈求道：「南姑娘，有壞人在追我，能否借您的馬車一避？」

南溪睃了一眼旁邊那條昏暗的巷道，那裡有細碎的腳步聲正在靠近。

她向王麗君伸出右手，待王麗君欣喜地抓住她的手後，她稍一用力就把人拉上了馬車。

「進去坐好。」對王麗君交代了一句後，南溪馬鞭一甩，便駕著馬車快速離開。

等到巷子裡的人追出來，早已沒了蹤影。

南溪沒有問王麗君為何這麼晚了還出現在這裡，也沒問追她的都是些什麼人，只是把人送回戶部尚書府就轉身離開。

只留下王麗君站在大門口，目送馬車遠去的背影。

「小姐，妳終於回來了，嚇死奴婢了！」一個小丫鬟提著燈籠從尚書府裡出來，看到王麗君後欣喜萬分。

王麗君有些戀戀不捨地收回目光，轉身步上石階。「府裡可有派人出去尋我？」

小丫鬟低著頭，咬著嘴唇不說話。

王麗君看了她一眼，隨後輕笑出聲。

「我到底在期待什麼呢？」

兩日後，春光明媚，春意盎然，一些公子小姐開始結伴出城踏青，可南溪卻躲在屋裡縫製布偶。

青荷端著一盅冒著熱氣的銀耳紅棗湯進來。「姑娘，這是李婆婆剛剛熬好的銀耳紅棗湯。」

南溪正在給一隻布偶縫上眼睛。「先放那兒，我待會兒再喝。」

「是。」青荷放下銀耳紅棗湯後，默默退下。她雖然也會針線，但姑娘做的這些東西，她只能看著，幫不上什麼忙。

青荷離開沒多久，一個修長身影就出現在房門口。他靜靜看了一會兒屋裡低著頭專注縫布偶的少女，才抬手敲門框。

叩叩——

南溪抬頭看過來，就看到一身錦衣的少年站在門外，細碎光輝落在他的肩頭，把那張俊臉襯得朦朧又夢幻，不由多看了兩眼。

見她遲遲不出聲，景鈺問：「我可以進來嗎？」

南溪眨眨眼，把桌上的東西收了收，道：「進來啊！」

景鈺來到她對面坐下，看著桌上堆放的針線和棉花。「怎麼不找人幫忙？」

把布偶的一隻眼睛針縫好，南溪拿起剪刀剪掉線頭，又開始縫製另一隻眼睛。

「這是布偶樣品，還是我親力親為好一些。對了，你來找我何事？」

景鈺靜默了一瞬才緩緩開口。「我昨日在鎮南王府的書房裡翻閱到了一些關於十幾年前的卷宗。」

南溪倏地抬頭看著他。

景鈺提起茶壺，想要先倒一杯茶水潤潤喉，南溪卻攔住他的手，盛了一碗銀耳紅棗湯端到他面前。

「喝這個吧。」

景鈺也不客氣，拿起勺子嚐了幾口，才開口道：「那卷宗上清楚記載著，十六年前，因懷疑楓城城主南楓有不臣之心，嘉禾帝把進朝面聖的南楓困在朝陽城半年，直到錦央公主突然薨逝，南楓才藉機出了朝陽城。」

南溪凝眉沈吟。「嘉禾帝因何會懷疑南楓有不臣之心？」

景鈺低頭舀了一勺銀耳紅棗湯進嘴裡。「朝廷有細作一直潛伏在楓城，他們發現南楓在私養兵馬。」

南溪眉頭一擰。所以她阿爹當年是有謀反之心？

景鈺放下勺子。「關於妳阿爹阿娘的事，目前只能查到表面，當年真相到底如何，我想也只有他們自己清楚。」

南溪有些頹喪地把下巴擱在塞滿棉花的布偶上。「可我見不到我阿娘！」

景鈺伸手揉了揉她的腦袋。「別急，慢慢來。」

這時，南溪忽然想到那夜在皇宮裡偷聽到的事，扭頭看著景鈺。「朔州的第二批賑災糧運出去了嗎？」

景鈺頷首。「已經在路上了，這次是由太子親自押送。」

南溪眨著大眼睛。「太子？」

景鈺喝完碗裡的銀耳紅棗湯，揭開盅蓋，又舀了一碗。「嗯，太子自己請命押送賑災糧前往朔州。」

南溪也想嚐嚐李婆婆熬的銀耳紅棗湯，可青荷只拿了一個碗一個勺子，於是她想了想，乾脆伸手把盅抱過來就著盅口喝湯。反正景鈺也已經吃了兩碗，剩下的就是她的了。

待她把盅裡的湯喝完，道：「太子此去是為振朔州將士們的士氣？」畢竟北夷正在朔州邊境虎視眈眈。

景鈺讚賞地瞅了她一眼。「嗯。」

南溪繼續開口。「朝廷是不是想拔軍北上以威懾北夷，可又苦於糧草儲備不足，一時舉棋不定？」

景鈺看著她的目光充滿震驚。「妳是如何知道這些的？」

當然是偷聽來的……

「猜的。近兩年黎國各地不是水災就是旱災，稅糧減少不說，朝廷還開倉賑糧那麼多次，國庫裡必然不會有太多的儲備糧。」

景鈺輕嘆一聲。「確實如此，如今國庫裡的糧食不足千石，朝廷不敢輕舉妄動。」

她手指在桌面上畫著圈圈。「你說，要是我能幫朝廷解決糧食的問題，嘉禾帝會不會允許我與阿娘相見？」

「妳想用異術來種植糧食？」

南溪點頭。「我可以讓剛種下的糧食在一日之內就可以收割。」

誰知景鈺聽了，卻想也沒想地拒絕。「不行！」

南溪一愣。「為什麼不行？」

景鈺一臉嚴肅。「這樣一來，妳身懷異術的事豈不是就完全暴露了？屆時，嘉禾帝只會更加容不得妳。」

她還想爭取。「我可以隱密進行——」

景鈺揮手打斷她。「除非能找到一個任何人都發現不了的地方栽種，不然一定會被人發現。」

種糧是在寬闊的田地裡，根本無隱密可言。

南溪如洩了氣的氣球，喃喃道：「要是我有空間就好了……」

景鈺沒聽清。「妳說什麼？」

南溪緩緩搖頭。「沒什麼，我再想想別的辦法。」

景鈺看了一眼她緊緊抱在懷裡的布偶，道：「這布偶挺好看的，給我吧。」

經他這麼一說，南溪才想起布偶的一隻眼睛還沒縫好，而針線還插在那隻眼睛上面，幸好剛才沒有被扎到。

她取出針線繼續縫布偶眼睛。「這只是樣品，不能給你。等我把所有樣品布偶縫好交給雲隱後，再重新給你縫一個一模一樣的。」

景鈺一頓。「交給雲隱？」

「嗯。」南溪一邊縫一邊跟他聊天。「這些布偶都是他上次訂的樣品布偶，我得趕緊縫好給他送去。」

景鈺眸色一深。「你們已經見過面了？」

她點頭。「前幾日，他來藥鋪找我訂布偶新樣品，我還與他談了一些其他的合作事宜。」

「那妳，對他什麼印象？」景鈺垂在身側的手悄悄握緊，似乎有些緊張。

「印象？」南溪歪頭想了想，給出兩個字。「奸商。」

景鈺一愣，隨後追問道：「妳沒覺得他長得很好看？」

南溪點頭附和。「確實是長得挺好看，不過還是沒你長得好看。」

雲隱絕對生了一張一眼就能讓人驚豔的臉，只是啊……她輕飄飄地看了景鈺一眼。已經看慣了頂級玉顏的她，只覺得不過爾爾。

她相信，只要再過兩年，景鈺褪去臉上的稚氣，絕對秒殺雲隱。

景鈺聽了，心情甚是愉悅。他之前一直不想雲隱與她會面，就是擔心她會被雲隱那張臉迷住，畢竟，那張臉男女通吃。

景鈺在南溪屋裡待了半炷香便告辭離開，南溪把布偶縫好後，又繼續縫其他的布偶，一整日下來，竟也縫了五、六隻。

用過晚飯，她站在院子裡，像公園裡的大媽大爺那樣打起了太極拳——其實她只是在消食。

內傷已經大好的鐘離玦從三進院出來，正好看到南溪在院子裡做著一些「怪」動作。他好奇走過來。「南姑娘這是在練什麼功夫？」

由於南溪沒有用內力，因此比劃出來的太極拳看來軟綿綿的，毫無攻擊性。

聽到鐘離玦問，她想都沒想地答道：「我在做飯後運動。」

鐘離玦挑起桃花眼。「妳這飯後運動倒是挺特別。」

「過獎。」南溪收了有形無招的太極拳，示意鐘離玦到院子裡的那張石桌前坐下，替他診脈。

鐘離玦乖乖走到石桌旁坐下，並挽起袖子伸出右手。

南溪坐到他對面，伸出兩指搭上他手腕上的脈搏，半晌後，才收回手道：「內傷已無大礙。」

鐘離玦放下衣袖收回手，帶著些急切地問：「那我身體裡的毒呢？」

「這麼多年，那毒早已浸入你的五臟六腑，目前只能採用保守一點的法子來解毒，所以解毒時間可能會比較久。」

「需要多久？」

南溪略作沈吟。「快則三月，慢則半年。」

鐘離玦目光微微一閃，隨即輕笑道：「如此，鐘離便厚顏再叨擾南姑娘一些時日了。」

「無妨，錢到位就行。」她站起。「我要回房休息了，鐘離公子請自便。」

鐘離玦跟著起身，向她拱手道：「鐘離告辭，祝南姑娘好夢！」

深夜，萬物寂靜，只剩蛐蛐兒在獨鳴。

一張雕花紅木床上，睡著的南溪夢到了桃花村的那個小院，院子裡的擺設跟她離開時一模一樣。

她推開房門，走進堂屋，卻差點撞上一個巨型蜘蛛網……

隨後又走到後院，後院的蔬菜已經被摘光，除了那棵橘子樹和旁邊一小塊草莓地外，其他地方都是光禿禿的一片，看著倍覺荒涼。

這就是她走後的小院的樣子嗎？沒有一點人氣。

南溪來到草莓地裡蹲下，用異能把已經老藤的草莓苗重新長出新芽，再開花結果。

摘下幾顆紅彤彤的草莓，她邊吃邊往外面走。既然回來了，她得去給村裡的叔伯嬸娘們打個招呼。

出了院門，南溪首先來到古娘子家門口，抬手把緊閉的院門拍得啪啪作響。

「季叔叔，古姨，我回來看你們啦！季叔叔，古姨……」

然而她拍了許久都沒見有人出來開門。難道是上山幹活去了？

南溪沒做他想，繼續去敲下一家的門。可她一連敲了好幾家，都沒人開門，更沒人出來應答。

怎麼回事？

此時，南溪已經感覺一絲絲不正常。桃花村怎麼這麼安靜，叔伯嬸娘們都去哪兒了？

之後，她從南到東，把所有的院門都敲了一遍，都沒有人出來開門。

南溪開始慌了，用力拍打著虛無子的院門。

「師父！師父！」你在哪兒？

結果，還是沒人。

她跑到山坡上去喊，跑到田地裡去看，這才發現整個桃花村除了她，一個人都沒有。

她又跑去桃林，卻發現桃林不見了，桃花村的出口也沒有了。她抬頭看向四周的山峰，結果除了霧濛濛的一片，什麼也看不見。

就連山峰都沒了！

南溪愣怔地站在那裡，過了好半晌才想到——她會不會是在作夢？

為了印證自己的猜想，她果斷、毫不留情地一巴掌呼在自己的臉上。

「嘶！」好痛！

她捂著臉，一雙大眼睛裡含著眼淚和震驚。

不是作夢？

就在這時，她眉心一亮，一束綠光從裡面飛了出來。

第七十二章

胖豆芽先是圍著整個桃花村飛了一圈，才飛到已經呆滯的南溪面前打轉。

「回到桃花村開不開心？」

南溪回過神，一把抓住在眼前打轉的胖豆芽。

「開心個鬼啊，這到底是怎麼回事？我究竟是不是在作夢？」

胖豆芽抖著葉子在她手裡掙扎。

「不是作夢啦！」

「不是作夢？可我明明是在朝陽城，為什麼會突然回到桃花村？還有，桃花村為什麼一個人都沒有？叔伯嬸娘們都去哪兒了？為什麼看不見桃林和周圍的山峰？」

南溪鬆手，有些呆呆地望向四周。

胖豆芽抖著身上翠綠的葉子。「他們都在的，但是妳看不到他們，他們也看不到妳。」

南溪看向胖豆芽。「什麼意思？」

胖豆芽飄落在她的肩上。「是我又升級啦，可以把妳的意識瞬間帶到這裡，不過這裡只是桃花村的衍生空間，並不是真正的桃花村，所以別人看不見妳，妳也看不見別人。」

南溪好像聽懂了，又好像沒懂。

「什麼是衍生空間？」

胖豆芽的枝葉傾斜到一邊，像是歪著頭在思考。

「就是從桃花村演變出來的獨立空間。」

南溪一臉震驚地把胖豆芽從肩上拉下來，拿到眼前。

「胖豆芽，原來你升級後這麼厲害？」

居然還能從桃花村衍生出一個獨立空間！

胖豆芽抖著葉子。

「不是我衍生的，是這個空間一直都存在，只是我以前能力有限，打不開。」

也就是說，這個衍生空間一直都像平行空間一樣存在著！想到這裡，南溪一雙大眼睛裡的光比夜裡的星星要璀璨。

「胖豆芽，像這種衍生空間別的地方也有嗎？」

「除了桃花村，其他地方都沒有。」

南溪繼續追問。「那我以後是不是可以隨時進入這裡？還有，如果在這裡面種莊稼的話，以後收的糧食可以搬出去嗎？」

胖豆芽想了想，點著葉子。「應該可以。」

「那我先試試！」

南溪飛奔回自己的小院，進廚房拿了個筲箕，到後院把熟透了的草莓全摘下來，然後閉著雙眼對胖豆芽說道：「回去吧。」

只一瞬，南溪就感覺到自己躺在了一張床上，睜開雙眼，看到的果然是自己在朝陽城的閨房。

她又回來了？對了，草莓！

她連忙起身查看，就在自己的右手邊發現了一筲箕草莓。

真的可以拿出來！南溪拿起一顆又紅又大的草莓，美滋滋地咬下一大口。

胖豆芽，我愛死你啦！

已經回到她識海裡的胖豆芽抖了抖葉子。

隔日，南溪用完早飯就帶著趙山去街上買了好幾袋五穀雜糧的種子。

趙山把所有的種子都扛上馬車後，好奇問南溪。「姑娘，您買這麼多種子是打算種莊稼嗎？可咱們除了山莊，並無多餘的土地了啊！」

南溪付好銀錢，上了馬車。「我有別的用處。你先捎我回藥鋪，再把這些種子載回去放到我閨房門口。」

「好咧！」趙山把車頭調轉，先往東城去。

聚賢樓三樓，雲隱一手提著酒壺一手拿著酒杯站在窗前，俯視著街道上來往的行人。

砰！房間門突然被人推開，雲隱回頭看向來人。

「你就不能溫柔一點？」

景鈺走到矮榻旁，撩袍坐下。「三日已到。」

雲隱嘖了一聲，提著酒壺來到他旁邊坐下。

「皇宮秘辛可不好查，我的人目前只查到一點點關於南楓的事……」片刻之後，雲隱放下已空的酒壺。「目前就只查到這些。」

景鈺淺飲一口茶水，淡淡開口。「你查到的這些，跟我在鎮南王府書房找到的卷宗上寫的無甚出入。」

雲隱瞪著眼睛。「那你還讓我去查！」

景鈺斜睨著他。「我以為你能查到一點別的東西，看來是我高估了你的能力。」

雲隱單腳踏在矮榻上。「嘖，我不過是一個老實本分的小商人，哪有什麼能力。」

景鈺放下茶杯，反問道：「老實本分的小商人？」

有哪個老實本分的小商人悄無聲息地把生意做到他國去？且還混得風生水起！又有哪個老實本分的小商人在私底下搜集、販賣各路消息？

「咳，總之像這種涉及到皇宮秘辛的事，以後別來找我，我還想多活幾年。」

景鈺斂下眸子。「這事就到此為止，我這次來是另外有事。」

雲隱把另一隻腳也抬上了矮榻，雙腿盤坐。「什麼事？」

「我需要大量的糧食，你想辦法去收購那些糧商手裡的存糧。」

「你要那麼多糧食做甚？」雲隱眉頭一皺。「況且近兩年天災，各地收成減少，那些糧商手裡怕是也沒什麼存糧。」

「無妨，有多少收多少。」景鈺抬起漆黑的眸子。「黎國沒有，就去鄰國收。」

雲隱從他的話中嗅到了一絲不尋常。他把身體前傾，盯著景鈺試探地問：「黎國這是要準備打仗了？」才四處徵集糧草。

景鈺神情自若地提起茶壺倒茶。「朝廷的事，你最好少打聽。」

傍晚，南溪回到南府，把堆放在房外的種子全部搬進了屋。待到用過晚飯，洗完澡，便早早吹了燈上床休息。

至少在外人看來是這樣的。

可其實呢，她已經拿著一袋袋種子進了衍生空間，把種子搬進小院的堂屋放好後，挑著擔子去了田裡。

桃花村的土地雖然不多，但加起來也有好幾畝，或許因為是衍生出來的空間，所以每塊土地裡都種有莊稼。

南溪來到田埂上，望著田裡的青蔥秧苗，忽然拍了自己的額頭。

她真是傻啊！這田裡的秧苗以後不就是種子嗎？虧她還費心費力地出去買種子。

不過好在，她不光買了穀種，還買了大豆、高粱、玉米、小麥等其他的種子。

使用異能把田裡的秧苗都催長成金黃的水稻後，南溪又犯了難。這麼多稻穀，她得收割到什麼時候啊？

「胖豆芽，有沒有什麼方法能讓這些糧食自己脫粒，然後收進糧倉啊？」

「沒有。」

唉！我可真是一個苦命的孩子！

她認命地拿著彎刀下田，開始收割稻穀。

翌日，青鳶如往常一般來敲門，南溪打著哈欠打開房門。

看著她似是還未睡醒的樣子，青鳶滿是疑惑。姑娘昨夜那麼早就熄燈睡覺，怎麼今早還是一副沒有睡飽的樣子？

「姑娘可是昨夜沒睡好？」

南溪接過她擰乾的帕子蓋在臉上，懶懶的聲音隔著帕子傳來。

「在夢裡幹了一晚上的活，可不是沒睡好麼？」

青鳶聽了，「噗哧」一笑。「咱姑娘就是勤快，連晚上睡覺都想著幹活。」

南溪洗好臉，拾綴好自己，用過早飯便帶著青鳶去了藥鋪。

藥鋪裡，林靜之把寫好的藥方交給病人拿去藥臺抓藥，隨意一瞥，就見到南溪單手撐在診桌上打瞌睡。

他抬手招來青鳶，壓低聲音問：「姑娘昨夜沒休息好？」

青鳶扭頭看了一眼南溪，一本正經道：「姑娘昨夜在夢裡幹了一夜的活，累到了。」

打了一上午瞌睡的南溪，下午的精神終於好點，給劉家三姊弟佈置好今天的課程，她便拿著個藥盅開始搗藥。

她一邊搗藥一邊在心裡琢磨，那麼多糧食，如果只靠自己純手工收割，肯定會累死。有什麼辦法可以輕輕鬆鬆就把糧食收割回去了呢？

要不造個收割神器？

南溪開始努力回想收割神器的樣子，並想到一個就畫在紙上。

最後，她在畫的幾張圖裡選出一個以這裡的工藝最可能做得出來的收割神器，拿到鐵匠鋪去問能不能做得出來？

待鐵匠鋪的師傅看完說能做後，她又去買了大量的麻布口袋。

買好麻布口袋，又買了一些其他用品，南溪走到一處無人的地方，把所有東西都收進了衍生空間裡。

回到南府，就發現青鳶在大門口走來走去。

「青鳶？」

「姑娘。」青鳶見到她，忙走過來。「您下次去逛街一定要帶上奴婢，奴婢去幫您提東西。」見南溪兩手空空地回來，便問：「姑娘沒買東西？」

南溪步上石階。「嗯，沒看到什麼想買的。」

晚上，她認命地進空間繼續收割稻穀，直到鐵匠鋪那邊把收割神器做好，她才稍微輕鬆一點點。

拿著一把大剪刀似的收割神器在田裡忙活，確實要比用彎刀收割的效率高上許多，但一夜下來，還是把南溪累得夠嗆。

青鳶見她一日比一日早睡，看起來卻一日比一日更憔悴，當下便擔心起她的身體。

這日，青鳶把林靜之拉到一旁。「你有沒有覺得姑娘最近越發的憔悴了？」

林靜之伸頭看向坐在診桌後方打瞌睡的南溪，深以為然地點頭。「感覺姑娘最近是有點倦怠。」

青鳶一雙細眉皺在一起。「你待會兒找個藉口給姑娘診診脈。」

林靜之有些為難。「怎麼找藉口？我不會啊！而且姑娘自己就是大夫，她若身體有恙，會自己診脈開藥。」

青鳶白他一眼。「醫者不自醫懂不懂？虧你還是個大夫。」

看著她一臉嫌棄，林靜之竟莫名覺得有點可愛。他拱起手，一臉端正地道：「青鳶姑娘所言極是，是靜之著相了。」

青鳶臉頰微紅。「知錯能改，善莫大焉。快想想該找個什麼樣的藉口吧。」

林靜之蹙眉思忖片刻，忽然眼睛一亮。「我想到了。」說完就抬腳往南溪那邊走去。

這邊，南溪單手撐著下頷，閉著眼睛，腦袋往下一點一點地打著瞌睡。

林靜之走到平時病人看診坐的位置坐下，輕咳兩聲。

「把手伸出來。」南溪閉著眼睛，把手放到診桌上，開始摸索病人伸出來的手腕。

林靜之忍著笑意開口。「姑娘，是我。」

「嗯？」南溪這才撐開眼皮，打了個哈欠，問他。「何事？」

林靜之從懷裡掏出一本醫書。「是這樣的，我最近在一小攤上買到一本醫書，上面不光記載了許多偏方子，還記載著失傳已久的懸絲診脈之法，故想請姑娘幫我看看，這裡面記載的都真否？」

南溪接過醫書，粗略翻閱了一遍。「都是些劍走偏鋒的民間偏方，無證可查其真假，林大夫還是不要嘗試為好。至於懸絲診脈，只要望聞問切學得夠紮實，亦不難學會。」
林靜之聞言，眼睛一亮。「姑娘會懸絲診脈？」
見她點頭，林靜之連忙站起，後退一步，拱手俯身行禮。「還請姑娘不吝賜教。」
南溪扭頭從自己醫箱裡找出一根細線，然後讓林靜之坐好，把線頭的一邊繫在他的手腕上，然後與他講解後面該如何診脈。林靜之領悟得極快，馬上就要求一試，於是兩人對換角色。
南溪的右手腕繫上了細線，而林靜之則兩指捏著細線的另一頭，凝眉診脈。
過了半晌，她打著哈欠問他。「如何？可有診出我得了什麼病？」
林靜之搖頭，放下細線。「姑娘除了有些內陰失調，肝火旺盛，並無任何病症。」
這段時間都睡眠不足，能不肝火旺盛嗎？她解開手腕上的細線，睨了林靜之一眼。「為幫我診脈，繞這麼大一個圈子，真是辛苦你了。」
林靜之先是一怔，隨後又有些尷尬。「原來姑娘早就看出來了？」
南溪把細線收進醫箱。「以你的醫術，又如何會不懂得懸絲診脈之法？」
林靜之有些不好意思地道：「其實我……」
她笑著睨了他一眼，語氣調侃。「我知道，其實你是受青鳶所託。」
林靜之臉上迅速染上一抹緋紅。
這麼純情？南溪瞬間起了捉弄他的壞心思，便一臉促狹地道：「林大夫的臉怎麼突然這麼紅？可是身體有恙？」

被她這麼一點破，林靜之的臉更紅了。恰在這時，他眼角餘光瞟到青鳶正往這邊走來，猛地慌亂起身，卻不想寬大的衣袖不小心沾到置於診桌硯臺裡的墨汁，一、兩滴墨汁隨著他慌亂的動作，飛濺到了南溪面前的衣襟上。

林靜之見了，下意識的就想用衣袖為她擦拭。「姑娘，我——」

「你們在做什麼？」

景鈺剛跨進藥鋪大門，就看到林靜之伸手欲去觸碰南溪，而南溪則低著頭，一臉的「嬌羞」，當即便是一聲怒吼。

林靜之被這突如其來的吼聲嚇得馬上一抖，想都沒想，連忙把手收回，俯身對景鈺道：「小王爺！」

南溪正低著頭查看自己的衣襟，就聽到景鈺中氣十足的聲音傳來，她抬起頭看向門口，嗔怪。「你在練嗓門嗎？那麼大聲！」

景鈺臉色沈沈地走近，一雙凝著霜的黑眸帶著壓迫地盯著林靜之。「你剛才想做什麼？」

南溪擰著眉頭，不解地瞅向景鈺。「你怎麼了？」怎麼對林靜之那麼凶？

景鈺捏緊指關節，深吸一口氣。「沒怎麼。」

南溪狐疑地盯著他看了一瞬，隨後對一旁的林靜之道：「林大夫，你先去忙吧。」

「是。」林靜之如獲大赦，回到自己診桌旁。

「隨我去後院。」南溪站起身，率先離開大堂。景鈺邁步跟在她身後。

來到後院，她把與大堂相通的那扇木門關上，然後歪頭看著景鈺。「怎麼？今日心情不好？」

景鈺垂眸睨她一眼，冷著臉不出聲。

南溪用手肘碰了碰他的手臂。「說話呀！」

景鈺捏緊的手一直沒有鬆開。「妳喜歡林靜之？」

南溪眨眨眼。「我是挺喜歡他這個人的，不光醫術好，人品也挺好。」青鳶這丫頭眼光不錯。

景鈺聞言，呼吸一滯。她當真喜歡林靜之！心口頓時酸澀難當。

他艱難地張開嘴，發出的聲音卻是又低又啞。「妳是從什麼時候開始喜歡他的？」

南溪擰眉看著衣襟的墨漬，不太專心地回答。「我從一開始就挺喜歡他的呀！」

景鈺聽了，眸光暗湧。「妳對他有多喜歡？」

他想要知道，她喜歡林靜之到了什麼程度，好決定用哪種方法讓林靜之在她面前消失。

唉，這件衣衫看來是廢了。南溪一臉可惜地抬起頭。「你剛說什麼？」

他側身與她對視，重複剛才的問題。「妳對林靜之有多喜歡？」

南溪被問得一愣。「就一般的喜歡啊！」

聞言，景鈺暗鬆一口氣。沒有很喜歡便好，如此，他便可以放心讓林靜之在她眼前消失了。

南溪疑惑地看著他。「你老問林大夫幹麼？」

景鈺把頭偏向院子裡。「只是隨口問問。」

她一臉狐疑。「我怎麼感覺，你今日對林大夫帶著些許的敵意？」

他不承認。「沒有。」

南溪伸手把他拉過來，讓他看著自己的眼睛。「真的？」

景鈺斂下眸子，「嗯」了一聲。

他的態度讓南溪越發確定他不待見林靜之。

她皺著小臉，很是不明。「林大夫可是哪兒惹到你了？」

第七十三章

景鈺一雙眸子隱在眼皮底下。「沒有。」

南溪盯著他看了好一會兒，才不確定地道：「你不會是吃醋吧？」

景鈺身體一僵，就聽她繼續道：「你剛才一直追問我有多喜歡他，就是擔心他在我心中的分量會超過你和胖虎，對不對？」

是他高估了她的情商……

南溪抬起小手拍在他的肩膀上。「放心，你和胖虎在我心中的地位誰也取代不了，你們是最棒的。」

「如果，讓妳在林靜之與我……們之間做一個選擇呢？」

南溪像看白癡一樣地看著他。「這還用說嗎？當然是選你們啊，我雖然欣賞他這個人，但與你們相比，他微不足道。」

景鈺聽了，滿是陰霾的心一下就晴朗了不少。只是，好像有哪裡不對——

「等等，妳先前說的喜歡，只是出於欣賞的喜歡？」

南溪眨著大眼睛點頭。「不然呢？」

景鈺突然就挺尷尬的。不對，她對林靜之不是男女之情，不代表林靜之對她不是啊！

想到剛才看到的場景，他沈聲問道：「你們剛才在做什麼？」

南溪抬手指著面前衣襟上的墨漬。「剛才林大夫不小心把我衣服弄髒了。」

他這才注意到她衣服上有一小塊黑團。

「他怎麼那麼毛躁！」

南溪擺了擺手。「也不能怪他，是我先調侃他和青鳶，他才害羞得慌了手腳。」

景鈺一愣。「妳調侃他和青鳶？」

「嗯。」她看了一眼身後的木門，笑著開口。「估計要不了多久，南府就要辦喜事了。」

所以，林靜之和青鳶是一對？他差點就把林靜之列入黑名單。

「對了，」南溪這才想起來問他。「你來找我有事？」

心中已經雨過天晴的景鈺，雙手環臂。「沒事就不能來找妳？」

南溪打了個哈欠。「咱們不是要避嫌嗎？若是無事，你不會白日裡來找我。」

瞅著她一臉倦容的樣子，景鈺放下雙手，關心地問：「近日睡眠不好？」

打完哈欠，南溪眼角泛著水珠。「沒事，過幾天就好了。」

過幾天，空間裡的水稻就收完了，她以後再也不整片整片地催熟莊稼了，一次大量收割太累。以後，一天可以收割多少她就催熟多少，這樣中間才有休息的時間，幹活也要勞逸結合不是？

「陛下近日想必沒有心思來留意妳我。」不過他今日來確實是有事。「我已讓雲隱秘密收購各地糧商手裡的糧食，屆時妳再用這些糧食去跟嘉禾帝談條件。」

南溪聞言，心裡很感動，可她不想他插手此事，怕他受到牽連。

「雲隱大肆收購糧食，就算再隱密也會引起朝廷的注意，如此對雲隱、對你都不利。這件事你們不要插手，我已經想到了其他辦法。」

景鈺卻不信，一雙劍眉攏起。「妳最好不要輕舉妄動。」

南溪抬頭看著他。「我真的想到了其他辦法，你信我。」

景鈺凝著她眼睛一瞬，啟唇。「什麼辦法？」

南溪拉住他的手。「我暫時還不能告訴你，不過很快你就會知道的。現下當務之急是去聚賢樓通知雲隱，讓他馬上停止收購糧食。」

景鈺低頭看著她拉著自己的手，低聲道：「我會去通知雲隱，可是南溪……」他抬眸看著她。「妳也要答應我，不要莽撞行事。」

南溪頻頻點頭。「我絕不莽撞行事。」

景鈺這才離開藥鋪，去聚賢樓找雲隱。

幾日後，她終於把第一批稻穀全部收割完，待把糧食烘乾裝進麻布口袋後，她又提著大豆和玉米種子去坡上種。

等到把空間裡的土地全都撒上新種子後，南溪把自己關在房裡睡了一天一夜。

清晨，春日從東邊的屋頂緩緩升起，暖陽普照在大地，為尚有一絲涼意的早晨帶來一抹溫暖。

南溪推開門，伸了一個大大的懶腰，跨出門檻，往旁邊的膳房走去。

端著洗漱盆的青鳶後她一步出來，卻是轉身去了廚房。
沒過一會兒，青鳶便從廚房端著早飯來到膳房。
南溪今日的早飯是一籠八個水晶小包子、一碟鹹菜加一碗青菜粥。她津津有味地用完早飯，正準備出門去藥鋪，就看到鐘離玦一身儒雅地從拱門那裡出來。
南溪眉梢一挑。鐘離玦這是打算去找誰呢？
「南姑娘早。」
「早，鐘離公子要出門？」
鐘離玦笑著頷首。「我約了文淵書閣的溫老闆，南姑娘可是去藥鋪？正好可以同行一段。」
南溪上下瞅了他一眼，本打算步行的她扭頭對青鳶吩咐道：「讓趙山把馬車趕到大門口。」
待青鳶退下後，鐘離玦笑著拱手。「多謝南姑娘體恤。」
南溪斜睨他一眼。「我只是不想看到我的病人因體虛暈倒在大街上。」

黎國皇宮。
一座僻靜的宮殿裡，錦娘挽著衣袖，拿著鋤頭在靠著院牆的位置翻土，她打算把昨日用繡帕換來的青菜種子撒在這裡。
一個梳著雙螺髻，右手腕上挎著個雙層食盒的青衣宮女從宮門口走進來。

「夫人，奴婢給您送午膳來了。」

錦娘沒有理會她，猶自做著自己的事。

青衣宮女叫柳兒，原本是個粗使宮女，後來被選中為這座宮殿的主人送膳食，這一送就送了八年。

這八年，她一直記著廚房裡的龔嬤嬤叮囑她的話，不該看的不看，不該問的不問，永遠要目不斜視，送完膳食就走。

這次也不例外，把膳食放在院裡的石桌上後，她轉身打算離開，只是還未走出兩步，便被人叫住。

「等等！」

叫住她的正是在牆根那裡勞作的錦娘，這也是錦娘八年來第一次叫住她。

柳兒朝著她的方向福了福身。「夫人有何吩咐？」

錦娘放下鋤頭走向石桌，伸手揭開食盒，拿出裡面的兩個素菜和一碗清粥，而後聲音不高不低地問道：「為何這幾日廚房送來的都是這種清粥小菜？」

柳兒忙撲通一聲跪下。「夫人明鑒，近日陛下為籌糧運往朔州，下令各宮食粥一月。」

錦娘五指一緊。「為何要籌糧運往朔州？可是朔州出了什麼事？」

朔州乃是北方邊塞要地，朝廷往那裡運糧，可是打算同北夷打仗？

柳兒想了想，如實答道：「去年朔州旱災，朔州的百姓無糧可收，餓死了許多人。陛下開了兩次國庫賑災，如今國庫裡的餘糧已不多……」

「妳下去吧。」錦娘手扶著桌沿，緩緩坐下。

朔州旱災，北夷那邊肯定蠢蠢欲動，若比兵力，黎國自然不懼——可黎國現在缺糧！所謂兵馬未動，糧草先行，如果北夷大軍當真來犯，那黎國國庫裡的糧食又能撐多久？

而南境那邊也有南蠻人在虎視眈眈……

半個時辰後，柳兒來收食盒，發現院裡空無一人，內殿大門緊閉。於是她提著食盒默默離開了宮殿。

錦娘在空曠的內殿裡坐了一下午，待到太陽落山，她推開殿門，走到外殿的大門口，對守在外面的禁衛軍說道：「我要見皇上。」

這日，藥鋪裡，南溪正在翻看大丫送過來的包子鋪帳本，便聽外面一陣的敲鑼聲傳來。

青鳶放下手裡的藥盅，自告奮勇道：「姑娘，奴婢去幫您瞧瞧。」說完便快步出了藥鋪。

沒過一會兒，她便帶著消息回來。「還以為是有什麼熱鬧可瞧呢，原來是官府在外面貼徵糧告示。」

南溪抬頭。「徵糧告示？上面都怎麼寫的？」

青鳶抓著腦袋想了一會兒。「那上面的字奴婢認不全，不過奴婢聽旁邊的一位秀才說，是朝廷要向有存糧的糧商徵糧。拿出最多糧食的糧商，陛下會賜他一塊赦免金牌，以後無論他犯了多大的罪都可免去一死。」

南溪倏地起身。「我出去看看。」

來到貼告示的地方，看著牆上貼的白紙黑字，她眸光閃動。

看來，她要加緊收糧了。

朝廷給出的期限是一個月，所以徵糧告示貼出沒多久，一些有底蘊的糧商就快速把手底下糧鋪的糧食籌集到一起，再運送到戶部。

雖說赦免金牌只有一塊，但只要是獻糧超過一百石的商戶，均可免去三年稅收，所以那些糧商才如此前赴後湧。

只是，由於近年天災不斷，便是那些糧商把所有的糧食都籌集到一起，能立即交出一百石糧的也是鳳毛麟角。

雲隱見此，也暗戳戳把之前收購的糧食都送去了戶部。得不到赦免金牌，能免去三年稅收也是極好的。

南溪回到藥鋪，與齊掌櫃、林靜之交代了一聲，便匆匆回了南府。

回到南府，她以閉門研究新藥為由，交代青鳶、青荷除了一日三餐外，其餘時間不得前來打擾，更讓譚九和餘財守在二進院外，以防不可抗力之因素。

安排好一切事宜後，她便關上房門進入衍生空間。

她要趕在這一月內，至少收千石糧食。

就在南溪去到空間準備沒日沒夜種糧、收糧的時候，景鈺被叫到鎮南王府北殿的書房裡。

看向坐在案桌後方那張太師椅上的鎮南王，景鈺面無表情地開口。「找我何事？」

鎮南王合上手中摺子，抬起頭看他。「不日我便會啟程回南境，你是繼續留在王府，還是跟隨我去南境見見世面？」

去南境？景鈺抿著嘴唇一時沒有說話。他倒是不懼去南境，只是把南溪一人留在朝陽城，他不太放心。

見他猶豫不決，鎮南王當即拍案怒道：「老子在你這個年紀早就被你祖父帶在身邊殺敵了！再看看你，整日裡像個紈袴子弟一般無所事事，還不如跟隨老子去南境練練膽！」

景鈺漆黑的眸子一眯。「既然你都已經決定了，又何必問我？」

鎮南王把後背靠上椅背。「本王只是想看看你自己是什麼選擇，結果你卻半天蹦不出一個屁來。」

景鈺轉身就走。

鎮南王的聲音從他身後傳來。「趁這幾日，去跟你的那些朋友好好道個別。」

夜晚，一道身影剛落在南府二進院院子裡，便被譚九和餘財發現。二人取出武器快速將來人圍住。

「什麼人？」

被攔住的人緩緩扯下面巾。

「小王爺？」譚九和餘財對視一眼，收起了手中武器。

餘財上前一步。「您深夜到此，不知是為何事？」

景鈺的目光看向南溪的閨房。「找你們姑娘。」

他來二進院這麼多次，今夜還是第一次被南府的護院發現，由此可見，這兩護院是南溪特意安排在二進院的。她這是在防誰？

想到此，景鈺看向二人。「府中可是有外客留宿？」

餘財搖頭。「府中除了前段日子回來的鐘離公子，並無外客。」

鐘離玦？他怎麼又回到了南府？

景鈺打算親自去問南溪，可他才剛邁出一步，就被餘財伸手攔住了去路。

餘財臉上陪著笑。「小王爺，姑娘有吩咐，她近日要潛心研製一種新藥，除一日三餐外，無事不得打擾。況且……況且現下已是深夜，姑娘早已歇下，您看……」

景鈺聽了，眉頭一皺，研製新藥？

「她白日也把自己關在房內？」

餘財忙不迭地點頭。「嗯嗯，姑娘說研製新藥需要一段時間。」

所以她這段時間都會待在屋內。

景鈺轉了轉拇指上的玉扳指，不對，若真是研製新藥，她又怎會在自己的閨房研製？所以，定然是在悄悄做別的什麼事。

再次看了正房一眼，他轉身。「我明日傍晚再來。」便罩上面巾，飛身離開。

次日傍晚，景鈺再次來到二進院時，就看到南溪正坐在院子裡等他。

「來了？」見到他來，她端起放在石桌上的茶壺倒茶。

景鈺走到她對面坐下，看著她略顯疲憊的神色，眉頭一擰。「妳到底在房間裡做什麼？」

南溪把倒好的茶水放到他面前。「在研製新藥啊，餘財昨夜沒告訴你嗎？」

「在自己閨房研製新藥？」景鈺明顯不信。「是什麼樣的新藥，連藥爐都不需要？」

南溪忘記他也是個懂醫術的人了。

知道他今天要來，她早早便遣退了院子裡的人，現在整個二進院就只有他們二人。

南溪用餘光掃了一眼拱門那裡，餘財就在那門後守著，也不怕有人進來偷聽……她猶豫一瞬後，便把一隻手壓在石桌上，傾身對景鈺小聲說道：「我在用異術種糧。」

景鈺拿茶杯的動作一頓，一雙黑眸裡含著無比的驚訝。「妳在房間裡怎麼種糧？」

「這個不能告訴你。」南溪端正身子。「反正我得趕在這一個月的時限內，交出至少一千石糧食。」

景鈺眸色一沈。「所以妳就躲在房間裡沒日沒夜的種糧？全然不顧自己的身體是否吃得消？」

南溪無所謂地擺擺手。「放心啦，我有分寸。」

她是意識進入空間，所以即便再累也只是精神差了點，身體還是好。

見她如此不拿自己身體當回事，景鈺不由咬牙低吼。「南——溪！」

南溪身子往後退了退，然後嗔怪地看著他。「那麼凶做什麼？」
景鈺從來都壓不住她，突然感到好無力。
「別不拿自己的身體當回事，錦姨還在等著妳。」
南溪抿了一口茶水後放下茶杯，一臉認真地看著他。「我真沒有不拿自己身體當回事，我很惜命的。」
如果她臉上的倦態不是那麼嚴重，他或許就信了。
景鈺緊抿著唇，斂著眸子不知道在想些什麼。畢竟是從小一起長大的人，南溪一眼便看出他是在不高興。
她偏著腦袋從下方往上看他，聲音軟糯地開口。「你來找我什麼事啊？」
每次都用這招。景鈺黑長的眼睫毛輕輕顫了顫，隨後他抬起眼皮對上她那雙故作無辜的大眼睛，過了半晌才道：「我來同妳道別。」
「道別？」南溪一怔，大眼睛有些茫然地望著他。「你要去哪兒？」
「南境。」景鈺轉著手上的玉扳指。那是她送的。「蒼起要我隨他一起去南境，不日啟程。」
南溪擰起好看的眉頭。「你自己的想法呢？」
景鈺垂眸看著手指上的玉扳指。「去南境歷練歷練也不錯。」
她輕嘆一聲。「我一直以為你會從文。」
景鈺聞言，輕輕一挑眉。「文武雙全不好麼？」

真自信！「你打算在南境待多久？」

景鈺略作沈吟。「不出意外的話，三年吧。」

要離開三年這麼久嗎？南溪忽然就有些傷感，人越長大，身邊離開的人就越多。

「確定哪日啟程了嗎？」

他搖頭。「尚不知。」一切都是鎮南王在安排，所以他不知道確切的離開時間。

隨後，景鈺不放心地盯著南溪。「我走後，妳若遇到什麼難事便去聚賢樓找雲隱，也可以跟我寫信……」

雖然感覺今晚的景鈺有點囉嗦，但南溪還是認真聽著。

兩人在院子裡待了許久也說了許久，直到打更人敲響了二更天的鑼，景鈺才告別離開院子。

他走後，南溪一個人在院子裡望著天上月亮發了一會兒呆，才起身回屋。

月有陰晴圓缺，人有悲歡離合。

第七十四章

回到房間後，南溪馬上就躺到床上，閉上雙眼，用意識進了衍生空間。

空間裡，胖豆芽正在院子裡玩。她拿出一張凳子一塊洗衣板，就坐在院子裡悶不吭聲地脫玉米粒。

感覺到情緒不對的胖豆芽飛到她面前，枝葉一抖一抖的。

南溪抬起頭，用玉米棒輕拍了一下枝葉。

「一邊玩去。」

以為南溪是在打自己的胖豆芽很生氣，就見它飄到院子中央，原本像小草一樣的身體開始極速變高變大，根鬚更像是八爪魚一樣向著院子四周延伸……

南溪張大嘴巴地看著變異後的胖豆芽。

「胖豆芽，快停下！」

她擔心它再這麼長下去，會把她的小院掀了。

胖豆芽卻不聽，又用根鬚把晾在院壩裡的玉米棒全部捲起再捲緊，直到把玉米棒捲碎才鬆開。

看著滿院子脫好的玉米粒，南溪眨眨眼。原來胖豆芽還有脫玉米粒的功能。

須臾，胖豆芽快速縮小變回原來的迷你版，抖著葉子飄到南溪面前，就好像在對南溪挑釁一般。

南溪一把抓住胖豆芽，一雙大眼睛鋥亮鋥亮地盯著它。

「既然你可以脫玉米粒，也一定可以脫穀粒、高粱粒、小麥粒、黃豆……對不對？」

胖豆芽使勁抖著葉子，表示抗議。

只可惜抗議無效，自此之後，南溪便讓它幫著收糧脫粒。

後來，她更是在看過胖豆芽如何脫粒之後，舉一反三地開始利用藤蔓來收糧脫粒。如此，收糧的效率大大提高，而她也不用再沒日沒夜地苦幹了。

皇宮裡，剛批完奏摺的嘉禾帝捏著眉心走在宮道上。徵糧告示已經貼出去幾日，一些糧商也紛紛到戶部獻糧，可那些糧食仍是杯水車薪。

因為現下，不光要籌糧為與北夷開戰做準備，還要為南境的將士們供給糧草。鎮南王馬上就要南下，待他帶走一批糧草後，國庫裡的糧食又將所剩無幾。朔州那邊也傳來消息，北夷大軍已經在往朔州邊界行近。

心情煩悶的嘉禾帝，不知不覺就來到了一座宮殿門口。

他在門口頓了一瞬，便抬腳跨進了宮門。

內殿裡，銀灰燭臺上的蠟燭快要燃到盡頭，火苗不小心觸到燭油後，發出茲茲聲響。

錦娘坐在殿裡的一張紅木雕花椅上，單手撐著下頷，似睡非睡。

吱呀，內殿大門被人從外面推開，隨後一雙龍紋錦靴跨進殿內。

錦娘隨即抬起頭來看向來人。

「聽說妳要見朕？」嘉禾帝走到她對面的紅木雕花椅上坐下，臉上明顯帶著疲憊。

錦娘起身換了一根蠟燭後，才看向嘉禾帝，單刀直入地開口。「我要見我女兒。」

深沈的目光帶著壓迫感直射過來。「妳要見朕，就是為了說這個？」

錦娘頂著壓力，深吸一口氣開口。「讓我見她一面，我便把那件東西交給你。」

嘉禾帝銳目一瞇，隨後起身來到她跟前。「朕說過，妳那件東西，朕並不在乎。」

錦娘抬頭看他。「即便它可以幫你解決糧食的問題，你也不在乎嗎？」

嘉禾帝臉色沈沈。「妳應該知道，朕平生最恨被人威脅！」

錦娘的情緒忽然激動起來。「我沒有威脅你，我只是想見我的女兒一面！端木華，你憑什麼不讓我見我的女兒？」

「憑什麼？就憑朕是妳的皇兄，而她是逆賊之女。」

錦娘卻拚命搖頭。「不是，楓哥不是逆賊，他只是……只是……」

「只是什麼？」嘉禾帝目光冷厲地逼近她。「只是私屯兵馬，皇令不受嗎？錦央，妳太讓朕失望，竟到現在都還執迷不悟！」

錦娘泛著淚光的眼，恨恨地瞪向他。「若不是你當初罔顧倫常，欲欺我母后，我又怎會逃離皇宮，遇到南楓？」

這時，一陣風從大門口吹來，把跳躍在燭臺上的燈火吹得左搖右擺。

殿內，被掐住脖子的錦娘無懼地怒瞪著嘉禾帝，喉嚨裡艱難地發出聲音。「怎……怎麼，你……想殺……殺我……滅……滅口嗎……」

嘉禾帝的臉在搖擺的燭火下，忽明忽暗。似是過了許久，他鬆開了手上的力道，得以順利呼吸的錦娘瞬間跌坐在地上。

「咳……咳咳……」

嘉禾帝一臉陰沈地盯著她。「妳那日在場？」

錦娘撫著喉嚨，沙啞開口。「那日，我本是躲在花壇後想要捉弄母后，卻沒想到你會突然出現，然後你……你……你竟想用我來要脅母后！」

她氣怒得渾身發顫。

那日傍晚，她隻身一人去頤壽宮找母后，發現母后不在，正想離開，在宮門口見到母后的車輦從遠處回來，便故意躲起來，想要捉弄一下母后。

誰想到，母后剛進宮門，端木華的御駕便到。那時，他還是她最敬愛的皇兄。她正打算出去嚇唬兩人，卻見他屏退左右，拉著母后就進了內殿。

她心中既疑惑又好奇，便悄悄跟了上去。然後，她就聽到了他那番不顧倫常的表白，在被母后怒斥後，他竟搬出她來要脅母后。

嘉禾帝垂首，睥視著她。「這就是妳當年詐死離開皇宮的原因？」

錦娘嘴角扯起一抹嘲諷。「不詐死，難道留下來讓你繼續用我去要脅母后嗎？」

嘉禾帝背著雙手，仰首深吸一口氣。

「朕那日只是喝多了，並不是真的想拿妳要脅阿杝。錦央，妳後來也愛過人，應該知道愛而不得是多麼的痛苦，朕只是壓抑得太久，才會在那日借著酒意爆發。」

「你住口！」錦娘雙目猩紅地瞪著他。「她是你的母后，你這是罔顧人倫！枉她待你如親子，你竟生出這般齷齪的心思！」

壓在心底多年的秘密被人知曉，嘉禾帝反而有一種想要傾訴的慾望。只見他撩起龍袍，坐在地上，與錦娘面對面。

「朕與阿杝並無任何血緣關係，憑何不能喜歡她？」

錦娘氣急低吼。「她是先皇后，是你的孀母！」

嘉禾帝卻冷笑一聲。「朕是天子，朕想要一個女人，又何畏她的身分！」

「你！簡直昏庸！」

錦娘冷冷睨著他。「可母后不願。」

看著氣得渾身顫抖的錦央，嘉禾帝緩了神色。

「我是真的愛阿杝，我願意用這天下，來換取與她的相守。」

「是啊，她不願。」嘉禾帝一聲苦笑。「她寧願自戕，也不願與我在一起！」

錦娘倏地瞪大眼睛。「你說什麼？母后是自戕？」

嘉禾帝一臉悲傷。「妳走後，阿杝再沒了牽掛，在頤壽宮飲下一壺毒酒自戕。」

錦娘的眼淚像一條奔流的溪，無聲在臉上流淌。她一直以為母后是被端木華害死的，卻沒想到竟是自戕！

不對……

她淚眼婆娑地瞪著嘉禾帝。「母后自戕也是被你逼的，是你害死了母后！」如果沒有他對母后畸形的愛，母后又怎麼會尋死！

嘉禾帝冷冷地看著她。「妳當初如果好好待在宮裡，讓阿杝心中有牽絆，她又怎會走得那麼決絕？」

面對他的顛倒是非，錦娘抬起顫抖的手，指著他的鼻子。「你……」

對於錦娘的大不敬，嘉禾帝並未在意，只是仰首深嘆。「朕其實知道，阿杝自戕是因為朕，她希望朕做個不困於兒女私情的好皇帝……」

接下來，嘉禾帝像倒豆子一樣說了許多，都是些他積壓在心底許久卻又無人可以傾訴的心裡話，也不管錦娘想不想聽。

等到燭臺上的蠟燭又燃到了盡頭，嘉禾帝才動了動有些麻痺的雙腿，緩緩站起身來。他看著仍然坐在地上的錦娘，冷淡開口。「夜已深，早些歇息。」

錦娘手撐在地上，慢慢爬起，一雙美目冷冷看著他。「不滅口嗎？」

嘉禾帝背著雙手，嘆道：「若殺了妳，這世上便再無人同我一樣記得阿杝了。」

錦娘一震，而後，又聽他繼續道：「況且，朕曾答應過阿杝，無論妳以後做了什麼，都不會取妳性命。」說完，就要踏步離開。

「等等！」錦娘連忙叫住他。「那件東西你當真不要？」

「妳手中的東西對現在的朕來說，不過是一塊雞肋，它並不能為朕換來更多的糧食。」

嘉禾帝說完這句話，便頭也沒回地出了宮殿，獨留錦娘癱坐在紅木雕花椅上。

這日，天剛矇矇亮，北城門外，標語戰旗迎風舞，銀甲將士列數行。

一身銀質鎧甲的鎮南王與一干來送行的武將話別後，騎著馬來到景鈺身旁。「準備出發了。」

來送行的狄威幾人齊齊對景鈺抱拳道：「小王爺，一路順風，待你凱旋歸來，咱們再把酒言歡！」

景鈺抱拳回禮。「一定，諸位保重。」

「保重！」

景鈺回頭看了一眼城門口，便策馬隨鎮南王去了隊伍前面。

等行至首列，鎮南王振臂一揮，出發的號角頓時吹響。

「出發！」隨著這一聲令下，數千士兵齊步出發。

南溪從西城趕到北城門的時候，只看到大隊伍遠去的影子。

還是來遲了一步。

她在原地站了許久，直到前方隊伍的影子徹底消失在視線裡，才有些失落地從懷裡掏出一封信。

那是景鈺昨夜悄悄放在她房門口的，她今早開門時才發現。

信裡說，他沒有告訴她什麼時候離開，是不想她去送他。他這次離開得有點久，若是她去送他，定是會難過，他不想看到她難過。

南溪看著信上寫的內容，吸了吸鼻子，在心裡暗道：臭景鈺，離開居然敢不讓我送，等你從南境回來，有你好看！

隨後便仔細收好信紙，調轉馬頭，回了城內。

景鈺走後，南溪把全身心都投在了種糧的事情上，除了藥鋪義診那幾日外，她基本是足不出戶。南府的下人也以為她是在研製新藥，也沒敢多去打擾她。

直到朝廷徵糧的時限只剩下幾日，南溪終於主動打開房門走了出來。

她走出二進院，正好看到王屠夫急匆匆地欲出府。

她連忙喚住他。「王伯。」

王屠夫好似這才看到她，忙停下腳步。「姑娘？」

南溪踱著步子走近。「你這麼匆忙是要去哪兒？」

王屠夫垂首。「聽說楓城城主今日進京獻糧，屬下去瞧瞧熱鬧。」

楓城城主？南溪目光一閃，似好奇般地問道：「王伯可知道，楓城城主叫什麼名字？」

王屠夫斂著的雙眸劃過一抹暗影。「叫南郇。」

南溪眨巴著大眼睛。「南郇？跟我一個姓呢！走，我也跟你一起去瞧瞧。」說著就率先走上了長廊，王屠夫望著她的背影頓了頓，隨後抬腳跟上。

南郇一進入朝陽城，就被禮部安排進了東城的一家驛館裡，因此等南溪趕去北城時，並未見到南郇。

驛館裡，戶部侍郎付仁貴正拿著筆冊記錄楓城此次帶來的那幾車糧食，待把糧食種類、重量都登記在冊後，便讓戶部的人把糧食全部拉走。

南郇一臉和氣地把付仁貴送到驛館門口，直到人乘著轎子離開，才轉身進入驛館。

驛館內，南郇的貼身侍衛劉全走到他身邊，有些不明白地問道：「主子，您怎麼還沒見到陛下，就讓戶部的人把糧食拖走了？」

南郇走到一張四方桌旁坐下。「那些糧食遲早都要被戶部拖走，既然如此，倒不如先向戶部賣個好。」

劉全恍悟。

南郇拿起桌上的茶盞，提起茶蓋，有一下沒一下地撥弄著漂浮在茶水上的浮末。

「你先去打聽打聽，西城節義坊桐子巷最大的那家府宅裡可有住人。」

「是。」

天色將黑之時，劉全回到驛館，敲開了南郇的房門。

南郇開門讓其進屋後，便問道：「如何？」

劉全垂首。「屬下去西城節義坊桐子巷打探了一番，主子您說的最大的那家宅院如今住著一位年輕女大夫，她還跟主子您是同個姓氏。」

南郇聽後，一雙狐狸眼微微瞇起。「她姓南？」

劉全點頭。「屬下打聽，這位女大夫是在去年三月接近四月的時候搬進那宅院的。在之前，那座大宅院一直空著。」

南郇走到桌旁坐下。「那女大夫多大年紀？身邊都跟著些什麼人？」

「十五、六歲的樣子，她身邊除了有一個身高八尺，面容盡毀的管事外，還有四個丫鬟四個護院、兩個小廝和兩個婆子……」
「那個女大夫平時在哪兒坐診？」
「在東城什邡街，保安藥鋪。」
精瘦的手指敲擊在桌面上，南郇的狐狸眼裡閃爍著精光。
得找個機會去會一會那個女大夫！
次日，進宮覲見的南郇陰沈著一張臉回到驛館，劉全見此，上前小心地問：「主子，陛下可有賜您赦免金牌？」
南郇冷冷的瞥了他一眼。「本城主獻糧是為替陛下分憂，陛下賜不賜那塊赦免金牌重要嗎？」
劉全連忙躬著身子，自抽了一個巴掌。「是是，主子您憂君之憂，患民之患。是屬下嘴笨不會說話。」
南郇把雙手背在身後，冷冷開口。「這裡是朝陽城，天子腳下，說話做事都給我小心著點！」
「是。」
南郇冷著臉在桌旁坐下。今日進宮，陛下竟一句未提赦免金牌之事，想來是覺得一個月時限還沒到。

哼，不過還有幾日，他不信還有人能比他拿出更多糧食。

下午，南溪一邊守著劉家三姊弟，一邊在想該如何把糧食交給戶部。是直接從南府交出去，還是先把糧食放到山莊後，從山莊交出去？

直接從南府交糧自然方便，可禁不起官府的細查，若官府問起她是何時把這些糧運進城的，之前怎麼不交，怕是不好糊弄過去。

算了，還是從山莊把糧食運回來吧！雖說這樣的確要多費一些人工，但至少應付官府沒那麼麻煩。

等到藥鋪打烊的時候，南溪帶著青鳶出了藥鋪。

開春後，天黑得比較晚，所以主僕倆選擇步行回家。

兩人走了沒幾步，南溪忽然停下，回頭四處張望。青鳶一臉疑惑。「姑娘，怎麼了？」

南溪擰著眉頭轉過身。總感覺有人在暗中窺視著她們。

「沒什麼，走吧。」

待主僕倆消失在什邡街，一輛馬車從街道口拐角的地方駛出，馬車裡坐著的正是南郇。

回想著剛才看到的那個少女的眼睛，南郇的一雙眼陰沈瞇起。

第七十五章

翌日一大早，南溪便帶著四個護院去了山莊。臨出城前，她還去牛馬市場租了好幾輛牛車。

山莊裡，南溪跟劉婆子一家打了個招呼，便閃進一間之前用來堆放草藥，如今正空置的倉房。

直到晌午，她才走出倉房。

用完午飯，南溪把幾個護院都召集到倉房外面，一臉嚴肅地對他們說道：「我希望你們待會兒不管看到什麼，都不要驚訝也不要多問，只管聽我吩咐做事。」

幾人見她如此鄭重的叮囑，紛紛點頭應「是」。

所以，當她打開倉房門，讓他們把所有糧食都搬上牛車後，他們雖然對山莊竟有這麼多糧食震驚，但仍然謹遵南溪的話，沒有多言，默默幹活。

傍晚，付仁貴正在跟同僚江瑜對著近日收糧的數目，便見一個衙差匆忙跑進來稟報。

「兩位大人，又有人拉了幾牛車糧食來衙門。」

付仁貴與江瑜對視一眼後，同時起身往外走去。

戶部尚書還沒有返職，因此，收糧的事由戶部的兩位侍郎全權負責。

衙門口，趙山等人正在把牛車上的糧食卸下來，拆開給衙差檢查。送來戶部的所有糧食要先拆開給衙差檢查，防止有人濫竽充數，而後再上秤秤重，最後衙差把糧食種類、數量都做好筆記後，才會讓人把糧食搬進戶部糧倉。

付仁貴和江瑜出來時，幾牛車的糧食已經秤好了重量，正往糧倉裡搬。做記錄的衙差看到自家大人出來，忙拿著冊子過來請他們過目。付仁貴仔細翻看著冊子上所記錄的種類數量。

看到在糧食等級一欄寫的一個「良」字時，他抬頭看向衙差。「良等？」

衙差俯身回道：「這次送來的糧食，不但顆顆籽粒飽滿，還晾曬得極其乾燥，大人您請看！」

衙差把他引到一個麻袋前，扯來袋口，讓他可以看到裡面裝的糧食。

這個麻袋裝的是小麥。

付仁貴和江瑜分別抓了一小把在手心，並拈起一粒放到嘴裡輕輕咬了一口，麥粒頓時就發出了一聲脆響。

兩人跟著又查看了其他幾口麻袋，也全都是類似的良等糧。

付仁貴與江瑜相視一眼後，轉身問衙差。「這批糧食是哪家糧商送來的？」

衙差湊過來。「大人，這是東城什邡街保安藥鋪的東家送來的。」

「南大夫？」付仁貴自然知道每月堅持義診三日的保安藥鋪，也知道保安藥鋪的東家就是去年幫忙醫治痢疾的那位女大夫。他驚訝的是一個藥鋪東家竟能拿出這麼多糧食。

「正是我家姑娘。」

這時，已經搬完麻袋的趙山走過來，對二人抱拳道：「兩位大人，由於路途有些遙遠，剩下的糧食我們明日再送來。」

江瑜和付仁貴同時驚訝道：「還有糧食？」

趙山抬起手臂擦了擦臉上的汗，點頭。「還有，只怪今日拉糧的牛車不夠，才拉回來五分之一不到。」

二人聽了，皆是心中大喜，江瑜連忙問道：「不知你們的糧倉在何處？若是在運輸上有不便，本官可派衙差前去幫忙。」

付仁貴也在一旁點頭。

趙山一臉感激。「二位大人真是體恤百姓的好官，我家姑娘的糧倉就在城外百里以外的一座山莊上。」

翌日，天剛矇矇亮，江瑜便親自帶領戶部幾十位衙差，趕著十幾輛馱貨的馬車，隨趙山等人去了山莊。

路上，騎在馬背上的江瑜還在跟趕牛車的趙山再三確認。「山莊裡當真還有十幾輛馬車的糧食？」

趕著牛車走在他左側的趙山，不厭其煩地回道：「大人，山莊裡當真還有十幾輛馬車的糧食。」

江瑜點點頭，在心中暗道：若山莊裡當真還有那麼多糧食，那這位南大夫無疑是此次獻糧最多的人了。之前的那些糧商獻的糧都不足十馬車，就連前兩日高調進城的楓城城主，也不過才獻出十一車糧食。

一個時辰後，江瑜等人趕到山莊，留在山莊的南溪出來見過江瑜後，便領著他及幾十位衙差來到倉房。

當江瑜看到倉房裡那堆得滿滿的糧食時，從出發便一直懸著的心終於落了地。還真有這麼多糧食！這次的籌糧任務，戶部能順利交差了！

像是生怕遲了一步，南溪就會反悔一樣，江瑜當即命令幾十個衙差進去搬糧，他則站在院中，旁敲側擊地向南溪打聽，這些糧食是如何得來的。

南溪按照早就想好的應對之詞，告訴他，這些糧食本是她存來準備做糧食生意的，可如今國難當前，自是要先獻給朝廷。

江瑜聽完，大讚她高風亮節，品格高尚，不愧是位人人稱讚的女神醫，見她不驕不躁，沈著應對，更是覺得此女品性可貴。

倉房裡的糧食，幾十個衙差整整搬了一個上午才把全部搬完，江瑜午飯都沒有留下吃，便喜笑顏開地帶著十幾車糧食回了朝陽城。

與他們一同回去的還有趙山等人。這麼多糧食運走，自然是要讓幾個自己人跟著回去看著才放心。

等到一月時限的最後一日，南溪獨自回到朝陽城。

想著天色尚早，她便先去了東城的保安藥鋪。才剛到東城什邡街，街上的商人、小販便熱情地同她打著招呼。

南溪未做他想，與眾人點頭示意後，抬腳進了藥鋪。

青鳶第一個見到她，興奮地飛奔過來。「姑娘，您回來了？」

就連一向表現穩重的林靜之都有些激動地站起了身。

南溪伸手扶住青鳶差點剎不住腳的身子，不解地瞅著他倆。「我這次不過才離開三日，你們這麼激動做甚？」以前離開十天半月也沒見他們這麼激動過呀！

青鳶眼睛亮晶晶地望著她。「姑娘您剛回來還不知道，您向戶部獻了二十幾車糧食的事已經傳遍了朝陽城大街小巷，大家都說您大仁大義，乃當代女中豪傑！」

南溪聽完，只是挑了挑眉。「誰傳出去的？」

青鳶咧著小嘴笑。「是戶部的衙差傳出來的，說什邡街保安藥鋪的南大夫向朝廷獻了幾十車的糧。」

南溪走到自己診桌的位置坐下，纖細白皙的手指一點一點地敲擊在桌面上。

這倒是意外之喜，如此一來，嘉禾帝若再想像上次那樣把她的功勞抹去便沒那麼容易了，畢竟就連民眾都知道她捐了那麼多的糧。

兩日後，戶部的左右侍郎親自把赦免金牌以及一道明黃聖旨送來保安藥鋪。

聖旨就是賜一枚她赦免金牌的聖旨，並無其他贅述。

送走兩位侍郎後，南溪看著手裡的聖旨，紅唇緊抿。

嘉禾帝居然不宣她進宮覲見，而是直接把赦免金牌送來藥鋪給她，這讓她如何提出自己的要求？嘉禾帝絕對是故意的！

藥鋪裡的其他人等到傳旨的人都離開後，皆是一臉激動地圍在南溪身邊，盯著她手裡的聖旨兩眼放光。

齊掌櫃撫著鬍鬚感嘆。「想不到老朽在有生之年還能親眼見到聖旨，真是托姑娘的福啊！」

青鳶雙手捧在胸前。「原來聖旨長這個樣子。」

一旁的林靜之雖未說話，但看向聖旨的激動眼神，足以說明他心中所想。

南溪見他們如此在意這張聖旨，乾脆把它塞到齊掌櫃手裡。「給你們慢慢看，看完記得幫我找個盒子收起來。」

心情不太美麗的南溪提前離開了藥鋪，一人慢悠悠走在喧譁的街道上，想著接下來又該如何。

要不再夜探一次皇宮？反正她現在有赦免金牌，就算被抓到也不會死。可萬一嘉禾帝抓她下天牢，關她一輩子怎麼辦？

就在她天馬行空胡思亂想之際，一個小乞丐撞上了她，隨後快速跑開。南溪趕忙把手摸向腰際——果然，荷包不見了！

她大喊一聲「站住」，抬腳就朝小乞丐跑的方向追去。

追了小乞丐兩條街後，南溪終於在一個死胡同裡堵住了人。她指著小乞丐，呼吸有些不勻地開口。「你……快把荷包還給我！」

誰知小乞丐卻是朝她詭異一笑，隨後，七、八個乞丐忽然出現在她身後，個個臉上都帶著猥瑣，一步一步朝她逼近。

南溪黛眉一擰，已經看出今日之事不簡單。

大眼瞥向那些逼近的乞丐，她扭了扭手腕，正準備活動一下筋骨，卻在這時一陣風吹來，一股濃濃的酸臭味竄入她的鼻尖，差點讓她乾嘔。

這些乞丐身上也太臭了，她可不想讓自己的手腳碰到這些臭東西！

她乾脆從懷裡掏出一個瓷瓶，屏住呼吸打開，把瓶裡的藥粉往那些乞丐身上撒去，然後腳尖一點，使出輕功快速離開胡同。

一炷香後，劉全帶著兩個手下出現在胡同裡。看著地上七倒八歪的乞丐，劉全狠狠踢了就近的一個乞丐一腳。

「一群廢物！」

他帶來的其中一個手下懂些醫理，只見他走到一個乞丐身旁蹲下，翻了翻他的眼皮，又用兩指探了探他的脈搏，站起身對劉全道：「老大，這些乞丐沒死，但也醒不過來。」

劉全瞥他一眼。「什麼意思？」

「他們中了迷幻香，如果沒有解藥，將永遠困在自己臆想出的夢境裡，直到餓死。」

劉全扯出一抹冷笑。「死了便死了吧！」

南溪甫一回到南府，就趕忙讓青荷去燒水，她要沐浴。

剛從菜園子出來的王屠夫，看到她一臉陰鬱地回二進院，腳步一轉，就跟了上去。「姑娘。」

南溪回頭。「王伯有事？」

王屠夫一臉鄭重地問道：「可是出了什麼事？」

她擺擺手。「無事，就是回來的路上碰到幾隻噁心的蟲子。」

王屠夫頓了頓，開口。「姑娘近日出門，把趙山他們帶上吧！」

南溪一愣，一雙大眼睛疑惑地看著他。「王伯此話是何意？」

王屠夫思考了半晌，才開口說道：「那個楓城城主不是好人，姑娘見到他要小心。」

她眨著疑惑的眼睛。「我與那位楓城城主並不相識，王伯為何要這樣說？」

王屠夫垂眸道：「這人兩面三刀，陰險毒辣，姑娘得了他想要的赦免金牌，他必然會懷恨在心，於暗中使壞……」

南溪一雙眼睛緊盯著王屠夫。「王伯似乎很了解他？」

「屬下曾經在楓城待過一段時間，所以知道他的為人。」

南溪聽了卻是眼睛一亮。「王伯十幾年前在楓城待過？那你知不知道前楓城城主南楓？」

王屠夫倏地抬眸看向南溪。「姑娘知道南楓？」

「嗯嗯。」南溪點頭如搗蒜。「他是我阿爹。」

原來，少主已經知道自己的身世了，那他……

王屠夫突然一臉正色地對南溪道：「姑娘，屬下有事相告，請移步說話。」

南溪一怔，隨即轉身。「跟我來。」

稍許，兩人來到二進院膳房，王屠夫把門關好後，來到南溪面前，單膝跪地。

「暗衛王盾，參見少主！」

南溪先是下意識後退一步，連忙抬手去扶他起來。「王伯，你這是做什麼，便是有事，也起來再說。」

王屠夫反手扣住她的手臂，抬起頭看著她，眼底有晶瑩在閃爍。

「姑娘，屬下曾是您父親南楓身邊的暗衛，直到……」

小半炷香後，南溪坐在桌旁，一臉複雜地看著王屠夫。

「所以，你是因為我們母女才去桃花村？」

怪不得他明明是她師父，卻總不願與她師徒相稱。

忽然，她像是想到了什麼，美眸一凝。「你剛才說，我父親是被南郁害死的？」

王屠夫沈著臉點頭。「屬下這些年一直在查當年出賣主子的人是誰，直到去年底，才終於查出南郁就是當年的內賊。」

南溪想到景鈺查到的那些事情，一臉鄭重地問王屠夫。「王伯，我阿爹當年對朝廷當真存了異心嗎？」

王屠夫垂下頭。「楓城在六十年前本就是一個不受朝廷管制的自由城，城裡的百姓只奉城主為主。只是後來朝廷派人進入楓城，楓城城主的權力才慢慢被削弱。主子當年也只是想讓楓城變回以前的楓城。」

南溪了悟，南楓想像以前那樣單獨做，所以開始私屯兵馬，擴充楓城實力，卻不想被身邊內賊出賣。所以朝廷就先一步派大軍把楓城包圍，這才發生了後面城主府大火的事情。

「王伯，當年城主府的那場大火是怎麼回事？為什麼那麼多人都沒有逃出來？」

想起當晚的慘烈，王屠夫瞬間就紅了眼。

「是內賊與朝廷的人裡應外合。他們先是在水裡下了迷藥，讓所有人當晚都陷入了沈睡，然後再在城主府各處潑上火油引火。就連不受迷藥影響的近百名暗衛也被那些放火的蒙面人放冷箭，等到屬下衝去內院救主子的時候，內院早已是一片火海……」

南溪眉頭一皺。那麼大的火，阿娘又是如何逃出來的呢？

她眼眸微眯。「這麼說的話，這個南郇豈不是我的殺父仇人？」

還有嘉禾帝！怪不得嘉禾帝那麼不待見她，試問誰會待見一個有可能會找他報仇的人？

王屠夫抬頭看她。「南郇，屬下會去殺，姑娘只管好好在藥鋪治病救人。」

南溪一愣。「王伯……」

王屠夫垂首。「以前，夫人之所以瞞著姑娘的身世，便是希望您活得無憂無慮，不被仇恨所擾。」

當然，也是因為她的仇人是一國之君，只憑她一人根本就無法報仇。

南溪斂著眼眸，淡漠開口。「殺父仇人就在近前，豈有不手刃之理？」

雖說她對南楓這個從未見過面的父親沒感情，但他始終是「南溪」的父親。她不能殺嘉禾帝，難道還不能殺一個兩面三刀、陰險毒辣的小人嗎？

王屠夫試圖勸說。「可是姑娘……」

南溪卻抬手阻止他。「王伯放心，我有分寸。」

她會等到南郇離開朝陽城後再動手，如此，嘉禾帝便不會懷疑到她身上。不過，今日之事若當真是南郇派人做的，那她定是要禮尚往來回敬一番的。

夜晚，南溪穿上男裝，戴上一個普通面具，來到在夜間最熱鬧的蒲柳街。

這條蒲柳街，是南城有名的煙花之所，也是許多男人流連忘返的胭脂窟。

她站在街頭觀看了一會兒，才搖著摺扇，進了一家門面裝飾得最好的伶院。

隔日，天色將黑之時，一群打扮得花枝招展的鶯鶯燕燕從南城嬉笑打鬧地去了東城的驛館。

一些路人好奇，乾脆跟在她們身後去瞧熱鬧。

驛館的駐兵見來了這麼多女子，連忙拔出佩刀攔在門口。

「爾等何人？竟敢在驛館門口放肆！」

就見一個穿著紫裙，一顰一笑都透著嫵媚的女子，扭著小腰走到駐兵跟前，吐氣如蘭地開口——

「兵爺，我們姊妹可是來伺候住在這驛館裡的大人的，你攔住我們一刻，裡面的大人可就少快活了一刻，到時裡面的大人怪罪下來，你們可吃得起？」

其中一個駐兵聽完，一聲怒吼。「放肆，誰給妳們的膽子，竟敢誣衊朝廷命官！」

黎國有律例，為官者禁止嫖娼，雖然有些官員也會偷偷去尋花問柳，卻從未有人敢如此明目張膽地召妓，這一看，就是有人在暗地裡使壞！

第七十六章

紫裙女子絲毫不慌，只見她翹起蘭花指，虛掩著紅唇，聲音酥軟地開口。「哎喲，兵爺便是再借奴家一百個膽子，奴家也不敢誣衊朝廷命官呀！實話跟您說吧，奴家和姊妹們不是裡面的大人叫來的，而是一位貴公子出了銀錢，讓我們來好好伺候裡面的大人的。那位貴公子說了，大人不能去伶院，去了就是嫖娼，所以才讓我們主動來驛館伺候。這樣，大人便不是嫖娼，因為他並沒有去伶院。」

「強詞奪理！還不速速離去！」

「哎喲兵爺，咱們都已經收了那位公子的銀錢，可不好不辦事。要不，您把裡面的大人請出來瞧瞧我們這些姊妹，看他要不要把咱們留下？」

兩個駐兵對視一眼，其中一人竟當真收了刀進去請人。

南郇在裡面早就聽到了消息，在駐兵進入館內之時，他正好帶著劉全等人從樓上下來。他越過駐兵，直接走到驛館門口，一雙陰沈的狐狸眼從外面一群人身上掃過，最後才把目光放在近前的紫裙女子身上。

紫裙女子見他出來，連忙掏出腰間的絲帕，扭著小腰，搖著帕子上前。

「呀，您就是住在這裡面的大人吧？昨夜有位公子出了高價讓奴家等人來伺候您，您看是讓奴家進去還是……」

南郇自然不可能讓這些殘花敗柳進入驛館。他之所以出來，是想弄清楚這女人口中的公子是誰。

「妳口中的那位公子長什麼模樣？」

紫裙女子搖著手帕笑道：「昨夜，那位公子戴著一副面具，奴家沒瞧見他長什麼模樣。」

聞著女子身上廉價的脂粉味，南郇厭惡地皺了皺眉。

「他身形如何？戴的又是什麼樣的面具？」

「我說大人，奴家是收了銀錢來伺候您的，您若不願我們姊妹伺候，我們離開便是，您擱這像審問犯人一樣的審問奴家是何意？」紫裙女子不高興地甩著手帕轉身，招呼著其他姊妹。「姊妹們，既然大人不願咱們伺候，咱們便回吧！那些看熱鬧的，都散了散了。」

南郇感覺自己被耍了，給了劉全一個眼神，劉全隨即悄悄跟了上去。

到了晚上，劉全回來。「主子，屬下去問過了，那人戴的是再普通不過的面具，身形偏瘦小，留下一袋銀錢讓那些女人今日來驛館找您便離開了伶院。」

南郇隔著衣袖撓手臂，一雙狐狸眼陰沈得嚇人。

「這人故意讓這些妓女來驛館鬧這一齣，究竟是何目的？」

劉全低著頭不出聲，因為他也猜不出。

「行了，你且先下去。」

南郇的心情很煩躁。他這次來朝陽城，本就是衝著赦免金牌來的，沒想到會被一個藥鋪的小丫頭片子截了胡。

今日，更是冒出一個莫名其妙的面具男來戲耍他！

越想心裡就越煩躁，越煩燥身上就越癢，他先是忍不住撓手臂，後來又開始撓胸撓後背撓全身，結果越撓越癢，越癢越撓……

直到他把全身都撓破了皮，才終於意識到自己有可能是中毒了。

在腦海裡把可疑的東西與可疑人物都過濾了一遍之後，南郇最終鎖定了白日裡的那個紫裙女子。

因為那女人曾把手帕上的脂粉甩到他的鼻尖，現在想來，那並不是什麼脂粉，而是毒粉！

只是，當他再派劉全去伶院捉人的時候，那位紫裙女子早已離開伶院，不知去向。

保安藥鋪內，南溪正在跟一位病人看診，一個五大三粗的壯漢剛跨進藥鋪門檻就扯著嗓子大聲問：「南大夫在不在？」

她抬起頭看向來人。「找我何事？」

劉全上下打量了她一眼，隨後來到診桌前，抱拳道：「南大夫，請隨我走一趟驛館，給我家主子瞧病。」

南溪低下頭，一邊為病人寫藥方一邊問：「不知你家主子得的是什麼病？」

劉全抓著腦袋。「反正跟我去驛館看看就知道了。」

把藥方拿給病人去藥臺抓藥後，南溪才慢條斯理地揹上醫箱，跟著劉全去了驛館。

驛館二樓的一間房屋裡，南郇一身褻衣躺在床上，在他的臉上跟露出的手腕上，留著條條被撓過的紅痕。

當南溪被劉全引進房間，看到床上滿臉紅痕的中年男人時，嘴角幾不可見地勾了勾。

劉全是真關心自家主子的身體，他把南溪領到床前，焦急道：「妳快給我主子看看，他這個病該怎麼治？」

「莫急，我先看看。」南溪裝模作樣地打開醫箱，並從裡面拿出一根比她手指還長的銀針，然後對著南郇的手背就是一扎。

「嘶！」

被瘙癢折磨了一宿的南郇好不容易得以消停一會兒，就又被南溪這一針給徹底扎醒，一雙狐狸眼死死地盯著南溪，就好像要扒了她的皮一樣。

南溪恍若不知，把銀針從手背上取出來後，一本正經地觀察著上面的血跡。然後，就見她瞪著眼睛，驚道：「哎呀，這位大人是中了毒！」

「南大夫可有解毒之法？」南郇咬牙，雙手緊捏成拳，忍著身上如蚊蟲叮咬般的癢意。

「像這種類似癢癢粉的毒是沒有解藥的。」南溪慢條斯理把銀針收回醫箱，然後又慢條斯理說道：「大人只要穩住一個時辰不去撓它，自然就會不治而癒。」

竟要忍一個時辰?! 南郇咬了咬牙，吩咐劉全。「去找根繩子來。」

「是。」

就在劉全找來繩子把南郇的雙手反捆好後，南溪淡定伸出一隻白瑩瑩的小手。

「出診費二兩銀子，麻煩付一下。」

南郇本來有很多疑問要在南溪身上找答案，但他現在被身上的癢意折磨得實在沒有多餘精力試探，只好眼看著南溪拿了診費，大搖大擺地離開。

南溪走出驛館，回頭看向東側二樓的方向，緩緩扯出一抹冷笑。

她製作的癢癢粉當然有解藥，可她就是不給，要讓南郇好好享受癢癢粉的威力。

入夜，她用過晚飯回到自己房間，拿出曾經畫的皇宮地形圖，仔細研究，然後又拿起炭筆把幾處已經去過的宮殿劃掉。

月黑風高夜，最適合飛簷走壁。

南溪如鴻雁般從西城飛到北城，再從北城飛進皇宮。

悄聲經過幾處宮殿後，她直奔今晚的目標——西側的一座廢棄宮殿。

然而她還是失望了，那裡面只有幾個瘋瘋癲癲的老宮女。

沒關係，她今晚的目標有三個，再去下一個目標，南側一座偏僻的宮殿。

那裡面住的都是些不受寵的妃嬪。

南溪悄聲來到最後一座，只看外表就覺得十分蕭條的宮殿。

她雙腳剛落在地上，就看到一隊禁衛軍正好過來換班。看著兩隊禁衛軍交接好班，一隊離開，一隊如門神一般地站在宮殿門口後，不知為何，南溪的心開始怦怦直跳。

這宮殿裡會不會有阿娘？

抬頭望了望差不多三丈高的宮牆，南溪找了個隱蔽地方，提起一口氣飛上去。飛身進到宮牆內，卻不小心踩到了什麼東西，腳下發出了一陣輕微聲響，南溪心中一驚，連忙就地蹲下，然後她發現，這周邊都種著蔬菜。

蔬菜？誰會在皇宮裡種蔬菜?!

南溪心裡越發激動。是阿娘，一定是阿娘！

在原地蹲了一會兒，她便快速朝內殿方向奔去，抽出短刃，小心把裡面的門栓推開，再輕輕把宮門推開一條縫，快速閃身進去。

「誰？」

剛進到內殿，裡面便傳出來一聲嬌呵。

南溪聽到卻是後背一僵，只見她慢慢轉過身來，淚眼朦朧地望著那個站在不遠處，舉著燭臺的素衣女人，哽咽出聲。「阿……娘……」

看清南溪的容貌時，錦娘驚得鬆了舉燭臺的手。還好南溪反應快，一把接住即將落地的燭臺。

錦娘雙手捂住嘴巴，任眼淚嘩啦嘩啦地流。她簡直不敢相信自己的眼睛！

「溪……兒？」

南溪把燭臺放到一邊，抬手擦掉臉上的眼淚，卻發現怎麼也擦不完。她走到錦娘面前。「阿娘，是我！」

「溪兒！」錦娘淚流滿面地一把抱住她，身子壓抑地顫抖。

「阿娘，阿娘……」南溪也緊緊回抱著錦娘，聲音沙啞，一遍一遍喚著。

分別了九個春秋的母女，在這晚相擁而泣。

半炷香後，母女倆的情緒稍微平復下來。

錦娘這才想起來問：「妳是怎麼潛入皇宮的？」

南溪把懷裡的地圖拿給她看，並告訴她，自己之前還來過一次，卻被錦娘沈下臉來斥責。「胡鬧！妳知不知道皇宮裡有多少禁衛軍和御林軍？妳怎麼就敢以身犯險！」

南溪撇著嘴巴撒嬌。「阿娘，我只是想來找妳，而且我都有提前做攻略，不會那麼容易被發現的。」

錦娘雖然氣她太過莽撞，但也捨不得真生她的氣，只嘆了口氣問道：「妳這些年都是怎麼過的？可有餓著凍著的時候？」

南溪自然是報喜不報憂。「您走後，桃花村的叔伯嬸娘都很照顧我，牙嬸每年都給我做新衣服，秦叔每次打獵回來都會把獵物分我一份，還有師父他們每年都幫我種地收糧……」

錦娘聽著她講述桃花村的人是如何照顧她，心中既欣慰又感激。她就知道村長他們不會虧待南溪。

南溪說完自己的事，拉著錦娘的手關心問：「阿娘妳呢？妳這些年過得好不好？嘉禾帝有沒有為難妳？」

錦娘抬手把她攬在懷裡。「阿娘過得很好。」

南溪雙手環抱住錦娘的腰，把頭靠在她的肩上，道：「阿娘騙人，妳被困在這裡面，怎麼可能會過得很好，妳看妳的腰都這麼細了。」

錦娘偏著頭與女兒相依。「阿娘沒騙妳，除了不能走出這座宮殿，皇帝在其他地方並沒有為難我。」

南溪猛地抬起頭。「阿娘，我帶妳出宮，好不好？」

她剛剛問過胖豆芽，衍生空間可不可以裝活物，胖豆芽說可以！

錦娘卻搖頭，憐愛地看著南溪。「妳帶著阿娘，只會扯妳的後腿，再者，就算妳我僥倖逃出皇宮，之後呢？我們走了，那些跟妳我相關的人又該怎麼辦？皇帝會不會拿他們來出氣？」

「我有讓阿娘平白消失在皇宮的法子，這樣嘉禾帝就沒有理由遷怒和怪罪無辜的人了！」

錦娘還是搖頭，抬手輕撫著南溪的頭髮。「溪兒，阿娘不想再躲，也不願再逃避了，我願意一輩子待在這裡，只要妳好好的！」

她不想自己的女兒跟她頭幾年一樣，過那種躲躲藏藏、提心吊膽的生活。如今這樣，雖然母女難相見，但至少溪兒不用再躲躲藏藏。

而且以她對端木華的了解，只要她還在皇宮，只要溪兒不謀反，他便會睜一隻眼閉一隻眼地讓溪兒好好活下去。

所以，她更不能跟溪兒走。

南溪想要勸她。「可是阿娘——」

錦娘打斷她的話，一臉鄭重地叮囑道：「溪兒，記住阿娘的話，不可以做出對黎國不利的事情，更不可以謀反，知道嗎？」

「啊？」南溪一時有些傻愣愣的。娘啊，咱不是在說出宮的事嗎？怎麼就扯到謀反上去了？況且，謀反？她沒那個本事啊！

錦娘慈愛地看著她。「溪兒長大了，要懂得自己判斷這世間的是與非，若是以後有人利用妳的身世來蠱惑妳報仇，妳千萬不要上當，知道嗎？」

南溪眨著眼點頭。既然阿娘先提到了她的身世，那她是不是可以問一下當年……

然而，還沒等到她開口詢問，錦娘便已經開始自顧說起了她的身世。

「以前妳小，阿娘怕妳藏不住話，便一直不敢告訴妳，關於妳親生父親的事。現在妳已經長大，有些事情也是該讓妳知道了。」

「阿娘妳說。」南溪坐直身子，一臉認真地望著錦娘。

錦娘目光遠眺，開始回憶起往事。

「那年，我因為一些事情，不願待在皇宮裡，所以總是喬裝偷溜出宮。也因此在機緣巧合之下，結識了來朝陽城面聖的楓城城主——南楓。彼時他還不知道我是錦央公主，只以為我是一個偷溜出府玩的閨閣小姐，看到有『家丁』來捉我回去，他總會幫我把人引開。就這樣，我們越來越熟悉，而我也在不知不覺中對他傾心。當時，我天真地以為與他乃是天作之合，母后知道後一定會同意。

「卻沒想到，我回宮告知母后後，她竟怒斥我一頓，並把我關了禁閉。我這才知道，原來母后和皇兄一直想要削去南楓的城主之位……我那時一整顆心都在南楓身上，哪裡聽得進母后的話，便遣我的貼身宮女紅棗偷偷出去找南楓，讓他小心。

「卻沒想到紅棗再回宮時，竟把男扮女裝的南楓帶進了宮。當時我既擔心他的安危，又感動他竟肯為了我冒死進宮。所以，當他問我可願捨棄皇宮裡的榮華，與他比翼雙飛的時候，我想都沒想就答應了。後來，他便給了我一顆藥丸，讓我找個機會詐死。我照做了……等到我再次睜開眼睛的時候，已經在回楓城的路上。那時候，我並沒有細想他是如何把我弄出皇宮的，只一心想著與他雙宿雙飛。

「直至到了楓城，我們拜堂成親時，母后派人給我送來一封信，我這才知道，他竟是用我威脅母后，讓母后不得不去求皇兄放他回楓城。也是在這時，我才發現他並不如表面那般溫柔和善。可那又怎麼樣呢？我愛他啊，我願意嫁雞隨雞，而他在婚後也一直把我捧在手心，這讓我更加堅定了自己的選擇。可半年後，母后病逝的消息從朝陽城傳來，隨即皇兄便派了大軍來包圍楓城，我這才知道，原來南楓一直在私底下招兵買馬。他想獨立楓城，想讓楓城不再受黎國朝廷的管轄……」

錦娘陷入了回憶裡，眼眶裡的晶瑩在燭光下，閃閃爍爍。

南溪像一個認真聽故事的乖寶寶。「後來呢？」

「後來，我勸他收手，他不聽，我便一氣之下離開了城主府，去了一位友人家裡借住。卻沒想到，這竟是我與他的永別！」

當晚，城主府就燃起了大火，等她趕回去的時候，她的家早已變成一片火海！

錦娘拭掉眼角的淚珠。「後來……城主府被燒成灰燼，城外的大軍破城門而入，他們用最快的速度控制住了楓城動亂，安撫好百姓。而我為了不連累友人，選擇一個人偷偷離開楓城。」

慶幸的是，她出了楓城沒多遠便遇到了外出辦事的虛無子，後來便跟著虛無子到了桃花村。

南溪眨眨眼。「所以，我阿爹是一個有野心的城主？」

她本想說是逆賊，但想了想這樣說自己的親爹好像不太好，話到嘴邊又連忙改了口。

錦娘嘆息。「妳阿爹心中有丘壑，只是黎國的疆土，怎能讓他分化……」

南溪輕蹙眉頭。「阿娘擔心我受人蠱惑，去找當今的皇帝報仇。這個可能會蠱惑我的人，阿娘是指王伯嗎？」

錦娘看著她，輕輕點頭。「王盾是妳阿爹的暗衛之一，阿娘不知道他是如何逃出來的，但他對妳阿爹的忠心毋庸置疑，所以，阿娘才擔心他會誤導妳以卵擊石。」

第七十七章

南溪反握住她的手。

「阿娘放心，王伯沒有誤導我，甚至他在查出當年放火的內賊是誰後，為了讓我過個好年，自己偷偷跑去刺殺那個內賊，結果差點回不來……」

這也是王屠夫向她坦白身分後，她才得知的。

「內賊？」錦娘美目圓瞠。「是誰？」

「南郇，現在的楓城城主。」

南溪把王屠夫調查到的事情簡單的跟錦娘說了一遍。最後，她想了想，說道：「阿娘，妳讓我自己明辨是非，我覺得南郇該殺。」

嗡——嗡——

母女倆談話間，宮殿外傳來了皇帝早朝的鐘聲，不知不覺，外面的天竟已經開始矇矇亮了。

錦娘一下就慌了。「天怎麼這麼快就亮了？」

天亮後，溪兒的處境只會更加危險！

南溪卻是不慌，安撫道：「阿娘莫慌，溪兒今日就在這裡陪妳，待到天黑再離開。」

錦娘點點頭。「如今，也只能如此了。」

於是，當柳兒來宮殿送飯的時候，發現錦娘竟破天荒地晚起了。

看著錦娘提進來的飯菜，南溪怒了。「阿娘還說嘉禾帝沒有為難妳，妳看看他都給妳吃的什麼！」

一碗稀得不能再稀的稀粥，一碟清水煮的青菜！

「以前不是這樣的，只是現下朝廷缺糧，皇帝才下了旨讓所有宮殿吃一月的粥。」錦娘把粥和青菜都推到南溪面前。「吃吧！」

「阿娘妳等著，溪兒去給妳做好吃的。」說完，南溪就起身去了寢殿。

疑惑的錦娘隨後也進了寢殿，卻發現南溪躺在她的床上睡著了。

這孩子，竟睏得沾床就睡。

錦娘走過去，把薄被扯開為她蓋上，然後又回到外面，把粥和青菜都收進食盒裡，等著南溪醒了再吃。

半炷香後，錦娘打發走了來取食盒的柳兒，剛關好殿門轉身，就看到南溪端著一盤魚香肉絲、一盤熗白菜出現在殿內，桌上還放著兩碗熱氣騰騰的白米飯。

她驚訝得張大嘴巴。

「溪兒，這……」些東西都是從哪兒來的？

南溪放下手中盤子，瞬間又有兩雙筷子出現在手裡。

「阿娘，快過來吃飯，吃完飯，我慢慢跟妳解釋。」

錦娘走過來，看著桌上的碗筷，有些遲疑地開口。「這盤子、這碗，怎麼看著如此熟悉？」

南溪把她摁到凳子上坐下，自己也走到對面坐下來後，才一臉笑嘻嘻地道：「阿娘快吃飯，吃完飯溪兒帶妳去一個地方！」

錦娘這才拿起筷子，動作優雅地進食，因為她迫不及待地想要知道眼前這一幕到底是怎麼回事。

半炷香後，南溪收了盤子碗筷，牽著錦娘的手來到寢殿，對她說：「阿娘，妳先閉上眼睛。」

錦娘隨即閉上雙眼，感覺一陣輕微的晃動後，就聽到南溪在她耳邊說：「阿娘，可以睜開眼睛了。」

錦娘緩緩睜開眼睛，然而眼前的一幕卻讓她猶如置身在夢中。

「我是在作夢嗎？不然我怎麼會出現在桃花村的家裡！」

南溪笑咪咪看著她。「妳不是在作夢，阿娘，我們其實是在一個與桃花村一模一樣的小空間裡，這裡的一切都與桃花村相差無二。」

錦娘聽得似懂非懂，抓住南溪的手。「那我們現在是出皇宮了嗎？不行，溪兒，妳快送我回去！」

「我們沒有出皇宮。」

南溪耐心的跟她解釋，直到錦娘完全弄懂。

「所以，妳可以隨時進入這裡面來？」

「嗯。」她點頭。「我的意識和我的身體都可以進入這裡面，我還可以在這裡面養雞養鴨，種莊稼……」

錦娘似是想要說什麼，又有些欲言又止。

南溪見了，偏著頭看她。「阿娘想要說什麼？」

錦娘卻搖著頭。「沒什麼。」

她本來是想，既然溪兒可以在這裡面種糧食，那她是不是也可以在這裡面隨便使用異術呢？

這樣的話，是不是就可以幫助朝廷籌集糧食了？可隨即便打消了這個念頭。她不能拿溪兒的秘密來冒險，穩固黎國江山固然重要，但溪兒更重要。

糧食的事，還是讓端木華自己去操心吧！

她卻不知，南溪早已向朝廷獻了糧，還得了一塊赦免金牌。

「阿娘，我帶妳去後院看看，妳挖回來的橘子樹已經長得又高又壯了。」

南溪挽著錦娘的手，帶她去後院。

錦娘跟著她的腳步，笑意濃濃。「是嗎？那妳種的那些草莓苗還在嗎？」

「在呢，我後來還在後院栽了繡球花與石竹花，那花開得可漂亮了……」

南溪此時就像一隻小鳥，嘰嘰喳喳地說個不停。錦娘卻不覺得聒噪，反而覺得她的聲音是那麼美妙動聽，怎麼也聽不夠。

母女倆來到後院，南溪興奮地指著那棵橘子樹。「阿娘妳看，桃花村的橘子樹就跟這棵長得一模一樣。」然後又指著菜地。「妳看，那邊是我後來栽種的草藥，這邊的繡球花已經自己生出這麼多啦……」

看著眼前熟悉又陌生的一切，錦娘眼含晶瑩。

「溪兒，阿娘還想回屋裡看看。」

「嗯，好。」南溪帶著錦娘回到前院，推開了堂屋的大門。

看著裡面熟悉的景物，錦娘眼裡的晶瑩溢出了眼眶，隨後，她又轉身推開了自己臥房門走進去。

裡面的東西基本都還是她當初離開時的模樣，只是床上多了一個枕頭。

南溪跟在她後面解釋。「我有時候想妳了，便來妳房間，抱著妳睡過的枕頭睡覺。」

錦娘轉過身，抬手撫上南溪的臉頰，紅著眼眶道：「傻孩子！」

南溪伸手覆在她的手背上，用臉頰蹭她手心。「傻也是阿娘生的。」

錦娘破涕而笑。「對，再傻也是阿娘生的。」

因為擔心會被守在外面的禁衛軍發現她失蹤，錦娘只在空間裡待了一小會兒，便讓南溪送她出來。

回到寢殿，錦娘眼中帶淚地笑道：「我還以為這輩子都不可能再回到桃花村了……」

南溪握住她的手。「阿娘……」

錦娘輕輕一笑。「阿娘已經知足了。」

之後，母女倆一直待在寢殿裡，說著體己話。

青鳶站在南溪房門前，敲了許久的門也沒見裡面有動靜，正準備端著水盆轉身離開，卻發現房門開了一條小縫。

她沒做他想，輕推開房門就走了進去。「姑娘，奴婢給您端熱水來了。」

抬腳進入裡室，卻發現床上並沒有人睡過的痕跡。

她心中一驚。

姑娘不見了?!

青鳶連忙放下水盆跑出去找王屠夫。

彼時，王屠夫正要出府，卻聽身後傳來青鳶急切的聲音。「王伯，奴婢有話要說。」

王屠夫沒等她走近，便先一步來到她跟前。「出了何事？」

青鳶同一般的小姑娘一樣，也害怕他那張傷痕交錯的臉，以前每次見到他都不敢大聲說話，看見他就躲，這次卻主動叫住他，一看就知道是出了什麼事。

青鳶不敢看他的臉，小聲又焦急地道：「姑娘不見了！」

王屠夫聞言，神色一厲。「說清楚。」

青鳶趕緊低頭道：「奴婢剛才端著熱水去叫姑娘起床，見房門沒有鎖，便推門進去，結果發現姑娘的床上，被褥折疊整齊，並沒有睡過的痕跡……」

「帶我去看看。」王屠夫當即便抬腳去了二進院。

在房間裡檢查一番後，王屠夫推測出南溪應該是自己在昨夜離開的，只是不知為何到現在都還沒有回來。

他吩咐青鳶不要聲張，自己出去打探消息。

晌午，宮女柳兒再次來宮殿送飯，卻被門口的禁衛軍攔住並囑咐了幾句話。

片刻之後，柳兒從裡面出來，先前攔住她的那個禁衛軍連忙把她拉到一邊詢問。「怎麼樣？」

裡面那位主子今日有些反常，可他們又不敢貿然衝進去察看，才讓柳兒借著進去送飯的機會，四處觀察一番。

柳兒搖頭。「宮殿裡沒有異常，夫人也沒有生病。」

禁衛軍疑惑低喃。「那她今日為何一整日都待在宮殿裡不出來？」

「許是昨日翻土又除草，累到了。」

禁衛軍想想，覺得也有道理，便擺手讓她離開。

宮殿裡，南溪同樣像早晨那樣去空間裡做了飯菜端出來，並把柳兒送來的飯菜倒進了空間裡的糞池。

「阿娘，吃飯。」

錦娘接過她遞來的筷子，柔聲道：「我在寢殿裡待了半日未出去，門外的禁衛軍已經起了疑心，待會兒妳在阿娘床上好好睡一覺，阿娘去院子裡除草，做做樣子。」

南溪點點頭。「知道了，阿娘。」

下午，錦娘出去院子裡除草，南溪躺在她的床上，用意識進入空間，把裡面的各種水果都催熟摘下，然後又去廚房裡磨麵粉與烙餅。

等到夜色再次來臨，南溪從空間裡拿出來一筐水果和一筲箕烙餅。

「阿娘，這些都是給妳解饞的！」

從除完草回來便一直守在她身邊的錦娘，看著她拿出的這些東西，又是感動又是有些哭笑不得。

「這麼多水果和烙餅，阿娘一個人哪裡吃得完？」

對啊，如今天氣逐漸暖和起來，水果和烙餅都禁不起存放，這萬一爛了、發黴了，阿娘處理起來也會很麻煩。

南溪抓著腦袋。「那阿娘喜歡哪種水果，多拿一點，挑剩下的我再收回空間。」

「好。」錦娘笑著拿來一個果盤，開始挑揀筐子裡的水果。

南溪蹲在筐子旁邊幫著她一起挑選，很快地，果盤就裝不下了。南溪見此，又從空間裡取了一個提籃出來，繼續挑揀水果。

錦娘忙伸手阻止她。「溪兒，可以了，阿娘吃不了那麼多。」

「哦。」南溪很遺憾地把剩下的都收回了空間。

水果挑好後，錦娘又找來一個盤子，裝了幾塊烙餅，隨後母女倆便開始依依惜別。

「阿娘，我下次再來看妳。」

雖然聽到這句話很高興，但錦娘還是搖頭。「溪兒聽話，別再夜闖皇宮，不要讓阿娘擔心，好嗎？」
南溪垂著腦袋，倔強地不吭聲。
錦娘嘆氣喚道：「溪兒。」
南溪抬起頭，上前一步抱住她道：「阿娘，我該走了，妳在皇宮裡要好好保重。」
錦娘回抱住她，眼淚在眼眶裡閃爍。「一定要小心。」
「嗯。」南溪鬆開她，紅著眼道：「阿娘，妳待會兒注意看西城的方向，我安全出去後會用煙火給妳報平安。咱們以後就用煙火做信號好不好？」
錦娘點頭。「好。」
南溪抬手抹了抹眼角的濕潤。「阿娘，我走了。」
錦娘淚中帶笑地點頭。「阿娘等著妳的煙火。」
南溪鼻音很重地「嗯」了一聲，然後趁著夜色悄聲離開了宮殿，一路駕輕就熟地避開巡邏值班的禁衛軍，找到一個隱蔽之處後便翻牆出宮。

南府。
青鳶在南溪房門前急得團團轉。姑娘怎麼還沒有回來？是不是出什麼事了？
剛從外面回來的王屠夫來到二進院，小聲詢問青鳶。「姑娘可有回來？」
青鳶搖頭，擔心得直跺腳。「王伯，你說姑娘是不是在外面遇到什麼事了？不然她怎麼到現在都還沒有回來？」

王屠夫蹙眉沈吟。「我去城裡城外都打探過了，今日並無什麼特別的事情發生……」

就在二人說話間，一抹黑影如大鵬展翅一般從對面屋頂上飛下。王屠夫欲上前交手，卻發現黑影正是失蹤了一天一夜的南溪。

「姑娘？」

青鳶聽到王屠夫這麼一喚，連忙提著裙襬跑下階梯，來到南溪跟前委屈巴巴地問道：「姑娘，您去哪兒了？擔心死奴婢了。」

已經扯下面巾的南溪來不及跟她解釋，只扭頭吩咐王屠夫。「王伯，你去庫房幫我拿一箱煙火出來，庫房如果沒有就馬上出去買，要快！」

「是。」王屠夫轉身就去辦事。

待王屠夫走後，青鳶不解地問道：「姑娘，您要煙火做什麼呀？」

「煙火自然是拿來放的。去幫我準備熱水，我要沐浴。」南溪抬腳回了自己屋裡。

「是。」青鳶不再多問，轉身下去備水。

很快，王屠夫便從庫房的角落裡找到一箱煙火，並帶到二進院來。

南溪一身黑衣都還沒來得及換下，便拿著火摺子出了屋子。

皇宮裡，自南溪離開後，錦娘就一直站在內殿門口，雙手合十地仰首望著西城方向。直到一抹絢麗衝上西方的夜空，她一直懸掛著的心才驟然落地。

這日，北城街道上吹吹打打，好不熱鬧。

跟著劉青來北城視察第三家包子鋪的南溪，被看熱鬧的人群擠到路邊。劉青伸手護住她的同時也疑惑出聲。「這是哪家公子娶新娘？好大的排場。」

旁邊的大叔聽了，搭話道：「你們不知道？今日可是三皇子迎娶戶部尚書府嫡四小姐為側妃的大喜日子。」

「原來是天家的喜事。」劉青笑著朝大叔拱手。「多謝老哥告知！」

大叔不在意地擺擺手，繼續翹首瞧熱鬧。

劉青轉頭看向南溪，見她正踮著腳、伸長脖子在那裡瞧，不由打趣道：「原來姑娘也喜歡瞧熱鬧。」

南溪笑道：「難得碰上天家辦喜事，自然要留下來沾沾喜氣。」

「姑娘說得是。」劉青點頭，跟著她一起「沾喜氣」。

雖說是天家的喜事，但由於三皇子娶的是側妃，因此迎親排場也只是比一般人家隆重了那麼一點點。

當新娘的花轎經過他們的眼前後，南溪便轉身跟著劉青去了新包子鋪。

新包子鋪就開在北城的義勇街街頭，那裡是個十字街頭，位置很好，當然，租金也不便宜。店面比之前兩家要小一些，不過外面道寬，可以擺下兩張桌子。

新鋪子的包子師傅也是劉青的徒弟，剛開張的時候，劉青同樣留在這裡坐鎮一段時間，直到新徒弟完全上手，他才做甩手掌櫃。

南溪今日到新鋪去，其實就是走個過場，畢竟她這個老闆做得比甩手掌櫃還甩手掌櫃。

半個時辰後，視察完新鋪的南溪跟劉青打了招呼便率先離開了鋪子。

義勇街的隔壁就是安平街，那條街上住的基本都是正二品官員，比如戶部尚書王謙就住在安平街。

南溪轉轉悠悠來到了尚書府的圍牆下，趁著沒人注意，縱身一躍就飛進了圍牆裡。

趁著尚書府今日宴客，守衛鬆散，她便想溜進來看看王麗芝的病情如何了。

只因，她先前雖然留下了藥方，卻不清楚王麗芝究竟會不會回復神智。因此趁著今日路過，便翻牆進來瞧瞧。

只是，王麗芝的房間裡竟是一個人也沒有。

難道王家給王麗芝換閨房了？她又去其他地方找了一圈，仍是沒有發現王麗芝的蹤影。

南溪雖然疑惑，但也沒有再繼續找下去的想法。她來到先前進來的那個地方，正準備翻牆離開，卻聽到有人往這邊走來。

她當即閃身躲到花草後方，等來人走過。

「唉……妳說四小姐也真是可憐，今日本是她出嫁的日子，卻沒想到……」

「噓！妳不要命了？」

「我就是可憐四小姐，明明是位小姐，過得卻還不如一個下人。好不容易得到一門好親事，又被老夫人硬逼著讓給了大小姐，唉……」

「人各有命，誰叫她的阿爹不是大爺，而是被人挑斷腳筋手筋，如今變成癡傻的三爺呢？」一個廢了的庶子的女兒，誰會管？

兩個粗使丫鬟抬著一張方桌從前面的拱門經過。

今日的新娘竟是王麗芝？她的病好了？

南溪從花草後面站起身，望了拱門方向一眼後，迅速翻牆離去。

第七十八章

傍晚，這段時間一直都在驛館那邊盯著的王屠夫回來向南溪彙報。

「南郇將在兩日之後離開朝陽城。」

南溪一臉神情莫測。「我知道了。」

王屠夫試探問道：「姑娘打算如何做？」

她手指叩在椅把手上，杏目微瞇。「我阿爹當初是被活活燒死的吧？」

言下之意，不言而喻。

兩日後，幾位朝臣親自把南郇送出城。

就在楓城的隊伍剛離開朝陽城不久，一輛普通得不能再普通的馬車也噠噠噠地駛出了城門。

數日後，一支幾百人的隊伍進入楓城。楓城守正胡賢率手下士兵在城門口夾道迎接。

「恭迎城主回城！」

然而隊伍徑直從他身旁經過，馬背上的人一個眼色都沒給他。

待隊伍行遠，胡賢直起身子，擺手讓弟兄們繼續各司其職後，便離開了城門。

「你說，城主為啥不待見咱們守正？咱守正人挺好的呀，待人親和，做事穩妥。」

「不知道哇。」

旁邊一個留著鬍鬚的老兵撫著下巴，一臉看透地說道：「還不是因為咱守正剛直，不會阿諛奉承。」

兩個守城兵聽了，似有所悟，齊齊點頭。

也是在這時，官道上出現了一輛普通馬車，正往城門這邊駛近。幾人見了，立即停止閒聊。

待馬車來到城門口，老兵上前攔住馬車。「從哪兒來？馬車裡是什麼人？到楓城來做什麼？」

戴著斗笠的馬夫從懷裡拿出通關文牒，遞給他。「從朝陽城來，馬車裡是我家老爺，我們來楓城省親。」

守城兵甲來到馬車右側，抬手敲了兩下車壁。「車裡的人，出來露露面。」

「咳咳……」

一隻歷經歲月的手顫顫巍巍地揭開車簾，一位鬍鬚花白、臉上布滿溝壑的瘦弱老叟出現在視線裡，馬車裡也是一覽無遺。

只見老叟有氣無力地開口。「官……官爺，老……老朽是來……來此探……探親……」

老兵把通關文牒還給馬夫，退開一步，擺手道：「行了，走吧！」

「多謝……謝官爺！」老叟又顫顫巍巍地放下車簾。

半個時辰後，馬車拐進一個胡同裡，隨後又進了一個破舊小院。待進去小院後，馬夫對車裡的人道：「主子，咱們到了。」

就見剛才那位有氣無力的老叟，掀開車簾，動作俐落地跳下馬車。

馬夫走到「他」跟前，拱手道：「這裡便是我以前來楓城落腳的地方，您暫且先委屈一下。」

老叟擺擺手，再開口卻是女子清脆的聲音。「這地方挺好，比客棧安全。」

老叟乃是南溪喬裝所扮，而馬夫就是王屠夫。

王屠夫把馬車栓在院子裡，拿出兩把鑰匙交給南溪。

「姑娘到屋裡休整一下，屬下先去外面買點吃的回來。」

南溪頷首，拿了鑰匙走上臺階，打開了左側的房門。

待王屠夫走後，她馬上進入空間，這次不是用意識，而是整個人直接進入空間裡。

入夜，兩抹黑影在夜空下穿梭，南溪跟著王屠夫來到城主府時，城主府裡正在設宴待客，到處燈火通明。

因上次有人潛進城主府刺殺城主，現在的城主府到處都是守衛。見此，南溪只好和王屠夫分開行動。

這時，一個落單的侍女正好端著酒壺從拱門處走來，南溪悄聲來到她身後，捂住她的口鼻拖向暗處……

稍許，等南溪再次出來時，已經換上了侍女衣服。她端著酒壺正要去宴客大廳，卻見南郇從大廳裡出來，往東邊的一間房屋去了。

她腳步一頓，正要跟上去，一隻手卻把她拉住。

一個凶巴巴的女聲隨即傳來。「叫妳去拿壺酒也能拿這麼久？快把酒壺給我！」

「是。」南溪低著頭，把托盤遞給發出聲音的人。

待那人端著托盤轉身步進大廳，南溪快速閃身，直奔東邊。

東邊房屋裡，微醺的南郇正閉著雙眼坐在太師椅上，任由城主夫人給他揉著太陽穴。

「你這一路舟車勞頓，身體本就疲憊至極，那些人卻還上趕著來府裡探虛實，真是一點不把你這個城主放在眼裡！」

南郇臉色難看地睜開眼。「等我得到城主印，再慢慢跟這些人算帳。」

城主夫人停下動作，偏頭問道：「你這次去獻糧，沒乘機跟陛下提起此事？」

一城之主沒有城主印，很多事都不好辦，一些人也不會服管。南郇此次去朝陽城獻糧，目的就是想讓嘉禾帝重新賜一方城主印給他，因為原先那塊在當年那場大火後，早已經不翼而飛。

可他數次進宮求見嘉禾帝，得到的都是同一態度。每座城的城主印都是由黎國頂級的工匠精心雕刻而成，上面的紋路不可複製，所以城主印不可能再重賜。

想到這裡，南郇疲憊地捏了捏眉心，當年他該先拿到城主印再放火燒城主府的。

南溪躲在外面的窗櫺下偷聽了一會兒，覺得現在還太早，不宜動手，便又悄然離開。不過在離開前，她往屋裡彈了一隻蛐蛐兒，正好落在城主夫人的手臂上。

「哎呀，這蛐蛐兒怎麼跳進屋裡來了！」

城主夫人驚得連忙抬手去拍，蛐蛐兒一個彈跳就又到了南郇的身上。

「不過一隻蛐蛐兒，妳慌什麼？」南郇隨手一拂，便把蛐蛐兒掃落在腳下，一腳碾死。一個時辰後，南溪和王屠夫在事先說好的地方碰頭。

「姑娘，大廳裡的賓客已經全部離開，城主府的下人收拾好殘局後，也已經各自回屋裡休息。南郇自從上次被屬下刺殺失敗後，就變得很小心謹慎，每晚睡的房間都不一樣，且每個房間都有替身。」

南溪頷首。「沒關係，不管他今晚睡在哪兒，我都能找到他。」

隨後，她從懷裡掏出一個瓷瓶和一根吹管交給王屠夫。「王伯，你先拿著這個，半個時辰後再動手。」

「是。」

半個時辰很快便到，王屠夫拿著瓷瓶和吹管去了後方的下人房。

南溪則避開守衛，直奔北邊廂房。

她飛上房頂，揭開其中一塊瓦片，再埋首輕嗅屋裡的味道，如此反覆揭了幾間房的屋頂後，終於在最北邊的一間屋子找到了她留下的藥粉味。

為保萬無一失，南溪把抽出的瓦片輕輕放在一邊，從懷裡掏出她秘製的超級迷藥，投放到下方屋內。

她便待在屋頂上數星星，直到數至兩百顆的時候，才從屋頂上飛下，然後三下五除二地把房門撬開並閃了進去。

捏著鼻子走到床邊，確認床上的人就是南郇無疑後，南溪迅速點了他的幾大穴位，然後就把人扔進了空間，再悄身離開。

先一步出了城主府的南溪，把南郇從空間裡提了出來，再放信號通知裡面的王屠夫。片刻之後，王屠夫尋來，單手扛起南郇就和南溪一起離開了城主府。

楓城西邊有一片竹林，竹林的另一邊是一個長滿雜草的小山丘，小山丘的下方立著一塊約一丈高的石碑，上面刻著幾個大字和許多密密麻麻的小字。小字在夜裡看不清，只有那幾個大字在火光下若隱若現——楓城城主南楓之墓。

南溪望著這塊巨無霸墓碑，問身後舉著火把的王屠夫。「這裡是原來的城主府遺址嗎？」

王屠夫垂首。「不是，這裡曾經是一個亂石崗，後來人們把城主府四百多人運到了這裡埋葬，才變成了現在這樣。」

南溪回頭，有些不敢置信地問道：「你是說，我阿爹和城主府四百多人都葬在這裡？」

王屠夫眼眶微紅，點頭。

「當時的圍城首將楊京，曾試圖找出主子的遺體，但……所有人不是被燒成了焦炭就是被燒得面目全非，根本分不清誰是誰。所以後來，楊京便命人把城主府所有人的遺體都運到這裡埋葬。」

南溪的拳頭緊緊捏起。堂堂楓城城主，死後竟連一個單獨的墓穴都沒有！

這時，地上被五花大綁的南郇悠悠轉醒，當他抬頭看清自己在什麼地方後，頓時就瞪圓了眼。

他又驚又慌地看著兩人。「你們是什麼人？竟敢綁架一城之主！」

王屠夫舉著火把走近，一張布滿疤痕的臉在熾熱的火光下尤為可怖。

「來索你命的人！」

「是你！上次那個刺客！」南郇的狐狸眼中暗光閃過。

南溪背著小手轉身，一臉無辜地問他。「南城主可認得我？」

當南郇對上她那雙大眼睛時，眼神開始下意識地閃躲。

隨後他故作鎮定地道：「妳又是誰？本城主奉勸你們，還是儘早把我放了為好，不然一旦城主府的人發現我失蹤，勢必會全城搜捕，到那時，你們插翅也難飛！」

南溪摩挲著下頷，一臉為難。「可就算現在把你放了，你也一樣不會放過我們的呀。更何況，你還看到了我們的樣子。」

「……只要你們現在就放了我，我可以既往不咎。」

「哦。」南溪在他對面蹲下，笑眼彎彎地看著他。「你以為我會信？」

「妳！」南郇掙扎著想要站起，奈何手腳都被捆得死死的，試了幾次都站不起來。

南溪望了一眼天空，站起身感嘆。「天快亮了。」

王屠夫會意地把不遠處的一個酒罈提過來，撕開封口就往南郇身上潑。

南郇這下是真慌了。「二位，有話好說，只要你們放了我，你們想要什麼都好商量！」

南溪目光冷酷地看著他。「我只想要你的命。」

南郇一臉苦相地道：「我與姑娘無冤無仇，姑娘又何必趕盡殺絕呢！」

「嗤！」南溪一聲冷笑。「都已經把你帶到這裡來了，你還在跟我裝糊塗，南郇啊南郇，你是當真猜不出我是誰嗎？」

南郇的臉色幾經變幻，最後終是陰沈著臉開口。「妳是南楓的女兒?!」

是了，當年城主府失火，唯一一個逃出生天的就是城主夫人，當時她正身懷六甲。

早知如此，他該在朝陽城見到她時便斬草除根的！

南溪接過王屠夫手裡的火把，走近一步，看著南郇嚇得連連後退，她勾起嘴角，笑容無害地道：「我阿爹在下面等著你團聚呢，大堂叔！」

南郇一邊連滾帶爬地後退，一邊搖頭。「大姪女，害死妳阿爹的是楊京不是我！是他給我迷藥，也是他讓我去火燒城主府，他還用妳堂嬸堂哥威脅我，我也是被逼的呀，大姪女！」

南溪一臉感激地道：「謝謝大堂叔告知我這些，你先上路，我也會讓楊京下去陪你的。」說完，便把手裡的火把往南郇身上一扔。

「啊！」

只一瞬間，南郇便變成一個火人，不斷發出慘叫。

南溪和王屠夫站在不遠處，一臉冷漠地看著。

直到那慘叫聲越來越弱，火人漸漸停止了掙扎，最後倒在了石碑面前，變成一坨黑炭。

也是在這時，天邊出現一絲微光，南溪來到石碑前跪下。

「我答應過阿娘不與朝廷作對，所以您的仇，我只能報到這裡了，希望你不要怪我。」

說完，便磕了三個響頭。

王屠夫也在她身後跪下，並在心中默道：主子，請您放心，屬下一定會保護好少主！

城主府的人今早全都起晚了，當他們慌忙把自己分內的事做好後，才發現城主不見了。城主夫人知道後，連忙派出府中精銳出去暗中尋找，然而尋了一日也沒找到。無奈之下，城主夫人只好再派出一批人馬去找，如此一來，全城的人都知道城主失蹤了，一時間弄得人心惶惶。

然而南溪和王屠夫早已在天剛剛亮的時候，出了楓城。

朝陽城，南府。

從藥鋪回來的青鳶剛跨進大門，就看到鐘離玦從走廊上走來。她屈膝行禮後，禮貌詢問。「鐘離公子這麼晚了還要出門？」

鐘離玦一臉無奈地搖頭。「是啊，有位故友非要約在此時見面，不去還不行。」

青鳶捂嘴輕笑。「奴婢讓阿田給您留門。」

鐘離玦行了一個書生禮。「多謝。」

青鳶笑著回禮。「公子客氣，奴婢告退。」說完便要轉身離開。

「等等。」鐘離玦叫住她。

青鳶回過頭。「鐘離公子還有何事？」

鐘離玦有些靦腆地開口。「許久不曾見到南姑娘，不知她最近在忙些什麼？」

「姑娘前幾日去了山莊視察草藥的長勢，這兩日應該就會回了。」

「原來南姑娘是去了山莊。」鐘離玦點點頭，轉身離開。

暮色低垂，一輛馬車趕在城門即將關上的前一刻入了朝陽城。

北城的主街道上，南溪撩起車簾看向外面，暮色下的街道比以往任何時候都要冷清，白日擺在街道兩旁的小攤已不見蹤影，大多商鋪也都已經關門打烊，只有少許兩家酒肆或酒樓裡面還有光亮映出。

在經過一家還亮著燈籠的酒樓門口時，南溪隨意抬頭，就見到一抹熟悉的身影正坐在酒樓二樓的臨窗位置，與人把酒言歡。

鐘離玦？這麼晚了，他還在跟誰喝酒？

待馬車行過酒樓，南溪回頭去看，卻發現他對面坐著的人竟是當朝三皇子——端木磊！

南溪連忙放下車簾，一雙黛眉輕輕蹙起。這兩人怎麼會湊在一起？

小半炷香後，她回到南府，本已歇下的李婆子趕忙披上衣服去廚房燒水。

二進院的正房內，青鳶把一封信交給南溪。

「姑娘，這是前日從南境送來的書信。」

本是在閉目養神的南溪倏地睜開雙眼，接過書信並拆開。待看完書信後，她嘴角微微上揚，把信紙又塞回了信封。

青鳶見此，笑道：「姑娘，可是小王爺的來信？」

南溪輕輕應下一聲，起身走到梳妝檯前，打開一個抽屜，把信放在一摞信封的最上面。

看著那一摞信封，南溪這才發現，胖虎已經許久不曾寫信給她了。

她轉身問青鳶。「這段時間，秦家莊可有來信？」

青鳶搖頭。「沒有，那隻以前經常飛來的灰毛信鴿也沒來過。」

南溪低眉思吟。胖虎不會是出什麼事了吧？應該……不會吧！

「姑娘，熱水已經備好。」李婆子在這時進來稟道。

「嗯，抬進來吧。」南溪起身往旁邊的浴房走去。

南溪的臥房與浴房相通，門就在臥房的左側。

片刻後，她閉目泡在浴桶裡，思緒飄到了先前在街上看到的那一幕。

鐘離玦到底是什麼時候搭上端木磊的？

第七十九章

翌日，南溪吩咐趙山去跟江湖上的人打聽看看，近日江湖上可有發生什麼事，隨後又找來一直在伺候鐘離玦的青荷，問了她一些關於鐘離玦的瑣事，才揹著醫箱去藥鋪。

在經過南城的路口時，南溪忽然想到什麼，轉腳就去了南城。青鳶跟在後面好奇問道：「姑娘，咱們去南城做什麼？」

南溪直接拐進賣煙火的那條巷子。「買煙火。」

近日沒什麼大慶的節日啊，姑娘買煙火做什麼？

清明快到了，巷子裡大多那些賣煙火的，許多還做起了其他生意，比如紙人、冥幣、招魂紙幡什麼的，一條街上大多都是陰間的東西，看著就有點瘮得慌。

青鳶搓著手臂上的雞皮疙瘩，緊緊跟在南溪身後。

一般做這種生意的，早上都沒什麼客人，所以姚大看到有人踏上自己鋪子的臺階時，十分熱情地迎了出來。

「姑娘是要買點啥……南大夫？」

南溪微笑頷首。「姚老闆，你鋪裡可還有煙火？」

姚大連忙點頭。「有的有的，您需要多少？」

由於剛才姚大的那一聲喊，周邊鋪子的老闆也都走了出來，見到南溪，又是一陣熱情的招呼。

「南大夫要煙火嗎？我鋪裡也有。」

「我鋪裡也有！」

最後，南溪把幾個鋪裡的煙火都收了，大夥知道她不肯白要他們的，所以都算了最低價給她。

南溪付了銀錢，請他們幫忙把煙火送到南府，便帶著青鳶離開鋪子。

剛走上街道，就看到前方走來一位戴著面紗的素衣女子。那女子在見到南溪後先是一愣，隨後便眼含欣喜，快步走了過來。

「恩……南姑娘！」

這聲音是……南溪眨了一下眼，嘴角淺淺勾起。「王姑娘。」

王麗君看了一眼旁邊的鋪子，聲音柔柔地問：「南姑娘也來買祭拜先人的物品？」

南溪搖頭。「我來買煙火。王姑娘來此是？」

王麗君斂下眼。「馬上就是清明，我來買點紙錢燒給阿娘。」

身為官家小姐，竟還要自己出門來買這些東西？

南溪忽然想到那日在尚書府偷聽到的對話，這位王四小姐，貌似很不受寵。

而且，那日與端木磊成親的人本該是這位王四小姐，可王家卻把王麗芝送上了花轎。雖然以那次在蓬羅湖所見到的情況來看，端木磊並未把王麗君這位未婚妻放在眼裡，可王家這種做法也實在讓人憤慨。

所以，南溪此時再見到王麗君，不免對她多了幾分憐惜。

以前那種刻意的無形疏遠也淡了不少，她主動問道：「怎麼是妳自己出來買這些東西？」

王麗君語氣很淡。「我唯一的丫鬟在前段時間不慎墜湖淹死，府中其他下人又各自有事要忙，所以我便自己出來買了……」

她說得委婉，南溪卻想起了偷聽到的那句「四小姐過得還不如一個下人」。

她下意識便開口道歉。「抱歉，我不知道妳的丫鬟已經不在了……」

王麗君輕輕搖頭。「南姑娘不用道歉，是那丫鬟命薄，跟了我這麼一個無能的主子，半年不到就……」被人害死了。

南溪俯首道：「藥鋪還有事，我需先行一步，王姑娘慢逛。」

王麗君屈膝一福。「南姑娘慢走。」

南溪頷首，與她錯身而過，只是還沒走幾步，又忽然停下腳步，轉身叫住欲去姚大店鋪的王麗君。

「王姑娘。」

王麗君回過頭，露在面紗外面的眼睛亮亮的。「南姑娘喚我何事？」

南溪低頭打開醫箱，從裡面翻了幾個瓷瓶出來，步上臺階，把手裡的瓷瓶遞給王麗君。

「紅色塞子的是毒藥，綠色塞子的是解毒丸，黃色塞子的是迷藥，妳且拿去防身吧！」

王麗君愣愣看著她。南溪乾脆拉過她的手，把三個瓷瓶塞到她手裡。

「女孩子要懂得保護自己，別總是任人欺負，仔細收好。」說完便轉身，帶著青鳶頭也不回地走了。

望著她漸漸遠去的背影，王麗君忽然就模糊了雙眼，面紗下的櫻唇輕啟，低喃。「謝謝恩公……」

在去藥鋪的路上，青鳶不解地問道：「姑娘為什麼要給那位姑娘三種不同的藥啊？若是救人，只給解藥就好了呀，為何還給毒藥和迷藥？

南溪把肩上的醫箱拿給青鳶揹著，而後莫測高深地開口。「有時候，毒藥和迷藥也可以用來救人。」

青鳶抓抓腦袋，不是很懂。

二人回到什邡街，便見夥計二柱正在與包子鋪旁邊的賣布大嬸在嘮嗑，見到南溪，他連忙抱著一塊布疋走過來行禮。

同包子鋪的人打了招呼，南溪便轉身步上了藥鋪的臺階。二柱跟在她身後，向青鳶分享剛聽到的八卦。

「妳知道嗎？半月前，三皇子娶回去的那位側妃是王家大小姐，不是四小姐。」

青鳶張大嘴巴。「三皇子娶錯了？」

二柱皺眉。「怪就怪在這裡，三皇子明明娶錯了新娘，卻沒有第一時間去換回來，反而還將錯就錯的與王家大小姐入了洞房，且還把消息瞞得死死的。直到昨日，王家大小姐犯病，三皇子請御醫前去診治，陛下才知曉。聽說，陛下還把三皇子叫去臭罵了一頓。」

畢竟皇后當初的賜婚懿旨上寫得很清楚，是納王家四小姐為側妃。

青鳶為王四小姐惋惜。「可憐的王四小姐。」大好的姻緣就這麼沒了！

二柱頗有同感。「確實挺可憐的。」

走在前頭的南溪聽完，卻道：「塞翁失馬，焉知非福。」

二柱與青鳶對視一眼，沒聽懂是什麼意思。

傍晚，打探消息的趙山回來說，江湖上並沒有什麼事情發生。

南溪思忖半晌，還是決定寫信給胖虎問問。

待她拿著寫好的書信出來，並打算讓趙山親自去一趟秦家莊的時候，就看見鐘離玦回來。

把手裡的信交給趙山收好，她踱步來到走廊末端，等著鐘離玦走近。

鐘離玦已看到她，幾步走到她面前，微笑道：「南姑娘可是在等小生？」

南溪點點頭。「鐘離公子似乎很忙，整日早出晚歸。」

鐘離玦的桃花眼微微彎起。「總不好整日像個廢柴一般無所事事，所以小生便出去找了點事做。」

南溪微瞇著雙眼睨著他。「不知鐘離公子找的是什麼差事？」

「去文淵書閣幫忙畫畫稿，每日可得一兩銀子。」說著，他還拿出一個荷包，從裡面倒出幾錠碎銀，呈到南溪眼前。「妳看，小生已經賺了快十兩銀子了。」

南溪垂眼看著呈到眼前的碎銀，伸手一把抓走。
「這些銀兩就抵你近日的伙食費吧！」
本意是想顯擺的鐘離玦默默收回手。「也好。」
南溪拿了銀子轉身就走，卻在走出幾步後，又轉回頭來，一臉認真地對鐘離玦說道：「鐘離公子，希望你在外辦事又或是結交朋友時，莫要提及你借住在南府的事。」
鐘離玦一愣。「為何？」
南溪把一錠銀子擲在半空又接住。「我不想南府受到太多人的關注。」
他拱手。「小生知曉了。」
南溪點點頭，轉身離去。
待到晚上，她讓東子搬了兩箱煙火到院子裡放。
青鳶問她。「姑娘，今日可是什麼特殊日子？」
南溪仰首望著衝上夜空的絢爛煙火，嘴角上揚地道：「想阿娘的日子。」

皇宮裡，錦娘正要關上殿門，就見西邊夜空突然出現一抹光亮，她忙跨出門檻，來到院子裡，果然看到與那夜相同的位置，煙火在綻放。
錦娘眼底閃爍著喜悅。是溪兒！
就在她出神望著天上煙火的時候，守在宮殿門外的禁衛軍輕輕推開兩扇殿門，一抹明黃身影隨之進入。

見錦娘尚在院子裡觀看煙火，嘉禾帝來到她的左側，雙手負後，像她一樣望向天空。

「這是哪家在放煙火？」

錦娘心中突地一驚，隨即便轉身向內殿走去。

嘉禾帝隨後也進入內殿。「朕記得妳小時候最喜歡看煙火，每到節慶時，便吵著讓朕多放點煙火。」

那時候她還是小小一團，常常都是由他抱著上觀景臺，去看絢爛煙火。

錦娘轉過身。「陛下來此只為懷念往事？」

嘉禾帝走到一張紅木雕花椅旁，掀袍坐下。

「楓城城主南郇，剛從朝陽城獻糧回去便離奇失蹤。城主府的人全城搜索都沒有找到其人，只在西邊先城主的墓前發現一具燒焦了的屍體。」

錦娘十指悄悄捏緊。溪兒與她說過，南郇便是當年那個縱火之人，他這是死有餘辜。只是，端木華又為何要跟她說起此事？莫非這事與溪兒有關？

見她沈默不語，嘉禾帝又繼續道：「朕之前沒有告訴妳，在南郇主動進朝陽城獻糧後，南溪隨即便獻出了二十幾車糧食，足足有千石之多！妳說這巧不巧？」

錦娘心中微動。原來溪兒早已經向朝廷獻了糧！

然而她面上仍是清清淡淡。「陛下想說什麼？」

嘉禾帝把玩著拇指上的黃玉扳指。

「朕倒是小瞧了南楓的女兒。」

每月雷打不動的三日義診，民間百姓無不誇其乃活菩薩轉世，再加上上次醫治痢疾和這次的無私獻糧，使百姓對她更加敬重。如此被百姓擁戴，便是他，為了顧全民意也不好輕易對她下手。

錦娘心裡很緊張。「不是她，她什麼都不知道。」

嘉禾帝抬眸看她。「她很聰明，在朕的眼皮子底下韜光養晦，再徐徐圖之。如今，她既得了民心，又有朕親賜的赦免金牌，便是南郇真是她所殺，朝廷也不好定她的罪。」

何況他還沒有證據，因為他派去盯梢南府的人，居然連她何時離開朝陽城都不清楚。

錦娘這才暗暗鬆一口氣。

嘉禾帝卻在那裡自顧說道：「得虧是個女孩兒，若是男兒，朕這把龍椅也不知還能否坐得安穩。」

錦娘身體一僵，隨後露出一抹嘲諷的冷笑。「不是所有人都與你一樣在乎那把椅子。」

他竟還在擔心她的子女會奪回皇權！

嘉禾帝卻道：「這可不好說，畢竟有其父必有其子。」南楓都敢私養兵馬欲行謀逆，更何況他生的崽子！

錦娘一時噎住。

嘉禾帝還在那裡繼續說：「朕當年便懷疑他娶妳是居心叵測，妳乃先帝唯一血脈，只要他娶了妳，便會得到朝中不少老臣的支持。若妳再為他誕下一子，他便更有了造反的名頭。」

錦娘一隻手緊緊捏住桌沿，對嘉禾帝怒目而視。「不可能！你胡說，楓哥是真心對我的！」

嘉禾帝撣了撣龍袍，站起身道：「朕並未說他不是真心待妳，只是這份真心有幾分，是否有摻雜其他目的，便不得而知了。」

「我不信！」錦娘激動地站起。

嘉禾帝倒背著雙手，居高臨下睥著她。「有些事，只要仔細琢磨便不難發現一些蛛絲馬跡，錦央，妳難道就當真沒懷疑過南楓嗎？」

錦娘怔怔後退一步。她不是沒懷疑過，只是一直都不願承認罷了。

見她似是受不了打擊的模樣，嘉禾帝輕嘆道：「妳當初之所以義無反顧地選擇詐死離開，有一半原因是因為接受不了我對阿杋是男女之情吧？」

錦娘抿著唇，沒有說話。

「唉……」嘉禾帝抬腳離開。

只錦娘獨自立在內殿，久久未動。

清明時節，陰雨綿綿，什邡街上的行人很少，對面賣布疋的大娘今日沒有開攤。包子鋪門口站著三兩個避雨的行人，二柱倚在藥鋪門口，看著外面的雨霧濛濛，皺著眉頭道：「這雨什麼時候能停啊？」

都已經連續下了四、五天了，還沒有停下來的意思。

藥鋪裡這時沒病人，青鳶拿著雞毛撣子在撣旮旯角落的灰塵，聽到二柱在那裡唸叨，便扭過頭來問道：「二柱哥還沒去祭祖嗎？」

二柱轉過身來。「沒呢，本來打算這兩日回村裡祭祖的，結果這雨一直下。」

青鳶伸頭望了一眼門外。「明日應該就晴了吧？」

二柱嘆一口氣。「但願吧！」

林靜之收拾好診桌上的東西，揹著醫箱起身。

「齊掌櫃，二柱，青鳶，我先走了。」

因他家離朝陽城最遠，遇到特殊天氣時，南溪許他提早半個時辰回家。

正在噼哩啪啦打著算盤的齊掌櫃點了點頭。

青鳶放下手裡的雞毛撣子，走到門邊，把林靜之的蓑衣和斗笠拿出來遞給他。「林大夫路上小心。」

正好這時，穿著蓑衣戴著斗笠的趙山走進藥鋪。

「青鳶，姑娘呢？」

「在後院。」

藥鋪後院，趙山俯身站在南溪面前。

「屬下去秦家莊並未見到秦公子，據秦公子的大堂哥說，秦公子已經離開秦家莊有一段時日了。」

南溪眉頭一蹙。「胖虎不在秦家莊？他去哪兒了？」

趙山從懷裡掏出一封書信。「這是秦大公子讓屬下交給您的信。」

南溪忙接過信，拆開細看，稍許，緊蹙的眉頭才慢慢舒展。

原來胖虎是跟著秦大伯到各大門派拜訪去了。

下了幾日的綿綿陰雨終於在傍晚時停止，二柱連忙跟南溪提前告了假，要回老家祭祖。夜晚，南溪不知怎地，翻來覆去都無法入睡，於是便乾脆進去空間裡，忙了一夜。

次日清晨，她剛躺下沒一會兒就被一陣急促的敲門聲吵醒。她揉了揉有些發沈的腦袋，起身去開門。

打開房門，就看到一身黑衣的王屠夫站在門外，南溪一愣。「王伯？」

王屠夫一臉凝重地開口。「姑娘，昨夜北境有急報入宮。」

北境急報？這下，南溪睡意全無。「你都打聽到了什麼？」

「北夷十萬大軍直壓北境，目前北境已連失兩城，押送賑災糧的太子現在被困在朔州。」

南溪擰著眉頭沈吟。「這場仗黎國早有準備，照理說不應該會丟城池啊……」

王屠夫亦皺起眉頭。「屬下也覺得蹊蹺。」

也不知杏兒姊姊和徐大哥他們如何了？南溪擰眉思忖片刻，道：「你再去北城那邊打探看看朝廷會有什麼動靜。」

「是。」

次日，久違的陽光普照大地，街道上又重新熱鬧起來，各種叫賣吆喝聲絡繹不絕，直至天色將黑，那些聲音才漸歇。

「南姑娘！」

南溪從藥鋪出來，還沒走兩步，就聽到身後有人喚她。

她轉身看向迎面走來的人，挑眉。「鐘離公子這是從哪裡來？」

鐘離玦幾步走近，笑道：「我從文淵書閣過來。」

南溪頷首，沒說什麼，與他結伴而行。

等回到南府，兩人分開之時，鐘離玦忽然叫住南溪。

「近日朝陽城怕是會有些不太平，南姑娘往返藥鋪時，最好還是讓趙山他們接送穩妥些。」

南溪注視他一瞬，才含笑問道：「鐘離公子莫不是在三皇子那裡聽到了什麼風聲？」

鐘離玦雙手攏進衣袖，微笑著與她對視。「有些事情知道得越少，反而會越安全。南姑娘覺得呢？」

南溪噙著笑點頭。「鐘離公子說得是。」

第八十章

晚飯後，去北城打探消息的王屠夫回來。「屬下潛進丞相府書房偷聽得知，北境兩城之所以失守是因為那兩城的布防圖被盜。」

南溪蹙眉沈吟。「軍營裡的布防圖怎會如此輕易被盜？」

王屠夫肅著一張臉。「應是北境軍營裡出了內賊。屬下還聽到劉丞相與他的幕僚商議，想先派人去北境把太子秘密接回來。」

劉丞相乃皇后一脈，如今太子身處險地，他自然是要想辦法去救太子。同樣，王淑妃一黨也肯定巴不得太子最好回不來。

南溪坐在太師椅上，蹙眉思忖。雖然嘉禾帝一直以來都把王淑妃一黨當做是太子的墊腳石，可那些擁護王淑妃和三皇子的人卻不是這麼想的。

聯想到傍晚時鐘離玦說的話，南溪猜測三皇子那邊很有可能會在近日攪起一些風浪。於是思慮再三，她讓王屠夫這幾日多去北城，尤其是皇城附近轉轉。

幾日後，鐘離玦泡完最後一次藥浴，南溪替他複診，確定他體內的毒素已經全部清除以後，鐘離玦留下一箱子診金便離開了南府。

而北城那邊這幾日雖沒發生什麼大事，卻隱隱有一種風雨欲來的架勢。

「朝廷已派榮雲榮老將軍率十萬鐵甲軍前去支援北境，相信很快就能收復失地，並把北夷人驅逐出北境。」藥鋪裡，林靜之正在與齊掌櫃閒聊。

夥計二柱把擦了藥臺的抹布抖了抖搭在肩上，也湊過來道：「聽說榮老將軍在御前立下軍令狀，要用一個月的時間收復失地，趕出北夷人？」

齊掌櫃撫著鬍鬚，感慨。「不錯，老將軍戎馬一生，本該是頤養天年的年紀，卻在聽說北境失了兩城後，重新穿上銀甲上殿，主動請纓率軍北上，並立下軍令狀一個月內收復失地……老將軍之舉，實在讓人敬佩！」

林靜之在一旁點頭附和。「今日便是大軍出發的日子，某今晨進城時，有幸得見大軍磅礴之氣勢，那場面，著實讓人震撼。」

二柱雙眼發亮，不住點頭。「我今早進城的時候也瞧見了……」

「瞧見什麼？」南溪從外面進來，正好聽到二柱的話。

三人齊齊喚了聲姑娘後，二柱道：「小的今早進城的時候，瞧見大軍已經浩浩蕩蕩出發，相信要不了多久榮老將軍就能收回北境失地。」

南溪走到自己的診桌後面坐下。「支援北境的大軍是榮老將軍掛的帥？」

三人齊齊點頭。「正是。」

據說這位榮老將軍已六十五歲高齡，曾在北境駐守三十餘載，十二年前因在戰場上受了很重的腰傷，才被召回朝陽城休養。

如今朝廷卻讓這位老將軍掛帥親征……

南溪垂下眼瞼，北境的戰況恐怕沒有二柱他們想像的那麼樂觀。

中午，青鳶趁著空閒去了一趟北城的昌華街買南溪最喜歡的羊奶糕，不到半個時辰就匆匆趕了回來。

林靜之見她神色倉皇，忙關心問：「為何如此慌忙？」

正在埋首搗藥的南溪聞言也抬起頭看向青鳶。

青鳶拍了拍心口，走進來把手裡的羊奶糕放在南溪的診桌上。「我從福記甜品鋪出來時，剛好碰到京兆府的官兵押著輛囚車去刑場。那被關在囚車裡的犯人渾身都是血，嘴裡還啊啊啊地叫著，瞧著好生嚇人。」

南溪撚起一塊羊奶糕，若有所思。

夜裡，王屠夫回來與南溪稟道：「戶部尚書已經解禁重歸朝堂，北城兵馬司裡有兩位五品官員被革職查辦，還有劉丞相府近日頻繁有官員進出……」

南溪背著雙手在院子裡踱步思考，半晌，她轉身徵詢王屠夫的意見。「王伯，你說我如果走太子這一條路，會不會更有機會救阿娘出宮？」

王屠夫垂首道：「可以一試。」

一個月後，北境傳來捷報，榮老將軍果然於一月之內收回了丟失的兩座城池。

朝陽百姓歡慶的同時，都以為榮老將軍很快就能把北夷大軍打回老家，卻怎樣也沒想到，這場仗竟會打到了來年冬。

北城，聚賢樓三樓臨街的一間雅室窗戶大開，南溪和雲隱站在窗前，俯視樓下一支著奇裝異服的隊伍緩緩從街上經過。

雲隱雙手環臂，嘖嘖道：「這北夷使者來得倒挺快。」

北境之戰在僵持一年多以後，最終因北境突降大雪而暫時休戰。剛才從他們眼前經過的那支隊伍便是北夷派來談和的使節團。

南溪收回目光。「這場仗打了一年多，北夷大軍沒有攻下北境一寸土地不說，兵力還在日漸衰退，若繼續打下去，北夷必敗無疑。所以北夷王才會借著這次休戰的契機先派出使團來黎國談判，以期望把北夷的損失降到最低。」

雲隱搓著下頷。「他如意算盤打得挺好，可咱們陛下也不是吃素的。」

南溪抬腳離開窗邊。「總歸不打仗便好。」

如此，北境的老百姓才能過上安穩的日子。

雲隱跟在她身後。「這些都是妳從太子那裡得知的？」

「嗯。」南溪端起茶杯淺喝了一口。

一年多前，太子從北境回朝陽，一路上都在遭遇刺殺，有北夷派出的刺客，也有從朝陽派去的殺手，每次都是王屠夫在暗中相助，太子才得以能活著回到朝陽城。因此他對指派王屠夫暗助的南溪很是感激，數次邀她在聚賢樓相聚。

雲隱也因此得知了南溪與太子相熟。

幾日後，朝廷與北夷使團達成協議，未來二十年內雙方不得無故發起戰爭，且北夷需每年向黎國進貢一定數量的金銀和馬匹。

當然，為彰顯黎國風範，在北夷使團離開朝陽城的時候，嘉禾帝也賜了許多綢緞布疋給他們帶回去。

這日，南溪帶著幾車已經晾乾的藥材回到藥鋪，正在指揮著眾人把車上的藥材搬進藥鋪後院的倉庫裡。

一個小乞丐過來撞了她一下就跑開了。

青鳶見了，忙走過來詢問。「姑娘，您有沒有事？」

南溪望向跑遠的背影，搖頭。青鳶又問她身上有沒有少什麼東西。南溪直接轉身走上藥鋪的臺階。「妳在這兒看著，我進去歇會兒。」

她進了藥鋪，才打開手裡的紙條，是剛才小乞丐塞進她手裡的。

亥時三刻，天上無月，蓬羅湖邊，涼風颼颼，樹影如魅。

一個戴著圍笠的身影抱緊雙臂，孤零零地站在一棵大樹下，直到一抹亮光由遠及近，那身影迎上前，低低喚了一聲。「恩公！」

南溪看著凍得抱緊手臂的王麗君。「抱歉，我來晚了。」

王麗君搖頭。「是我來早了。」

把手裡的燈籠拿給王麗君提著，南溪解下自己的披風給她披上，並阻止她脫下來後，才溫聲問：「妳紙條上寫的要事是什麼？」

王麗君雙手把披風攏緊，感受著上面的溫暖，悄悄紅了眼眶。她低下頭隱藏自己的情緒。「北夷人沒有完全離開朝陽城。」

南溪心中暗驚，面上卻不顯。「王四姑娘是如何得知的？」

王麗君抬起頭。「昨日，三皇子陪我三姊回娘家省親，我無意間偷聽到他與祖父的談話，才得知他們把幾個北夷人悄悄藏在南城七里街的葫蘆巷裡。他們……想借北夷之手扳倒太子。」

南溪定定看了她半晌，見她不似說謊，才疑惑問道：「妳為什麼把這件事告訴我？」

王麗君緊了緊披風，咬了咬下唇，才低聲說道：「麗君有心給太子報信，奈何身分低微，根本無法接近太子殿下周圍……」況且她還是王家人，太子未必會信她。說完，又急忙道：「若南姑娘感到為難，就當麗君什麼也沒說過。」

南溪斂著眸子。「妳如何肯定我就能接近太子？」

王麗君一臉孺慕地望著她。「麗君相信南姑娘您一定有法子讓太子得知這個消息。」

對上王麗君孺慕的眼神，想到自己先前的多疑，南溪突然有些臉紅。

「咳，妳可有聽到留下來的北夷人是什麼身分？」

王麗君搖頭。「因擔心被他們發現，我不敢久留。」

南溪又問為何會選擇揭發此事而不是幫忙隱瞞，要知道她也姓王，所謂一榮俱榮一損俱損，王家若倒了，她的日子也不會好過。

誰知王麗君竟一臉淡漠地說了一句，再不好過也比現在強。

最後，南溪把沒帶燈籠的王麗君送到尚書府後門，並看著她進門後，迅速將這一消息傳給了太子。

本以為太子在得知此消息後，會帶人連夜突襲南城七里街葫蘆巷，卻沒想到太子竟一直按兵不動。

直到幾個月後，三皇子一派藉機尋到太子一個錯處，開始在朝堂上對太子口誅筆伐，更有甚者提出要把太子廢黜。太子這才不慌不忙地一一揭露三皇子的所作所為，一波波操作，使三皇子以及支持他的那些大臣毫無還手之力。

「……如今三皇子被禁足在皇子府，其黨羽悉數被懲治，戶部尚書王謙因窩藏北夷外邦涉嫌通敵叛國，暫被關押進大理寺，禁止任何人探訪。」

院子裡，南溪半躺在竹椅上打瞌睡，一邊曬太陽，一邊聽王屠夫稟報今日探到的消息。

剛過完上元節，初春的太陽暖洋洋的，曬得南溪昏昏欲睡。似是過了許久，才聽她幽幽開口。「王謙把所有事都替端木磊攬下來了？」

王屠夫垂首。「應該是。」

「葫蘆巷裡的那幾個北夷人呢？」

「如今皆被關在大理寺，不過好像少了一人……」

「嗯？」南溪偏頭，疑惑看向王屠夫。

王屠夫這才說道：「屬下聽太子派去葫蘆巷盯梢的人說，那屋裡之前一直都是五人，可那日他們借助官府抓捕，只抓到四人，也不知那人是何時從他們眼皮子底下逃出去的。」

南溪聽完，懶洋洋地打了一個哈欠，從椅子上站起。「走吧。」

曬完太陽吃完朝廷的瓜，該去山莊栽種新的藥苗了。

初春時節，萬物復甦，到處一片生機勃勃，春意盎然，許多少男少女都攜伴出城去踏青。

南溪也喜歡城外的山水春光，打算這次栽種完藥苗後在山莊再多待些日子，只是計劃永遠趕不上變化。

這日，南溪正躲在後山的一棵大樹上等著獵物上門，馬鈞卻從山下急匆匆找來，差點踩到她給獵物挖的陷阱裡。

南溪先一步飛下去把人提開。「你怎麼來後山了？」

馬鈞喘著粗氣開口。「姑娘，有人來山莊找您，那……那人自稱是太子的近侍……」

皇宮，皇帝寢宮。

嘉禾帝雙目緊閉地躺在龍床上，面色蒼白得像死人。

南溪剛收回診脈的手，靜候在一旁的太子便連忙關切地問：「如何？」

她眉頭緊鎖。「敢問殿下，御醫是如何說的？」

太子一臉憂心。「太醫院那些人說不像是中毒，但父皇為什麼會昏睡不醒他們又說不出一個所以然來。」不然他也不會派人去請南溪了。

南溪偏頭看了一眼龍床上的人。「陛下昏迷之前可有什麼異常？」

「廖一海說，父皇昏迷之前沒有任何異常。」

南溪沈吟半晌後，謹慎道：「殿下，民女曾聽聞南蠻有一部落，專伺養蠱來控制人之心神……」

聞言，太子臉色大變。「妳懷疑父皇是中蠱?!這怎麼可能，父皇用的每一樣東西都是經過內務府重重檢查之後才送來的。」

南溪垂首。「可民女觀陛下之脈象，確實是像中蠱。」

這時，太子似是想到了什麼。他雙拳捏緊，眉眼陰沈地道：「南姑娘可知我父皇中的是什麼蠱？」

「陛下中的應是可使人四肢僵硬、神智不清的木僵蠱。」

太子忙問道：「南大夫能否解此蠱？」

她有些為難地道：「民女確實有一個方法能解木僵蠱，只是……」

太子急切開口。「有什麼話，南姑娘但說無妨。」

南溪故作猶豫地開口。「殿下，民女在取蠱的過程中或許會傷及龍體……」

她說的是取，不是解。太子沈默了一瞬，鄭重道：「孤恕妳無罪，還請南姑娘速為我父皇取蠱。」

「遵命！」

南溪領命，開始準備工具為嘉禾帝解蠱。然而取蠱的過程她一人是無法完成的，所以又去找了太醫院的劉院士來幫忙。

待把事先準備好的湯藥給嘉禾帝服下後，劉院士就看見南溪拿出一把鋒利的小刀在嘉禾帝身上比劃，頓時又驚又恐。「南……南大夫，妳這是要做什麼？」

「取蠱蟲啊！」南溪頭也沒抬。「拿個裝滿酒的碗過來。」

劉院士偷偷瞄了一旁的太子一眼，見他沒作聲，便戰戰兢兢拿了一個空碗到南溪面前。

南溪的取蠱方法很簡單，就是開刀動手術，不過在此之前得先找出蠱蟲的準確位置，並且找到後還要確保牠不會跑走。所以光是找蠱蟲位置的這個過程，南溪就費了半天功夫。

不過好在最後還是被她找到了。蠱蟲的位置正好在嘉禾帝心口偏下一點，南溪用泡了酒的銀針扎住蠱蟲不讓其動彈，然後用鋒利的小刀在嘉禾帝胸口上劃開了一道口子，再用兩根銀針作鉗子狀地挾出蠱蟲。

整個取蠱過程不足半炷香時間，看得劉院士和太子兩人是目瞪口呆、心驚膽戰，直到蠱蟲取出來後，皆長舒一口氣。

南溪把蠱蟲放在酒碗裡後，端著碗起身離開了龍床，讓劉院士來負責包紮嘉禾帝的傷口。

她忍著噁心把碗裡的蟲子端給太子看。

「殿下，木僵蠱已經取出來了。」

太子看著在碗裡一動不動的細小蟲子，皺著眉頭問：「這便是木僵蠱？這是已經死了嗎？」

南溪搖頭。「木僵蠱怕酒，只是醉暈過去了。」

太子厭惡地看了碗裡一眼，道：「這東西太過陰毒，速速把牠處理掉！」

「是。」南溪直接用火摺子點燃碗裡的酒，把木僵蠱燒成了灰燼。

一個時辰後，嘉禾帝甦醒過來，並第一時間詢問了這幾日所發生的事情。
太子不敢有所隱瞞，事無鉅細地回稟。
當聽到是南溪替自己解了蠱時，嘉禾帝目光複雜。
「帶她來見朕。」
太子躬身，小心翼翼地道：「父皇您才剛醒，不宜勞神……」
嘉禾帝抬眸，瞟他一眼。「去！」
「是。」
一炷香後，嘉禾帝屏退了所有人包括太子，只留南溪一人跪在龍床前。
靜默片刻，他才有些中氣不足地開口問道：「妳救了朕，想要什麼賞賜？」
聞言，南溪猛地抬頭，一雙大眼睛亮晶晶地望著嘉禾帝。「民女只求能與親娘相聚，求陛下成全。」
嘉禾帝把背靠在龍床上，問了一個風馬牛不相及的問題。「南郇是不是妳殺的？」
南溪低頭承認。「是。」
「替父報仇？」
「是。」
屋裡有片刻的安靜。
嘉禾帝把目光落在那跪著的嬌小身影身上。這執拗的性子倒是跟錦央一個樣。
他的聲音不怒自威。「下令殺妳父親的是朕，怎麼，妳也要殺朕嗎？」

南溪雙手撐地，給嘉禾帝磕了一個響頭。「陛下容稟。」

嘉禾帝睥著她，神情難測。「講。」

南溪抬起頭道：「陛下您是君，民女父親是臣，做臣子的有了異心，理當被誅之。民女雖是女子，但也懂大義。民女殺南郇，是因為他為謀私欲，背叛謀害我父及無辜之人幾百餘，當誅！」

第八十一章

寢宮裡再次陷入寂靜。片刻後，嘉禾帝打破沈默。「知道朕為什麼不讓妳們母女相見嗎？」

偷偷在心裡鬆一口氣的南溪斂下眸子，低聲道：「因為民女是逆臣之女。」

「不只是為此……」嘉禾帝目視前方，道：「朕還記得初入住皇宮那日，妳阿娘還不足三歲。她靠在純安太后懷裡，像個漂亮的瓷娃娃，又安靜又乖巧。看到朕後，她主動伸出雙手要朕抱……先帝當時便是看到她這一舉動，才最終選擇了朕……」

南溪猜不明白嘉禾帝為什麼要跟她說這些，只得仔細聽著嘉禾帝講述他與阿娘小時候的點點滴滴。

半炷香後，講述完過往的嘉禾帝有些疲憊地開口。「朕之所以不讓妳們相見，最重要的一個原因，是妳阿娘至今沒有低頭，跟朕認個錯。」

嘉禾帝說完便閉上了眼睛。沒人知道，當他得知錦央還活著時有多高興，當即便傳旨給就近的楊京，命他即刻接公主回宮。

可錦央回來後，那視死如歸，拒不肯跟他好好說話的態度實在把他惹怒了。

他自始至終都未想過要取錦央性命，可錦央卻不信他，甚至早前還一心想激怒他求死，這教他如何不怒、不心寒？所以才把人圈禁起來，讓她好好反省反省。

南溪從未想過竟還有這原因。只是嘉禾帝對她說這些，是打算如何？

她小心試探。「所以，只要阿娘肯低頭跟陛下認錯，陛下便准許民女與阿娘……相見嗎？」

團聚二字在南溪嘴裡滾了一圈，最後還是改成了相見。

要慢慢來，她不能操之過急。

嘉禾帝斜睨了她一眼。「妳娘表面上雖然看著性子軟好欺負，實際脾氣卻是執拗得很，只要她認為對的事，是不會輕易認錯的……」

南溪眨著大眼睛。「若阿娘知道，陛下您只要她低個頭認個錯就讓我們母女相見，她一定會立即跟您認錯的。」

這樣子的認錯是真的認錯嗎？罷了！嘉禾帝擺了擺手。「隨廖一海去見妳阿娘吧。」

南溪欣喜地叩首謝恩。「謝陛下隆恩！」

她出了寢宮，與一直守在外面的太子點頭示意後，便跟隨著廖一海去了後宮。

未央殿裡，錦娘正坐在宮院裡刺繡，外宮牆的大門忽然砰地打開，她抬頭望去，就見少女提著靛藍色的裙襬從門口向她飛奔過來。

「阿娘！」

錦娘丟下手中繡棚，激動站起。「溪兒！」

南溪張開雙臂，母女倆緊緊相擁。

半晌過後，錦娘輕輕推開南溪，關切問：「妳怎麼走正門？誰把妳帶來的？皇上知道嗎？」

「阿娘別慌，是皇帝……陛下讓我來的。」南溪拉著她走到石桌旁坐下，把這幾日宮裡發生的事都講給她聽。

錦娘聽後，愣在那裡，久久沒有言語。

南溪有些擔心地握住她的雙手。「阿娘，妳怎麼了？」

錦娘回過神，看著她開口。「陛下病得嚴重嗎？」

南溪搖頭。「蠱已經被我取出來了，開刀的傷口只要不發炎，很快就可以痊癒。」

錦娘握住她的手。「帶我去見他吧。」

南溪點頭說好，頓了頓，又道：「阿娘不用為難自己，若妳不想見陛下，咱們便不去見。」

錦娘搖搖頭。她要去把這麼多年的心結解開。

見她不似勉強，南溪這才帶著她出了宮門，去往嘉禾帝的寢宮。

寢宮門口，南溪站在那裡，時不時伸頭探向殿內。阿娘已經進去半個時辰，也不知嘉禾帝有沒有為難她。

同樣守在門口的太子見她一臉憂色，開口寬慰。「別擔心，裡面沒有傳出什麼大動靜便是無事。」

「嗯。」南溪點點頭。

隨後，太子又一臉感慨道：「沒想到皇姑竟還活著，而妳竟是皇姑的女兒，孤的表妹。」

南溪卻沒心思跟他認親，只頻頻望向內殿。裡面到底談得怎麼樣了，阿娘怎麼還沒出來？

太子正要再次開口，卻見錦娘緩緩從內殿出來，眼眶微紅。

南溪見錦娘雙眼紅腫，似是哭過，趕忙上前扶著她。「阿娘……」

錦娘拭了拭眼角，抬頭看她。「阿娘無事。」

「靖兒見過皇姑。」太子微微俯身，對走出來的錦娘行了個禮。

錦娘目光落在他身上。「靖兒都長這麼高了。」

這幾年，她雖然身在皇宮，卻從未出過那座宮殿半步，所以，這還是她回宮後頭一次見到太子。

太子含笑道：「經年未見皇姑，皇姑依然容顏未改，一如當年。」

「皇姑已經老了。」錦娘笑了笑，轉頭看向眼巴巴望著自己的女兒，伸手替她順了順頰邊的碎髮。

「溪兒，妳以後可以隨時進宮來看阿娘了。」

南溪頓時雙眼亮晶晶。「真的嗎？」

錦娘含笑點頭。

南溪欣喜之餘，也沒昏了腦袋。她看了太子一眼後，把錦娘拉到一邊，小聲地詢問。

「阿娘，妳向陛下低頭認錯了是嗎？陛下可有為難妳？」

錦娘笑著替女兒理了理衣襟。「放心吧，皇兄沒有為難我。」

那他怎麼不乾脆放妳出宮？南溪沒把心中的疑慮表現出來，張開雙臂抱了一下錦娘。

「阿娘，我先回南府一趟，過兩天再進宮來看妳。」

她已經在宮裡待兩天了，得回府一趟。

「好。」錦娘回抱她，拍了拍她的背。

太子隨即便吩咐宮人去宮門口準備好馬車，好送南溪回西城。

西城節義坊桐子巷，南溪剛下馬車，就看見頗為眼熟的身影站在南府大門口。那人也在這時聽到響動轉過身來，與南溪四目相對——

「南溪！」

「胖虎！」

兩人都欣喜地向對方靠近。

南溪輕捶了一下胖虎的胸膛。「什麼時候來朝陽城？也不提前告知我一聲。」

胖虎咧著嘴笑。「剛到，本是想給妳一個驚喜的。」

兩年沒見，胖虎黑了也壯了不少，南溪暗戳戳地甩了甩剛捶人的手。好硬！

「進去說。」

她領著胖虎進府，待青荷把茶上好後，她才詢問道：「這次你不是偷跑出來的了吧？」

胖虎喝了口茶。「當然不是，我這次出莊是有事要辦。黎國第一鑄器大師古天運打算在這個月二十六那日舉行傳承儀式，讓他的長子古西釗接其位，寄帖邀我大伯前來做個見證人。大伯事務繁忙走不開，就讓我代為走這一趟。」

南溪眨眨眼。黎國第一鑄器大師姓古？

胖虎見南溪眨著大眼睛看著自己，笑著說道：「我知道妳在想什麼，妳定是在想古姨會不會跟這第一鑄器大家有關係，對不對？」見她點頭，他繼續開口。「古姨很有可能就是古天運十幾年前趕出家門的女兒。」

南溪一臉吃驚。古姨竟是被趕出家門的嗎？

胖虎點點頭。「以前在桃花村，姜嬸和古姨總是拌嘴，我有一次就無意間聽到姜嬸對古姨說『妳就是性子怪，不然妳那位只知道鑄器的老父親也不會被妳氣得斷絕父女關係，還不讓妳回古家』！古姨當時就跟姜嬸翻了臉，兩人差點就打起來，還是陳婆婆及時出手攔住了。這次，古天運派人送帖到秦家莊，因我要代替大伯去做見證，所以大伯又同我講了一些關於古家的事，古天運確實有個被趕出家門的女兒。」

南溪蹙眉。「古天運當年為什麼要趕走古姨？」趕走不算，還要斷絕父女關係？

胖虎搖頭。「據說是因為古姨太離經叛道，又不服其父管教。至於到底是不是如此，便不得而知了。」

南溪突然想到了古娘子某些異於常人的喜好，呃……或許是吧！

鑄器大師古天運家住在柳城，距朝陽城不遠，從朝陽城北門出發，兩日便到。

胖虎只是在路過朝陽時順道來南府看看南溪，翌日一早便又繼續趕往柳城。

南溪送走胖虎後回到藥鋪，正好看到王屠夫拉著藥材回來。她高興地告訴他，以後她可以隨時進皇宮去見錦娘了。

王屠夫聽了，替她高興的同時，說道：「姑娘為何不跟皇帝提出，把夫人接出來住？」

南溪背著雙手。「不急，一步一步來。」

王屠夫點點頭，不再多言。

次日，她再次進宮去看望錦娘，卻在宮道上遇到太子，也由此得知，嘉禾帝中蠱竟是三皇子和王淑妃所策劃。他們為了皇權不光找了北夷合作，還與南蠻勾結，企圖利用南蠻蠱蠱篡位奪權，幸虧嘉禾帝精明，在察覺身體不對的第一時間便派人把太子宣進宮，並讓其監國，不然，朝陽城怕是早就亂了。

「這麼說，兩年前刺殺景鈺的那批南蠻人，也是三皇子放進朝陽城的？」

太子點頭。「早在兩年前，南蠻王最小的兒子龍躍便帶人偷偷潛進了朝陽城。如今，王淑妃已經被賜予一杯毒酒，三皇子也被押入了天牢，站三皇子一派的那些官員也按罪責大小，該下獄的下獄，該抄家的抄家，該問斬的問斬。」

南溪好奇地問：「戶部尚書王謙呢？」

「王謙看到全家都被關進天牢，自知無力回天後，已經在牢裡咬舌自盡。」

南溪忽然想到了王麗君，忙告訴太子，之前南城發現北夷人的事是王麗君向她告的密。

「……殿下能否饒她一命？」

太子躊躇片刻，點頭。「此事孤做不得主，孤需先去問問父皇。」

南溪俯身行禮。「多謝殿下。」

隨後，太子去了議政殿找嘉禾帝，南溪則來到了未央宮。

現在的未央宮已經煥然一新，再不是她之前看到的蕭瑟之相。裡面所有陳舊的東西都換上了新品，殿裡各處還添加了不少的精美物件。

南溪來的時候，錦娘正在和幾名剛分配來未央宮伺候的內侍宮女們，於牆角翻土栽苗。

「阿娘。」

「溪兒來了。」錦娘直起腰，把手裡的菜苗拿給一旁的內侍，拍著手走過來。

南溪被錦娘拉到院子裡的石凳上坐下。「阿娘怎得還弄這些？」

以前錦娘種菜是為了在圈禁的日子裡打發時間，現在她既已可以走出未央宮，又何必再折騰這些。

錦娘握著她的手，笑道：「阿娘已經習慣了，不折騰反而不自在。」

想著以前在桃花村的時候，錦娘也是閒不下來的性子，南溪只好由著她了，不過還是叮囑道：「阿娘要注意身體，莫要太勞累了。」

「不過就是種點菜，阿娘不勞累……」

母女倆坐在那裡說了好一會兒的體己話，直到皇后宮裡來人，請她們母女去儀寧宮。

來到儀寧宮，皇后很是熱情地接待了她們，對南溪更是讚不絕口，直誇錦娘怎麼生出這麼一個又標誌又聰慧又能幹的女兒。母女倆都是不善交際的主，因此全程都是在謙虛陪笑。

待從儀寧宮出來，天色已經不早，南溪告別依依不捨的錦娘出宮。

三日後，王家和一些罪臣家眷全部在北城菜市場問斬，數百顆人頭就像西瓜一樣被劊子手舉刀切落，滾滿刑臺周圍。

這邊，南溪從藥鋪出來後沒有回南府，而是去了聚賢樓找雲隱。她在衍生空間裡種了許多糧食，現下黎國各處也聽說有什麼災情，所以她想找雲隱合作開一家糧鋪。

兩人在聚賢樓商議了許久，等南溪走出聚賢樓時，天色已黑，好在趙山早已把馬車趕來，等候在聚賢樓門口。

她正要踏上馬車，眼角餘光卻瞄到左邊轉角處有一鬼祟身影。她腳步一頓，當即便快速朝著那個方向走去。

王麗君沒想到南溪的速度會如此之快，剛才還在不遠處的人，只一眨眼的功夫就來到她面前，有些無措地低下頭，小聲開口。「恩公……」

走近的南溪見鬼祟之人竟是王麗君，疑惑問道：「王姑娘，妳躲在這裡做什麼？」

王麗君撲通一聲跪下。「麗君感謝恩公的救命之恩。」

「妳這是做什麼，快起來。」南溪伸手把她扶起。「救妳命的是妳自己，不是我。」

三皇子和王家囂張跋扈了那麼久，就算王麗君不揭發他們，他們早晚也會被嘉禾帝和太子清除，所以，王麗君其實是自己救了自己一命。

「如今王家就剩下妳一人，妳有何打算？」

王麗君雙眼充滿希翼地看著南溪。「恩公，麗君如今已無處可去，若您不嫌棄，麗君願意留在您身邊一輩子伺候您。」

南溪當場愣住。她沒想到王麗君竟會想要跟著她，可要她直接拒絕，又有些於心不忍，於是乾脆先把人帶回了南府。

南溪當然不可能讓王麗君伺候自己，經過一夜思考，又詢問了王麗君自己的意願後，她給王麗君找了份事做，便是教劉家三姊弟讀書寫字，藥鋪裡忙的時候，還要幫忙抓藥熬藥。

兩日後，去柳城參加傳承儀式的胖虎再次回到朝陽城找南溪。

二人海天闊地聊了一番後，胖虎看著南溪欲言又止。

南溪雙手捧著下巴撐在桌面上，眨著大眼睛問：「有什麼就直說，你這樣扭扭捏捏的，好像個娘兒們。」

胖虎抓著腦袋，猶猶豫豫地開口。「南溪，妳現在有沒有意中人？」

南溪眨眨眼，好半晌才道：「你問這個幹什麼？」

已經問出口，胖虎也不再扭捏了。「小時候，我阿爹曾想找錦姨給咱們倆訂娃娃親，被我阻止了。因為若是咱們自小便訂了娃娃親，以後妳若遇到比我更優秀的男子，我豈不是會耽誤妳。所以，我便想著等妳長大後再說。如今，妳也長大了，如果妳還沒有意中人，妳看我如何？」

望著胖虎說完這番話後臉上悄然爬起的紅暈，南溪怔住了。這……什麼情況？她對胖虎從未有過非分之想啊！

見南溪半晌不開口，胖虎心裡七上八下的，連抓著後腦勺的動作都快了些。「妳……妳要是有意中人的話也沒關係，我會和他公平競爭。」

現在不是有沒有意中人的問題好吧？南溪覺得她應該跟胖虎講清楚。

「胖虎，不管我有沒有意中人，你都是我永遠的哥哥。」說完還特真誠地對胖虎點了點頭。

永遠的哥哥啊？

他其實不太想當她哥哥的。胖虎眸子裡的光暗了下去，不過只一瞬，他又彎起眼尾笑道：「好吧，當哥哥也不錯，以後妳若出嫁，我就是妳的娘家人了。」

「嗯。」南溪彎起眉眼，同時也在心中鬆一口氣。看來胖虎對她還沒有種下很深的情愫，幸好幸好！

之後，胖虎若無其事地繼續跟南溪聊了一會兒，南溪也同他講了自己的事，胖虎由衷替她高興。「待以後錦姨出宮，咱們一同回桃花村去看望村長伯伯他們。」

南溪小雞啄米般地點頭。

胖虎寵溺地看著她。「景鈺去南境有兩年多了吧？也不知他什麼時候回來。」

南溪提起茶壺倒茶。「他臨走時說過，在南境待三年便回，今年年末便是三年了。」

胖虎蹙起眉頭。「年末我要跟著大伯去江湖各派拜訪，怕是趕不上替他接風了。」

她把倒好的一杯茶推到他面前。「沒關係，等你有空了，咱們隨時可以聚。」

「行。」

第八十二章

胖虎在南府待了兩日便與南溪辭行。南溪把他送走後，就開始和雲隱一起為開糧鋪做準備。

開糧鋪不同於其他鋪子，選好店面後還得建倉，並給倉庫做好防潮防濕防蟲等一些相關事宜。等一切搞定，糧鋪開張，已經是兩個月後。

這日，南溪進宮看望錦娘，卻在未央宮碰到了一身便服的嘉禾帝，她連忙屈膝行禮。

「拜見陛下。」

正站在牆角觀看錦娘菜圃的嘉禾帝背著雙手轉身。「以後改口叫舅舅吧。」

這……

南溪扭頭看向剛出來的錦娘，錦娘走過來握住她的手。「今日早朝時，皇兄已經把皇位禪位給太子。以後他便是太上皇了，妳喚一聲舅舅也無妨。」

嘉禾帝這麼早就禪位了？

南溪聽錦娘的話，低頭喚了聲舅舅。

嘉禾帝長嘆一聲，看向錦娘。「錦央，楓城的城主印在妳那裡吧？」

錦娘點頭。「皇兄要？那我……」

「不。」嘉禾帝搖頭，把目光移向南溪。「留給她吧，就當做是舅舅送給外甥女的禮物。」

「多謝皇兄。」錦娘眼睛一酸，扭頭對南溪道：「溪兒，還不快謝謝妳舅舅。」

南溪眨眨眼。「多謝舅舅。」

有個牛掰的親戚好爽，送禮都是送一座城！

楓城自前城主南郇死後，朝廷一直未新立城主，楓城的大小事宜也都是由楓城的監察刺史暫時接管。

雖然嘉禾帝把楓城送給了南溪，但她可以繼續留在朝陽城內，楓城的相關事宜仍然由監察刺史代管，她只需坐收楓城每年盈利便可。

知道她們母女相見必是有許多話聊，嘉禾帝沒待一會兒便離開了未央宮。

嘉禾帝一走，南溪就自在多了，拉著錦娘就聊起了她最近在外面做的事。

得知她又開了一家糧鋪時，錦娘關心道：「妳開這麼多鋪子可忙得過來？莫要累壞了身子。」

南溪把腦袋輕輕倚靠在她肩頭。「阿娘放心，藥鋪有林靜之和齊掌櫃看顧，包子鋪也有劉青夫婦幫忙，新開的糧鋪雲隱也派了得力的掌櫃守著，女兒一點都累不著。」

錦娘抬手摸了摸女兒的小臉。「這個雲隱可值得信任？」

南溪點點頭。「景鈺說可以放心使喚。」

錦娘輕輕點了點她的額頭。「妳倒是對景鈺的話毫不懷疑。」

南溪抬起頭，咧著嘴。「他不會騙我。」

見女兒笑得這般缺心眼，錦娘很無奈。「防人之心不可無，即便你們是從小一起長大的小夥伴，也要……」

「我知道的，阿娘，女兒不會被騙的。」見錦娘欲開始說教，南溪連忙搖著她的手臂撒嬌，打斷她。

景鈺永遠不會騙她。

見南溪並沒有把自己的話放在心上，錦娘默默嘆了一口氣。

「等景鈺從南境回來，阿娘想見他一面。」至少她要看看景鈺這孩子是不是一如當年才放心。

「好，到時我帶他來見妳。」南溪把頭又重新靠在錦娘肩頭。「阿娘，陛下可曾提過何時放妳出宮？」

雖然阿娘現在與嘉禾帝已經盡棄前嫌，但阿娘長公主的身分早在十幾年前就隨著她的假死不復存在，所以阿娘現在若還繼續待在皇宮，其實是很尷尬的。

可嘉禾帝卻遲遲不開口放阿娘出宮，而阿娘也似乎不太在意這些，現在到底是什麼情況？

錦娘用臉頰摩挲著南溪的頭頂，拍著她的手，道：「我已經向皇兄請求，待妳外婆的忌日過了，我便出宮。他同意了。」

南溪開心地抬起頭。「外婆的忌日是什麼時候？」

「臘月十一，皇兄已經答應，那日，我可以到母后的寢宮祭祀。」

南溪曾躲在床底偷聽到嘉禾帝吐露心事，知道他對先太后的畸形愛戀，可她不確定錦娘知不知道這件事？若不知道，她又該不該告訴她？

她低著頭糾結了許久，直到錦娘喚她，她才抿了抿唇。「阿娘，我要告訴妳一件事……」

聽完，錦娘深深嘆了一口氣。「溪兒，妳知道我當年是如何與妳阿爹相識的嗎？」

南溪自然是不知道的，搖著頭，聽錦娘繼續講。

「當年，我便是於無意中得知了皇兄和母后的事，無法面對我賢良淑德的母后和克己復禮的皇兄之間竟有如此齷齪，才頻頻不顧宮規，喬裝出宮遊蕩，如此才認識了妳阿爹……」

錦娘徐徐講述十幾年前的事，南溪在一旁安靜聽著。

待錦娘講完，南溪以旁觀者的角度分析道：「所以阿娘當年是想要逃離皇宮，才選擇跟著阿爹離開朝陽城，對嗎？」

「嗯。」錦娘輕輕點了一下頭。她當時是喜歡南楓，但還沒有喜歡到能令她拋棄一切隨他離開的程度，若不是因為看到皇兄對母后……

她閉上眼睛，心裡一片感傷。當初她若直接找母后問清楚，後面的這些事是不是就不會發生了？母后也不會因為她而自戕。

南溪見錦娘一臉難過，便伸出手臂圈住她的身子。「阿娘……」

錦娘拍著女兒的手臂。「阿娘沒事。」

已經確定嘉禾帝會放錦娘出宮，南溪從皇宮回來便開始收拾二進院一直空著的東屋，隨後又乘坐馬車到街上去採購了許多物品回來佈置。

王屠夫從外面回來時，正好看到南溪在吩咐東子把馬車裡的東西搬到二進院去。

他邁步過去幫忙，見馬車裡大致都是床被細襦，好奇問道：「姑娘備這些東西，可是有客要登門？」

南溪大大的眼睛彎成一條月牙兒。「是阿娘。過了臘月十一，她便會出宮來與我同住。」

如今才六月，距離臘月還有半年，現在就置辦這些是不是早了點？

王屠夫沒把這些說出來，只道：「恭喜姑娘，終於可以和夫人團聚。」

是呀，終於可以和阿娘團聚了！南溪彎起眉眼，臉上是藏不住的開心。

一個月後，嘉禾帝正式禪位給太子，再一個月後，太子在尚武殿舉行了登基大典。

新帝登基，普天同慶，朝陽城東南西北城到處都掛滿了喜慶的燈籠和彩旗，就像過年一樣。

南溪自從得知了錦娘出宮的時間後，就每天扳著手指頭數日子。

葉落歸根，秋去冬來。這日清晨，東子推開大門，拿著把大掃帚開始打掃府門前的落葉。

這時，東子忽然聽到巷子裡傳來一陣馬蹄聲，抬頭看去，就見一個頭戴銀盔身穿銀甲的人騎著一匹黃鬃馬向他疾馳而來。

只聽馬兒一聲嘶鳴，前蹄揚起又落下，再穩穩停在愣在原地的東子面前。

隨後，便聽馬背上的人聲音清越地問：「你家姑娘可起了？」

東子愣愣點頭。

二進院裡，南溪剛用完早膳，正準備去藥鋪。

雖然現在藥鋪只林靜之一人坐診也遊刃有餘，但今天是義診的日子，病人會比一般時候多，她還是得去幫忙。

可當她抬頭無意間看向二進院院門時，忽然頓住了腳步。

揹著醫箱跟在她身後的青鳶急剎住腳，隨後疑惑開口。「姑娘？」

南溪卻大步向前奔去，聲音難掩激動。「你回來了？」

青鳶抬頭一看，這才發現圓形拱門那裡此刻站著一位一身銀甲戎裝的人。

看著自己朝思暮想的姑娘飛奔過來，銀盔下那張染了一路風霜的臉上，露出了如沐春風的笑容。

景鈺取下銀盔抱在左腰側。「嗯。」

三年沒見，記憶中的男孩長高了不少，肩膀看著也更壯實了。那張曾經白皙俊美的臉龐，經過這幾年在南境的洗禮，已經變成了小麥色，看著成熟穩重了許多，比之以往，更多了一分硬朗的帥氣。

南溪笑靨如花。「按你上次寫信回來的時間算，我還以為你們要過幾日才能到……」沒承想今日便就到了。

被她的笑晃了一下神的景鈺自是不會告訴她，為了縮短在途中時間，他一路上換了三匹千里馬，只道：「我比父王他們先行一步。」

這麼說他是一個人先趕回來的？而且看這樣子……南溪上下打量景鈺一番。「你剛回朝陽就來了這裡？」

景鈺很乖巧地點頭。「嗯。」

見他面容難掩疲憊，南溪看著有些心疼。「可要先在南府梳洗一番？」

「好。」

南溪隨即便吩咐青鳶去廚房準備熱水。

半炷香後，青鳶先出發去了藥鋪，她則留在南府等著景鈺洗漱好出來。

從浴房出來的景鈺換上了一套藍青色束腰男裝。這是趙山貢獻出來的新衣服，一次都沒穿過。

一頭剛洗過的墨髮披散在身後，剛走到椅子上坐下，南溪便拿著吸水的棉巾過來，像小時候一樣給他拭乾墨髮。

景鈺卻有些羞赧，抬手取過棉巾。「我自己擦。」

南溪沒做他想地坐在旁邊椅子上。「你一個人先回來，不用進宮一趟嗎？」

景鈺搖頭。「待我父王回城時，再隨他一起入宮覆命。」

南溪點點頭，問：「你這幾年在南境如何？」

他一邊擦拭頭髮，一邊道：「南境氣候潮濕，且蛇蟲鼠蟻頗多，剛到南境時，常常有老鼠半夜上榻跑竄，擾人清夢。後來我製了些滅鼠藥物，方才得以安寧。」

南溪很想知道有些許潔癖的景鈺在軍營裡又是如何克服的，便又問了一些軍營裡生活起居方面的事，景鈺都娓娓作答。

最後，他還說起一件事。「幾個月前，在我方與南蠻兩兵對峙時，我看到了鐘離玦，他就騎馬站在南蠻主帥身旁。」

南溪斂下眸子。「原來他真是龍躍。」

隨後，她便把太子查到那些的事全部告訴景鈺。

景鈺聽完，微瞇起雙眼。「怪不得我第一次看他就不順眼。」他不想再提鐘離玦。「妳呢？妳這幾年如何？」

南溪端起青荷剛奉上來的茶。「我這幾年如何，都寫在信中告訴你啦！」

他只是想聽她親口再說一遍。

景鈺也端起茶杯，淺抿了一口。「還沒恭喜妳，終於能與錦姨團聚。」

南溪彎起眉眼。「謝謝，阿娘還跟我說等你回來，她也想見見你。」

自是要見的，他還有大事跟錦姨說。

景鈺放下茶杯。「待我進宮覆命，便去看望錦姨。」

分別幾年，自然有許多話聊，兩人就坐在堂屋一直聊到晌午，等到用過午膳，景鈺才起身準備回鎮南王府。

南溪把他送出府門，景鈺忽然轉身，看著她的眼睛，鄭重地道：「南溪，待我隨父王進宮覆命後，我有話對妳說。」

什麼事啊？南溪眨了眨眼。「現在不可以說嗎？」

景鈺瞧著她嬌憨的樣子，不由牽起了嘴角。「不可以，等我。」

說完，他轉身步下臺階，接過東子遞過來的馬韁繩後，轉過頭來，看了南溪一眼便翻身上馬，離開桐子巷。

南溪站在門口，蹙著黛眉想了半天也沒想出景鈺到底要跟她說什麼，乾脆不想了，直接去了藥鋪。

鎮南王及一眾兵將是兩日之後到達朝陽城的，景鈺在北門等到鎮南王後，便隨他一起進宮面聖。

到了皇宮，新帝對父子二人一番褒獎，晚間更是設宴為他們接風洗塵。景鈺便趁此機會向太上皇提出，想見錦娘一面。

如今，嘉禾帝和錦娘的兄妹關係已修復如初，自沒有阻攔的道理，大手一揮，便讓身邊的內侍帶著景鈺去了未央宮。

待景鈺走後，嘉禾帝笑著調侃鎮南王，說他兒大不中留了。鎮南王當然知曉自己兒子去見錦娘的心思，見嘉禾帝並無惱怒之意，心中大石這才落地。

看來，太上皇不會再反對鈺兒與那個小女娃交往了。

冬日的夜晚要比夏日的黑，月亮和星星都被困在重重的烏雲裡，天空沒有一絲光亮，地上零星的燈火也如螢火，微乎其微。
兩道身影就在這微乎其微的螢光中穿梭，最後飛進一家還在營業的酒樓的二樓。
屋內，暖爐暖酒具已備齊，景鈺拉著南溪來到暖爐邊。「先暖暖身子。」
她把手放在暖爐上方，搓著手，看向正在倒酒的景鈺，疑惑問道：「今晚陛下設宴為從南境回來的將士們接風洗塵，你半途離場，還把我帶到這裡來做什麼？」
一口把溫酒飲下，景鈺走過來，盯著南溪的眼睛，然後抿了抿唇，想張口說話，卻發覺話卡嗓子眼，怎麼都說不出口。
於是他退回去，又倒了一杯酒飲下，再走過來，看著南溪……
見他只盯著自己不說話，南溪更加疑惑。「你怎麼了？」
「我……」景鈺的耳朵倏地紅了。「我去看望過錦姨了。」
「嗯。」
見他似乎還有話說，南溪望著他，等著。
景鈺注視著她，一字一句地道：「南溪，我心悅妳，想要妳做我的妻子。」
南溪整個驚呆。
「我已經把對妳的心意告訴錦姨，並請求她能把女兒許配給我。」
「……我阿娘怎麼說？」她回神，緊張地問。
「錦姨說，她的女兒只會嫁給兩情相悅之人。」
呼！南溪暗暗鬆一口氣。

然而，景鈺卻在這時靠近一步，與她距離咫尺。
「所以南溪，妳呢？」
不知是不是暖爐的原因，她有些臉熱。「什……什麼？」
景鈺目光鎖住她不放。「妳的答案。」
南溪避開他的目光。「景鈺，我從未想過我們之間會有超出姊弟的感情……」
「那就現在開始想。」
「我一直都把你當作是我的弟弟。」
景鈺冷哼一聲。「別企圖用哄騙胖虎那一套來哄騙我，我才不要做妳那勞什子的弟弟，我只想做妳夫君。妳若同意與我好，明日我便讓父王去求旨賜婚。」
南溪轉回頭，眼裡有希翼。「我若不同意呢？是不是就……」算了？
景鈺睨她一眼。「妳為什麼不同意？」
南溪決定跟他擺事實講道理，誰知她才剛開口就被他打斷。「因為我——」
「妳有意中人了？」
南溪連忙搖頭。「沒有。」
「妳不喜歡與我在一起？」
她繼續搖頭。「我沒有不喜歡與你一起，可是——」
「那就行了。」景鈺再次打斷她。「妳既無意中人，又喜歡我，為什麼不能與我好？」
這小子比胖虎難對付十倍啊！

南溪揉了揉有些發脹的太陽穴。「景鈺，你聽我把話說完好嗎？我雖然沒有意中人，也沒有不喜歡你，但這跟嫁你是兩回事。」

「我知道。」景鈺拉開她的手，抬手替她揉著太陽穴，然後用能讓南溪內疚心疼的眼神看著她，說話的語氣更是失落，可憐巴巴得很。「南溪，妳本就心無所屬，為什麼不肯給我一個機會？別對我這麼吝嗇好不好？」

認識這麼多年，南溪還從未見過他如此低聲下氣、委曲求全的樣子，一時竟覺得自己罪大惡極。

想想，她在這裡若始終要嫁人，嫁給胖虎或者景鈺，確實是最佳人選，畢竟都知根知底。先前，她已經明確拒絕了胖虎，那麼現在，還要不要再拒絕景鈺呢？

抬眸看著景鈺黯然神傷的模樣，南溪心口一滯。

罷了！

「好。」給你一個機會，也給自己一個機會。

「回去我便讓父王去求賜婚聖旨。」

景鈺眼底的失落消散，取而代之的是璀璨星河。他情不自禁把人拉進懷裡，緊緊擁住。

二人相伴十幾年，南溪的軟肋在哪裡，他一清二楚。果然，用了點小心機，就抱得美人歸。

南溪感覺自己多少有點老牛吃嫩草，臉上燙燙的。「倒也……不用那麼著急。」

「不行，我怕妳變卦。」

「我是那樣的人嗎？」

「以防萬一。」

「蒼景鈺！」

「叫聲鈺郎來聽聽……」

雖然未來還有許多不確定，但，只要在乎的人都陪在身邊，她就有勇氣去面對所有困難。

——全書完

2022年3月出版

飯香滿門

文創風 1045～1047

一兩為媒，從此他的一日三餐都有人管著啦。
山珍海味不稀罕，這輩子，他只吃她煮的飯！

夫諾千金，妻有獨鍾／紫朱

穿越到古代便跟親哥哥失散，被迫賣身為奴，傅胭無奈當起伺候人的小丫頭，
雖有主家小姐護著，但她最大的心願是攢夠銀兩贖身出府，自由第一啊～～
孰料美色惹得少爺垂涎，眼看要伸狼爪納她為妾，只得找個夫君匆匆出嫁避禍，
但嬤嬤挑來的人選讓她傻了眼，這蕭烈不就是她拿一兩銀子周濟過的獵戶嗎？!
昔年她上街瞧見他為幼弟藥錢犯愁，偷偷拜託嬤嬤幫忙，才把小傢伙的命撿回來。
聽聞蕭家人口簡單，卻是窮得家徒四壁，光靠蕭烈打獵賺來的銀子才勉強度日，
可蕭烈不畏流言上門迎娶，她也沒有退路，乾脆蓋上紅蓋頭賭一把，嫁他了！
成親當天，五歲小叔喊她大嫂的萌樣簡直要融化她，原來有家人的感覺這麼好，
待在主家十餘年的她精通廚藝和繡藝，加上蕭烈的身手，都是賺錢的好營生，
難道兩個大人還養不起一個小包子啊？蕭家吃飽穿暖的小日子，包在她身上吧！

漁家有女初長成，一身廚藝眾人驚／元喵

2022年3月出版

小漁娘大發威

爹娘不僅相信她的廚藝是夢中一個老神仙傳授的，
對於她想改善家境所出的主意也都點頭同意，
甚至連她要招贅這種事都毫不猶豫地答應了，
這……說他們不是一家人，誰信啊？
從今以後，她就是他們的女兒沒錯，親生的！

文創風 1041 1

說起來，老天爺待她黎湘確實是有那麼一點點不公的，
從小她就失去親人，如今又是胃癌末期，眼看著生命就要到頭了，
沒想到在急救失敗睜眼後，她竟成了個剛被人從水裡撈起來的小姑娘！
所以說，上天也覺得對她很壞，讓她重活一次嗎？但讓她變成古人是哪招？
而且她一個對甲殼類食物過敏的人卻穿成小漁娘，確定這不是在整她嗎？
也罷，既來之則安之，幸好她擁有好廚藝，開間小館子過活應該不成問題，
豈料這小漁娘家太窮了，不僅窮，還負債累累，欠了村中過半人家的錢！
這個家如今連吃塊肉都不容易，哪來的錢開館子？得想法子先掙錢才行啊！

文創風 1042 2

黎湘又驚又喜，因為這小漁娘的身體對甲殼類食物不會過敏，
這代表什麼？代表她夢寐以求的各類蝦蟹貝終於可以盡情開吃了啊！
村人都說毛蟹有毒，但那八成是沒弄熟，上吐下瀉後又沒錢醫才會死一堆人，
且她是誰？她可是手藝一流的廚師耶，經手過的菜餚就沒有不熟、難吃的，
眼下是蟹正肥的時候，她打算買來大量毛蟹，把禿黃油和蟹黃醬先做出來！
不管是拌飯、拌麵，或是當成饅頭、餅類的抹醬，這兩大醬根本打遍天下無敵手，
她已經看見錢在對她招手了，問題是，她得先說服爹娘掏點錢讓她買材料呀，
如果謊稱她落水昏睡時夢到一個老頭非要傳授她廚藝，不知會不會太扯？

文創風 1043 3

真不是黎湘自誇，她做的蟹醬根本輾壓這時代一些滋味普通的昂貴肉醬，
靠著這個，她發了筆小財，還上城裡賣起包子配方，賺到了開館子的本錢，
雖說她目前還只是個小漁娘，但她不會一直窮下去，未來可是要開大酒樓的，
不過眼前有件棘手的事得先解決，這時代的字長得太奇怪，她完全看不懂，
要做生意的人，卻是個妥妥的文盲，就連簽個契約都得請人幫看，多沒保障，
幸好，她偶然發現身邊就有個能讀會寫的，便是鄰居伍家的四子伍乘風，
這四哥也是個絕世小可憐，自出生起家裡對他的打罵就沒少過，
每天去碼頭扛貨，賺錢上繳親娘還吃不飽、穿不暖、睡柴房，壓根兒撿來的吧？
……等等，那他哪來的錢讀書識字？看來他也並非她以為的愚孝受氣包嘛！

文創風 1044 4 完

失蹤多年的親哥回來、酒樓生意極好，黎湘很滿意這闔家團圓又錢多多的生活，
真要說的話，確實是還有個小遺憾，就是她的終身大事，
倒不是她想嫁人了，而是她不想嫁，但卻不得不成親啊！
原來這朝代有規定，女子年滿二十還未婚會被官府直接許配人，
可古代女子嫁人後受限太多，她實在無法忍受關在後院伺候一家老小的生活，
若運氣壞點，再遇上伍乘風他娘那樣的惡婆婆，那日子真是沒法兒過了，
所以她幹麼要嫁人？要也是委屈一下招個贅婿回來，乖乖聽自己的話啊！
欸不是，她說要招贅，四哥一臉開心、躍躍欲試是為何？

重生學得趨吉避凶，意外撿到優質相公／淺語

2022年2月出版

娘子馴夫放大絕

前生瞎了眼睛，選了個負心郎，落得與女兒含怨身死，
這一世她重活了，必得好好為自己打算，先穩了家再談其他；
但待她到了京城以後卻驚覺，怎麼重生回來的似乎不只是自己一人？

文創風 1035 1

楊妧悔了，當初怎就瞎了眼，看上那翻臉無情的前夫，落得與女兒身死的下場，
如今重生回到未嫁的少女時代，許多從前沒看清、不明白的事都瞭然於心；
只是這世卻多了個小妹妹，母親與自己關係也多有不同，
更奇異的是，京城的姨祖母——鎮國公府的秦老夫人來信邀她們幾個晚輩進京，
可怎麼前世待自己客氣有禮的老夫人，現在卻是處處維護、真心疼愛？
為了在國公府安穩度日，她處處小心謹慎，卻依然惹來一堆後宅糟心事，
躲了那些明槍暗箭，她險些忘了自己最該避開的是那個前夫啊！

文創風 1036 2

在鎮國公府的日子過得越來越舒心，雖然多少有些寄人籬下之情，
但秦老夫人待她更似親孫女，時而默默觀察，時而徵求意見，提點一番，
甚至出門作客也帶著她，讓她越來越熟悉京城的人事，不但遇上前生好友，
也學了更多人情世故，更明白前世的自己究竟犯了多少錯，又錯過了什麼……
怪的是，國公府的世子爺、名義上的表哥楚昕這一世卻「熱絡」得很，
要麼是心氣不順就與她作對，要麼是拐彎抹角地為她出頭？

文創風 1037 3

他都把話挑明了，楊妧哪能聽不懂？
可她與楚昕說穿了只是遠房親戚，門戶差得太多，她如何在國公府站穩？
只是老夫人認準了她，楚昕更是硬起了脾氣，磨得她心都軟了；
哪裡想得到曾經愛鬥嘴、鬧事的少年，如今卻能為她如此柔軟？她也不捨啊……
最後宮裡一道聖旨下來，他們便是板上釘釘的皇帝賜婚，誰也阻止不了！
沒想到她處心積慮避開了前世的孽緣，卻逃不過這世的冤家……

文創風 1038 4 完

前世的恩恩怨怨，在這一世似乎既是重演，卻又有著意外的發展……
但她已非長興侯夫人，而是鎮國公府世子夫人，一生所求不過是值得二字，
楚昕愛她、寵她，她自然願意做他堅實後盾，為他打理好國公府；
不過她這廂把家宅治理得穩妥，遠在邊關的楚昕卻不知過得如何，
與其在京城擔心，小娘子乾脆動身尋夫！待她到了邊關總兵府，卻發現——
別人早已瞧上她夫君了，連身邊侍女也動了心眼，只有傻夫君什麼都不知情！

風 文創 1067

青梅一心要發家 3 完

國家圖書館出版品預行編目資料

青梅一心要發家 / 連禪著. --
初版. -- 臺北市 : 狗屋出版社有限公司, 2022.05
冊 ; 公分. --（文創風 ; 1065-1067）
ISBN 978-986-509-326-6（第3冊 : 平裝）. --

857.7　　　　111005080

著作者　連禪
編輯　張蕙芸
校對　吳帛奕
發行所　狗屋出版社有限公司
地址　台北市104中山區龍江路71巷15號1樓
電話　02-2776-5889～0
發行字號　局版台業字845號
法律顧問　蕭雄淋律師
總經銷　知遠文化事業有限公司
電話　02-2664-8800
初版　2022年5月
國際書碼　ISBN-13　978-986-509-326-6

本著作物由起點中文網（www.qidian.com）授權出版

定價280元
狗屋劃撥帳號：19001626
網址：love.doghouse.com.tw　E-mail：love@doghouse.com.tw